明代『性灵』诗情观研究

李小贝◎著

中国社会科学出版社

图书在版编目(CIP)数据

明代"性灵"诗情观研究/李小贝著. —北京：中国社会科学出版社，
2016.6

ISBN 978 - 7 - 5161 - 8655 - 8

Ⅰ.①明…　Ⅱ.①李…　Ⅲ.①古典诗歌—诗歌研究—中国—明代
Ⅳ.①I207.22

中国版本图书馆 CIP 数据核字(2016)第 174954 号

出 版 人　赵剑英
选题策划　郭晓鸿
责任编辑　武兴芳
责任校对　王佳玉
责任印制　戴　宽

出　　　版　中国社会科学出版社
社　　　址　北京鼓楼西大街甲 158 号
邮　　　编　100720
网　　　址　http://www.csspw.cn
发 行 部　010 - 84083685
门 市 部　010 - 84029450
经　　　销　新华书店及其他书店

印　　　刷　北京君升印刷有限公司
装　　　订　廊坊市广阳区广增装订厂
版　　　次　2016 年 6 月第 1 版
印　　　次　2016 年 6 月第 1 次印刷

开　　　本　710×1000　1/16
印　　　张　16.75
插　　　页　2
字　　　数　232 千字
定　　　价　62.00 元

目　录

序

彭亚非

　　小贝的博士论文要出版了，希望我写一篇序。我也没多想，就答应了。可是到了提笔要写时，才发现这并非一件好干的差事。一般而言，作为导师，我可以说说她写这篇博士论文的过程。从如何定下选题，到写作中出现的种种问题、困难、曲折和峰回路转，到终于按时完成，并在论文答辩时如何得到评委的好评等，这其中的甘苦，确实还是有一些可说的、有意思的情事。但我不大想说这些，也不觉得这是最合适在序里说的内容。因此想了想，觉得还是不如老老实实谈一谈我对小贝这本书的论题的认识，以及我认为它所具有的而且理应得到进一步重视的学术意义。至于研究写作中的甘苦得失，如果小贝愿意的话，还是让她自己去说吧。

　　为什么小贝所讨论的明代性灵派的诗情观是个值得重视的问题？这要从诗情本身的理论问题说起。元好问在《论诗三十首》中写道："心画心声总失真，文章宁复见为人。高情千古《闲居赋》，争信安仁拜路尘！"潘安仁人格猥琐低下，其不朽名作《闲居赋》并非其人格、心灵的真实写照，可是却得以流传"千古"。为什么？在这里，元好问本来意在批评一些文人的为文之伪，却无意中说出了一个重要的诗学原理：《闲居赋》写的虽然并非真情，但它写出了"高情"，而这正是它得以"千古"的奥秘所在。另外，元极力推崇的是陶渊明的诗作："一语天然万古新，豪华落尽见真淳。"强调了其诗情的真纯质朴。但其实我们也可看到，陶作中诗情之美，主要也不是因其真，而是因其高。是陶人格之高，精神境界之高，决定了其诗情之真的价值，而不是相反。

所以，什么样的感情，才是值得写入诗歌的诗情，这是个真正重要的诗学问题。曾经有一段为人所广泛引述的话是普列汉诺夫转述的。普列汉诺夫说："赖斯金说得非常好，一个少女可以歌唱她所失去的爱情，但是一个守财奴却不能歌唱他所失去的钱财。"他还继续引用赖斯金的话道："问问你自己，任何一种能把你深深控制住的感情，是否都能够为诗人所歌唱，是否都能够真正从积极的意义上使他激动？如果能够，那么这种感情是崇高的。如果它不能够为诗人所歌唱，或者它只能使人觉得滑稽可笑，那就是卑下的感情。"（《艺术与社会生活》）这段话里用了"崇高""卑下"这样的词，因此容易引起误解。事实也是如此，诗情的问题，后来竟变成了政治上正确与否的问题，与此有关。而其实，赖斯金前面那句关于少女歌唱爱情的话，反而更能说明问题。

人类的情感必须得到普遍性的人文升华，才能具有诗性美感。这是一个带有根本性的文学理论问题，可是一直以来，似乎并没有得到足够的重视和深入的研究。影响及于对中国古代的诗情观的认识，也缺乏足够的学术自觉和理论自觉的研究意识。

中国古代的诗情观是个内容丰富、因素庞杂的学术课题，一篇短序里不可能去充分讨论它。但在我看来，它有两个基本特性，或者说两个重要现象，是我们尤其要有所在意的。其第一个特性是，中国正统诗学从一开始就极为重视对诗情的管控，但它实际上并没做到，也不可能做到真正的管控。

孔子说："《诗》三百，一言以蔽之，曰：思无邪。"（《论语·为政》）这是孔子的诗情观。《毛诗序》中说："发乎情，止乎礼义。发乎情，民之性也；止乎礼义，先王之泽也。"这是儒家正统诗学的诗情观。可见中国古人对于诗之情，从一开始就是高度关注的。但他们只是从政治、道德的和伦理价值、心理控制的意义上去对其定性，而非从一般人性价值的角度去对其定性。要求诗歌（诗乐）"乐而不淫，哀而不伤"（《论语·八佾》），也就是要求通过诗歌（诗乐）来实现对感情的管控。从诗歌表达什么感情，到如何表达感情，都是如此。

可问题是，诗情从来就没有完全按照这样的模式和轨范来抒发和表达。即使是被奉为六经之首的《诗经》，做到了吗？也没有。尤其是所谓的"风情"诗，更是人类普遍诗情的至为优美的表达。这一点，古人其实早就看得清清楚楚。为了将先人这些自发表达的审美诗情强行纳入其政教叙事，也就是意识形态叙事范域，统治阶层便不惜对其断章取义，以意逆志，规范所指，强行误释。正面来看，它引导了中国古代诗情的道义担当和社会担当。负面而言，则为后世捕风捉影、指鹿为马的文字狱奠定了诗学理论的基础。

其实任何一个真正的诗人，其丰富的、复杂的诗情及其表达，都是不可能完全遵循这样的模式和轨范的。中国古代第一个伟大诗人屈原，就是因为其诗情表达没有遵循这样的模式和轨范，而受到了班固的严厉批评："今若屈原，露才扬己，竞乎危国群小之间……怨恶椒兰，愁神苦思，强非其人，忿怼不容……多称昆仑冥婚宓妃虚无之语，皆非法度之政，经义所载。"（《离骚序》）但问题是，屈原诗情的非政教叙事性或超意识形态性，正是为诗情的审美本质所决定的——情感的诗意之美怎么可能为这样的政治上正确的所指所局限？中国有记载的三千年诗歌创作史，事实上从来就没有完全符合过孔子所要求的诗情标准，或者说从来就没有为这样的诗情标准完全制约住过。这也正是诗情大于思想的解构性特性的表现。

因此，中国古代诗歌史或诗学史，实际上充满了各种诗情的探索、寻觅、出格、突破与放任，当然，也充满了对各种另类诗情表达的批评、否定和意识形态询唤。一个为人所熟知的事例是，宋代大诗人苏轼主张嬉笑怒骂，皆成文章，并因此身体力行。而当时的黄庭坚就对此不以为然。他在《答洪驹父书》中说："东坡文章妙天下，其短处在好骂，慎勿袭其轨也。"严羽也认为，"近代诸公……其末流甚者，叫噪怒张，殊乖忠厚之风，殆以骂詈为诗"。(《沧浪诗话·诗辩》) 他们的这一批评也为元好问所首肯。还是在《论诗三十首》里，元好问写道："曲学虚荒小说欺，俳谐怒骂岂诗宜？今人合笑古人拙，除却雅言都不知。" 就是在批评苏轼的以骂詈入诗。而更多的诗情突围，则同样也表现在种种宫廷诗、艳情诗、闲适诗、俳谐诗、游戏诗、应酬诗和学者诗的创作实践中。但问题是，这样的诗情突围，带来了中国古代诗歌体量的激增，却似乎并未带来中国古代诗歌艺术生命力的质的提升，大部分这样的诗学实践，最终都落入了诗学末流。这一现象，也就是我所谓的中国古代诗情追求的第二个特性：中国古代诗学对正统诗情的突破虽然层出不穷，却大多没有使扩张的诗情得到更具普遍性审美意义的人文升华。

　　这也就落实到小贝的论文所真正要着力探讨的问题上来了：古代诗情追求的这两个特性，在明代性灵派的诗情观及其诗学实践中，可以说得到了集中且典型的体现。它既是中国诗情发展史上一次重要的突破性尝试，又是一次失控的没有得到普遍的诗性人文升华的尝试。因此，它是研究中国古代诗情问题的一个重要切入点：一个有代表性的标本和一个有说明性的案例。其中有着许多可供分析的材料，既显示出中国古代诗情观念中的重要问题，又隐含着有关这些问题的答案。比如其最具代表性的"独抒性灵，不拘格套"的诗情追求，看起来姿态很勇敢，个性很鲜明，理念似乎也很正确，可是为什么落实到诗学实践，最终却没有提供或提供不了具有更宽广和更深刻的审美价值的诗情艺术作品呢？很显然，独抒性灵，不拘格套，其实并不能保证诗情审美创造具有艺术生命力。诗言问题且不论，就诗情的审美追求而言，我们不妨问问：一己之什么性灵，能不拘到什么程度，才是独具诗性之美的情感？这才是真正的诗学问题。另外，明代性灵派试图对正统诗情范域进行的突破和扩容，也促使我们去反思中国正统诗情观对诗情的认知、定性、要求和规约，使我们探讨中国古代诗学实践对正统诗情藩篱的突破与越界是否成功，使我们思考这种看起来是追求个性、自由和诗情解放的诗学实践为什么却没有达到——也许是根本就达不到——诗情审美应有的人文高度。这也就是我们透过明代性灵派的诗学实践所看到的：诗情及其表达既是不可强制拘抑的，也并非绝对自由、完全没有界限和底线的。而这正是诗情问题的复杂性和深刻性所在。

至今仍有一些人认为，诗情问题就是个诗意表达在政治上正确与否的问题。其实恰好相反，诗情问题本质上是个超政治叙事和超意识形态叙事的解构性问题。同时又是人性人情的人文性升华的问题，是人性人情审美的历史局限与历史演化、历史拓展的问题。诗情审美域是一个动态的存在形态。一方面，人类的情感并无可见的边界与疆域，情感的本性是自由的，人性的世界海阔天空、无边无涯；另一方面，情感审美却是历史的和社会的，文化的和文明的。二者之间的张力和互动，构成了诗情审美的扩展、变异和创新。中国古代诗学的发展、诗歌的历史，因此在一定的意义上，就是诗情的历史，是诗情突进、拓荒与扩张的历史。而诗情的历史，也就是人性的历史。

所以本质上，小贝这本书中对明代性灵派诗情观的研究，也就是对这一理论问题的追究：我们常说的诗的抒情性，究竟指的是什么情？或者说，诗歌应该抒什么情？可以抒什么情？或不能抒什么情？当然，小贝的论题并不是直接讨论这个问题的。她要讨论的，是中国传统诗学对这一问题的回答。更确切地说，她是要通过对明代公安"三袁"所谓"性灵派"的带有某种叛逆性的诗情观的深入剖析，探讨这一问题对中国传统诗学具有的重要意义，并对这一问题的理论思考，提供资源支持和可能的学术生长点。我不能说她在这本书中已经完满地达到了她的目的，但我相信，她至少已经为自己确立了一个坚实的学术生长点。从这里出发，她必然会有越来越成熟、越来越丰硕的学术收获。

　　是为序。

2016 年 5 月 3 日

引　论

　　有明一代，可以说是一个"否定之否定"的时代。这一时期，文人们的思想异常活跃，道德、人格、理想、文学，都不再拥有唯一的评价标准，一个个学派大张旗鼓地登场，转眼间又被后起的学派攻击得遍体鳞伤，在这"你方唱罢我登台"的热闹喧嚣中，有"近代启蒙思想"之称的"性灵"说粉墨登场了。"性灵"说的倡导者——公安"三袁"，作为那个时代进步思想潮流中的积极响应者，以富有创新精神的诗学理论和个性鲜明的文学创作，打破了传统文坛的沉闷，成为领一时风骚的人物。他们"世道既变，文亦因之"的文学发展论，"独抒性灵，不拘格套"的文学创作论，"本色独造"的语言观，以"真""趣""露""俗"为旨趣的审美论，都与传统的文学观念迥然有别。虽然在某些方面走向了极端，但"性灵"说的价值，还是得到了学界大多数人的认可，它对文学审美意识的自觉、独立、发展和解放所做出的贡献，不仅在当时，就是在今天，也依然具有探讨的价值。

　　近年来，有关明代"性灵"说的研究论文和专著已经很多了，学者们对于"性灵"说的内涵、美学特征、思想渊源、文学实践、社会背景、人文精神、文化成因以及不同"性灵"说之间的比较等问题进行了比较详细的考察与分析。他们的研究成果，为我们科学地认识明代的"性灵"思想提供了很好的参考和借鉴。但是，对"性灵"的研究不能止步于此，还有一些问题亟待我们的重视。如，"性灵"文学思想，作为中国诗情观念中的一个重要范畴①，它所体现出来的诗情内涵是什么？生成这一独特的诗情内涵的文化因素有哪些？它在中国诗情史上具有什么样的地位和意义？对后世产生了怎样的影响？这些问题，都是以前的学者没有系统研究过的。一些学者在论著中虽朦胧地意识到了"性灵"说中"情"的重要性，并由此把它与中国正统的"言志""载道"说区别开来，但都是从"重情"或"重道"的角度来谈，并没有认识到"性灵"说在诗情的表现领域所做的开拓。因此，在本书中，笔者试图具体地探讨一下"性灵"说所提倡的诗意情感与以往的诗情观念相比有怎样的特殊性、存在于哪些领域、在题材和艺术表现手法上有着怎样的新变，并通过对"性灵"诗情观的探讨，进而管窥中国整个诗情观的发展和演变史。这样，不仅可以提供一种了解"性灵"思想的新的认识方法，挖掘出"性灵"的另一重要存在意义，同时，也有助于了解中国诗情观的历史概貌。此外，把"性灵"放进中国诗情观的历史中进行探讨，就打破了"性灵"是反对复古派应运而生的单一观点，而是将之视为顺应文学发展规律的产物。笔者认为，这对于"性灵"思想的研究是一件非常有意义的事情。

一 一个值得重提的诗学话题

"性灵"是中国古代文学理论研究中的一个重要范畴，其最初的思想源头，可以追溯到庄子②，但作为正式的文论话语，则

---

① 诗情观，简言之，就是关于诗歌应该或者适合表达什么样的情感的观念。我们在进行文学创作或阅读文学作品时都会有类似的感觉，即并非任何情感都具有诗意、都具备诗性、都能进入诗歌审美领域，或都能进行诗歌表达并为人类的审美情感所共享的。能够进入文学审美领域的情感是存在界限与底线的，并且在不同的历史语境与文化语境中有着不同的面貌，不同的变异与演化，因而有着不同的涵蕴、性质与范域。但是，并非所有的诗学理论或诗歌观念对此都有充分的自觉和清晰的认识。对"性灵"说的研究，正是在这方面存在忽略与不足，而这又正好是"性灵"说最为重要的学术意义与理论意义之一。
② 《庄子·山木》篇中有"形莫若缘，情莫若率"之语，其中的"缘"和"率"就是讲身体和情感要顺应自然，要率性真实。明代的"性灵"与之思想本质相同，因而庄子可视为其最早的思想源头之一。

是首次出现在南朝刘勰的《文心雕龙》中①。此后，经过钟嵘②、庾信③等人的发展，到了明代，"性灵"在心学的影响下逐渐自立并完善，又经过公安"三袁"的大力提倡，最终成为一个影响整个中晚明文学趣向的诗学概念，并对清代以袁枚为代表的"性灵派"及"五四"新文学运动都产生了深远的影响。

纵观近代以来对明代"性灵"说的研究，除了在 20 世纪50—70 年代的文化特殊时期外，学者对这一学说的研究热情从未减弱过。早在 1932 年，周作人在给辅仁大学所做的关于中国新文学源流的演讲中，就详细探讨过公安派的诗学理论对新文学运动的积极影响，并正式提出了"信腕信口，皆成律度"以及"独抒性灵，不拘格套"是公安派的主要文学主张。④ 在同一时期，刘大杰在其《袁中郎的诗文观——中郎全集序》⑤，郭绍虞在其《性灵说》一文⑥中，也都对性灵说的内涵、特征、审美性质等问题做出了颇有价值的研究。1986 年，由湖北大学、华中师范大学和公安县共同发起的"公安派"文学研究会正式成立，并于次年在公安县召开了首届学术讨论会。根据此次会议论文结集出版的

---

① 《原道》《宗经》《序志》等篇中均出现"性灵"一词。如《原道》："仰观吐曜，俯察含章；高卑定位，故两仪既生矣。惟人参之，性灵所钟，是谓三才。为五行之秀，实天地之心。"《宗经》："故象天地，效鬼神，参物序，制人纪，洞性灵之奥区，极文章之骨髓者也。"《序志》："夫宇宙绵邈，黎献纷杂，拔萃出类，智术而已。岁月飘忽，性灵不居，腾声飞实，制作而已。"《文心雕龙》中所使用的"性灵"，是指人的智慧、精神、心灵、灵性等，特指"人"，以区别于宇宙间的其他事物。

② 钟嵘是最早直接使用"性灵"品评诗文的，他在《诗品》中评阮籍诗时曰："其源出于《小雅》，无雕虫之巧，而《咏怀》之作，可以陶性灵，发幽思。"认为诗歌应该是人的性灵的表现，而非为政治教化服务，已经表现出反对正统诗教对个体情感的桎梏的鲜明意识。

③ 庾信在其《庾子山集》中多次使用"性灵"一词，如《赵国公集序》："含吐性灵，抑扬词气。"《谢赵王示新诗启》："四始六义，实动性灵。"《拟连珠（其二十三）》："盖闻性灵屈折，郁抑不扬，乍感无情，或伤非类。是以嗟怨之水，特结愤泉；感哀之云，偏含愁气。"指代的是人之本真性情。

④ 周作人：《中国新文学的源流》，华东师范大学出版社 1995 年版，第 22—27 页。

⑤ 刘大杰：《袁中郎的诗文观——中郎全集序》，《人间世》1934 年第 13 期。在此文中，刘大杰认为中郎创造了"新的浪漫文学"，他的作品与理论"货色虽为旧，但是他那种文学革命的精神，还是新的"。

⑥ 郭绍虞：《性灵说》，《燕京学报》1938 年第 23 期。

《晚明文学革新派公安三袁研究》① 一书，可以说汇集了当时对公安派文学理论研究的前沿思想，其中，黄清泉的《略论"性灵"说与明中后期文化思潮》、易锦海的《论公安三袁对文学观念的变革》、田宜弘《排击拟古、昌言性灵——论袁宏道的〈叙小修诗〉》等文，都对"性灵"的诗学或文化本质做了有益的探讨。

此后，由于 80 年代以来性灵思想逐渐引起整个中国正统文化的重视，对于明代"性灵"说的研究也逐渐成为学界的一个热点问题，并取得了不菲的成果。综合来看，近二十年来，学者们发表的关于性灵研究的论文有数百篇之多，大致可以分为对于性灵说的内涵和美学特征的研究、对于性灵说的思想来源和文化因素的研究、公安派性灵说与其他性灵说的比较研究三个方面，笔者将在下文中做比较详细的考察与分析。此外，近年来关于性灵研究的专著成果也颇为丰厚，笔者将在综述最后单列出来做具体介绍。

（一）对于性灵说的内涵和美学特征的研究

这一部分是性灵研究中的热点问题，论文数量众多。但纵观学者们的研究，对于"性灵"说内涵的探讨大多不出"个人性情"的窠臼，而对于性灵说的审美特征，也多认为在前期表现为"真""趣""俗""野"，后期表现为"韵""淡""质"等方面。对于大同小异的论文不再赘述，仅选取其中一些论述新颖深刻者简要谈之。陶应昌在其 80 年代的一篇论文中提出，"性灵"不是什么神秘的东西，只是不同的创作主体对外部世界的不同反映，在复古派使人们性灵麻痹的时候，公安派提倡的"心灵无涯，搜之愈出"无疑是一种创举，远远超过了当时人们的思想认识水平；同时，"性灵说"使"创作主体的主观情趣超越客观法则，感性动力超越理性教条，精神欲求超越功利享受，个体生命超越社会压力，使个体的人超越自我的有限性"②，这对于创作主体更好地呈现审美世界是十分有益的。应该说，陶应昌对"性灵"说

① 张国光、黄清泉：《晚明文学革新派公安三袁研究》，华中师范大学出版社 1987 年版。
② 陶应昌：《公安派"独抒性灵，不拘格套"的主张及其主体意识》，《云南民族学院学报》1989 年第 3 期。

的探讨是比较深刻的，特别是他对创作主体的讨论，有助于我们更深刻地理解"性灵"说的本质。杨国凤在其《袁宏道"性灵说"之我见》一文中，也对"性灵"的本质有较为独到的认识，他指出"性灵"所表现出的是不再拘泥于"礼仪"的伦理道德大情，而更多的是个人的喜怒哀乐和嗜好情欲，"性灵"的内涵正在于"打破强加于文学之上的种种道德伦理的束缚，伸张新鲜真实的生活、情感和欲望在文学中应有的权利。"① 可以说，杨国凤的这一论点，已经注意到了"性灵"思想在情感表现上与传统文学的不同之处，已经接近了性灵在诗情领域上所做的开拓，但他并未由此展开，也没有在以后的研究中继续深入探讨，不能不说是一个很大的遗憾。

对于"性灵"说的提出是为了反对七子派的"格调"说的论点，陈文新比一些学者谈得更深一些。在其文《公安派诗学的重新考察》中，他提出：公安派要推翻的"格调"，指向的是整个中国古典诗的正统，而绝不仅仅以复古派为目标。此外，他还认为，从哲学渊源上来看，"性灵"说与王学和李贽有着很深的缘分，但从作家气质来说，公安派受楚骚传统的濡染尤为明显，他们都在正宗文统之外，是一种解放的象征。② 李涛和刘锋杰从"人学"的角度出发，认为晚明的"性灵"与传统的"性情"有着本质的区别，主要表现为："性情"是"持其性，化其性——压抑、规范——提升（伦理方向）——修（儒家）"；而"性灵"则表现为"任其性，率其性——顺应、任天——还原（自然方向）——适（道、禅）"。他们认为，在反人性压抑语境中诞生的"性灵"文学思想，为晚明文坛带来了新的气象，只要学界承认文学说到底是人学，那么"性灵"中所体现出来的人性诉求，就值得不断地探索和研究。③ 此外，还有一些学者也对性灵的内涵

---

① 杨国凤：《袁宏道"性灵说"之我见》，《宁波大学学报》（人文科学版）2002 年第 1 期。
② 陈文新：《公安派诗学的重新考察》，《社会科学研究》2000 年第 4 期。
③ 李涛、刘锋杰：《人性的压抑与反压抑——晚明"性灵"文学思想新探》，《中国韵文学刊》2008 年第 2 期。

和审美特征进行了较有深意的研究，如周延良的《人性复归的追寻与审美思辨的困扰——袁宏道"趣、真、质"文化内涵考论》①、雍繁星的《晚明性灵文学的世俗化倾向——以袁宏道为代表》②、梁讯和王红岩的《"性灵说"的回顾与反思》③、刘健芬的《公安派"独抒性灵"的审美内涵》④等。

　　值得一提的是，一些韩国学者也对"性灵"抱有极大的兴趣，韩国东亚大学的金庭希认为，"性灵是构成人的内心世界的重要因素，真则是使人的性灵外化为文艺作品的特定形式，质又是表现真的特定方式。"同时还进一步提出，袁宏道发展了李贽的作家论，"整理出了与当时的资本主义萌芽的社会结构——生产、流通、消费——相适应的作家、作品、读者的文艺运作结构，为其后的文艺理论的发展奠定了坚实的基础。"⑤对袁宏道的美学思想进行研究的还有韩国又松大学朴钟学的《袁宏道"从胸臆流出"美学观小考》一文，这篇文章主要探讨了袁宏道从"胸臆流出"的情感是什么、对于创作起着怎样的作用、袁宏道反对复古派的结果如何等问题。⑥另外，韩国国民大学的朴英顺也从明清"性灵"说的理论来源之一——严羽的诗学观念入手，研究了两者之间的继承与变革。⑦

　　（二）对于性灵说的思想渊源和文化因素的研究

　　"性灵"说到底发轫于何种思想传统，学者们可谓见仁见智，综合来讲，主要有佛教渊源说和心学渊源说两种。

———————————

①　周延良：《人性复归的追寻与审美思辨的困扰——袁宏道"趣、真、质"文化内涵考论》，《山西大学学报》1994 年第 1 期。

②　雍繁星：《晚明性灵文学的世俗化倾向——以袁宏道为代表》，《天津师范大学学报》（社会科学版）2002 年第 2 期。

③　梁讯、王红岩：《"性灵说"的回顾与反思》，《社科纵横》2009 年第 11 期。

④　刘健芬：《公安派"独抒性灵"的审美内涵》，《西南师范大学学报》（哲学社会科学版）1989 年第 4 期。

⑤　［韩］金庭希：《袁宏道性灵说研究——兼与李贽比较》，《中国人民大学学报》1997 年第 5 期。

⑥　［韩］朴钟学：《袁宏道"从胸臆流出"美学观小考》，《中国文学研究》2001 年第 3 期。

⑦　［韩］朴英顺：《严羽诗学与明清时期的"性灵"说》，《阜阳师范学院学报》（社会科学版）2004 年第 1 期。

1. 思想渊源

普慧在其《佛教思想与文学性灵说》一文中,从"性灵"一词最早作为思想范畴的南北朝开始探究其思想渊源。该文指出,佛教在南北朝时期是主流思想,是人们生活中必不可缺的精神食粮,"性灵"的最初倡导者范泰、谢灵运、颜延之、何尚之等人皆为虔诚的佛教信仰者,"性灵"一开始并不具有审美意义,只是一个佛教用语,作者还从语义学的角度考索了"性灵"的佛学本义。① 认为"性灵"思想来源于佛教的还有黄卓越,他认为性灵的几个基础含意,包括性灵即真常之体、性灵即"虚灵"、性灵即自性流行,都与对佛教思维的吸收有关。② 也有一些学者谈到了狂禅与性灵的关系,如赵伟在其著作《晚明狂禅思潮与文学思想研究》一书中,从"求真"这一脉系考察了狂禅思潮对性灵文学的影响。③

从明代的思潮中去探究"性灵"的思想渊源是很多学者的选择,王阳明心学与性灵的关系是其中的一个研究热点。如,左东岭认为"性灵"说与心学的关系最为密切,"性灵说是以阳明心学重主观心性而轻外在之物的观念作为其哲学基础的,同时又将阳明心学的良知虚明改造成超然的审美心境,将良知灵明转化为作家的慈心灵性,将自然良知引申为自然奔放的审美风格,性灵文学思想的发展过程实际上是对阳明心学继承和改造的过程。"④ 周群则认为"性灵"所受到的思想影响并非心学一家,而是深受明朝儒、释、道三教融合思潮的影响而产生的,心性理论是它的哲学基础。⑤ 讨论性灵与心学关系的文章还有:张毅的《良知·童心·性灵——儒家心学与诗学片论之二》⑥、刘万里的《心灵与

---

① 普慧:《佛教思想与文学性灵说》,《文学评论》2012 年第 2 期。
② 黄卓越:《佛教与晚明文学思潮》,东方出版社 1997 年版,第 129—135 页。
③ 赵伟:《晚明狂禅思潮与文学思想研究》,巴蜀书社 2007 年版,第 297—305 页。
④ 左东岭:《从良知到性灵——明代性灵文学思想的演变》,《南开学报》1999 年第 6 期。
⑤ 周群:《论儒释道与晚明文学思潮的关系》,《中华传统文化与新世纪国际学术研讨会论文集》,见中国知网 2001 年 10 月。
⑥ 张毅:《良知·童心·性灵——儒家心学与诗学片论之二》,《文艺理论研究》2003 年第 3 期。

性灵——论阳明心学与晚明文学的特质》① 等。

2. 文化阐释

从目前来看，对于性灵的文化阐释，主要集中于性灵中的人文精神、性灵与士人心态以及性灵产生的社会和地域背景等几个方面。吴兆路的《性灵文人的心态择向》② 和张永刚的《师心与师古的变奏——东林党议视野下性灵文学内在革新理路的雅化》③两篇文章，都从当时经济、政治、思想意识的改变导致的文人心态的变化着眼，分析了"性灵"说产生的内在理路。陈书录在《士商契合与明清性灵思潮的演变》中认为，士与商之间的相互交流和影响，是推动性灵文学思想成熟的一个重要原因，这种动力作用于明中叶性灵思潮的孕育期，晚明性灵思潮的高峰期和清中叶性灵思想的集大成期。④ 该文不是泛泛而谈，而是从具体的社会现象入手，深入地分析了士商契合这一晚明重要社会现象对性灵思潮的影响，有理有据，这种务实的研究方法是值得我们学习的。综合来看，对性灵的文化阐释，还较多地侧重于单方面的研究，但某一文化现象的生成往往是在历史与现实及多种思潮的相互融合中诞生的，因此，对于生成性灵的文化原因做一个整体性的探讨，是一个需要学界给予足够重视的问题。

（三）公安派"性灵"说与其他"性灵"说的比较研究

对于"性灵"说的比较研究，主要集中在公安派与袁枚、公安派与竟陵派异同的对比上。廖文婷认为由袁宏道的"性灵说"发展到袁枚的"性灵派"，其间虽然有着一脉相承之处，但由于社会环境、文艺思潮和学术背景的不同，二者的观念、性情等也迥然有别，这也就决定着二者的学说虽名同，但实质上有着很大

---

① 刘万里：《心灵与性灵——论阳明心学与晚明文学的特质》，《学术交流》2003 年第10 期。

② 吴兆路：《性灵文人的心态择向》，《复旦学报》（社会科学版）1995 年第 1 期。

③ 张永刚：《师心与师古的变奏——东林党议视野下性灵文学内在革新理路的雅化》，《北方论丛》2010 年第 6 期。

④ 陈书录：《士商契合与明清性灵思潮的演变》，《南京师大学报》（社会科学版）2004年第 6 期。

的差别。总体来看，袁枚的诗说表现为四平八稳、面面俱到，而袁宏道则一语惊人、思想偏激，这跟明清不同的社会环境有着很大的关系。① 如果说廖文婷是从"性灵"说的外部比较二者学说的不同，郑艳玲和麻玉霞则深入了"性灵"的内部，比较了两种"性灵"说内涵上的差别。她们认为，袁宏道的"性灵"多倾向于人之本性，更强调"真"，是"自适之性灵"；袁枚的"性灵"多倾向于人之灵动的情感、禀赋，更强调"情"，是"才性之性灵"。②

性灵比较研究中的另一个热点问题，是与同时代的竟陵派"性灵"观念的对比。马美信指出，公安派追求的"性灵"，是人的天性中对生活欲望和物质利益的渴望，竟陵派的"性灵"则是远离尘世的"孤怀孤诣"和"幽情单绪"，这也就造成了竟陵派缺少对现实生活的热爱之情和进取之心，转而追求个人心理的慰藉和满足，表现出一种凄凉之情，代表不了晚明的时代精神。③ 熊礼汇在其文《略说竟陵派对公安派性灵说的修正》中，也持有同样的观点，认为竟陵派的学说去掉了公安派性灵"包含的人性的宽泛性、鲜活性和世俗性"，因而也就从根本上替换了公安派"性灵"说的灵魂。④ 两派之间对"性灵"的理解和运用虽存在差异，但若从诗情的角度来看，都表现为对诗情之表现范域的开拓，所以在本书中笔者都将之归于明代"性灵"思想体系中。

（四）有关公安派及其性灵研究的专著

1. 大陆学者

由张国光、黄清泉主编的《晚明文学革新派公安三袁研究》

---

① 廖文婷：《"盖天盖地"与"蕴藉风流"——浅析袁宏道与袁枚"性灵"之不同》，《上海大学学报》（社会科学版）1998 年第 3 期。
② 郑艳玲、麻玉霞：《袁宏道与袁枚的"性灵"之异》，《燕山大学学报》（哲学社会科学版）2008 年第 4 期。
③ 马美信：《论公安派与竟陵派的分歧》，《复旦学报》（社会科学版）1985 年第 5 期。
④ 熊礼汇：《略说竟陵派对公安派性灵说的修正》，《荆州师范学院学报》（社会科学版）2003 年第 6 期。

是国内研究公安派和性灵思想较早的著作，该书是"公安派"文学研究会首届学术讨论会的论文结集，内容庞杂，涉及了公安派及其诗学理论的很多方面，但在对性灵思想相关问题的深度研究上显然还存在不足。此后，对于公安派性灵思想的研究逐渐走向"专业化"，出现了就其某一问题进行比较深入、翔实研究的著作，如钟林斌《公安派研究》①、易闻晓《公安派的文化阐释》②、尹恭弘《公安派的文化精神》③、何宗美《公安派结社考论》④、贾宗普《公安派文学思想研究》⑤ 等。这些著作或剖析公安派成员的人生态度，或论述其哲学和政治思想，或探讨结社的来龙去脉，或从整体上研究其文学思想，不一而足。但从总体看来，大都以"公安派"为研究对象，对"性灵"说本身的审美意蕴进行深入探讨的内容较少。由范嘉晨和段慧冬合著的《晚明公安派性灵文学思想研究》⑥ 是笔者目前查阅到的大陆唯一一部以公安派的"性灵"说为研究对象的专著，该书对于性灵文学思想形成的基础、性灵的思想内涵、审美旨趣以及性灵文学思想前后期的变化等问题做了较为细致的探讨。丁俊玲的博士论文《性灵说研究》⑦ 探讨了性灵说的文学发展观、语言观、文学本质观以及性灵说的人生意蕴等问题，论述比较全面，且该论文中的"性灵"不仅包括晚明性灵说，也包括了清中叶的性灵文学思想。

2. 台湾学者

台湾学者对公安派及其"性灵"文学思想也有比较浓厚的兴趣，周质平的《公安派的文学批评及其发展》⑧ 以袁宏道的文学思想、诗文作品及其生平为中心，探讨了公安派的理论及其流

① 钟林斌：《公安派研究》，辽宁大学出版社 2002 年版。
② 易闻晓：《公安派的文化阐释》，齐鲁书社 2003 年版。
③ 尹恭弘：《公安派的文化精神》，同心出版社 2008 年版。
④ 何宗美：《公安派结社考论》，重庆出版社 2005 年版。
⑤ 贾宗普：《公安派文学思想研究》，中国社会科学出版社 2011 年版。
⑥ 范嘉晨、段慧冬：《晚明公安派性灵文学思想研究》，中国社会科学出版社 2009 年版。
⑦ 丁俊玲：《性灵说研究》，博士学位论文，复旦大学，2001 年。
⑧ 周质平：《公安派的文学批评及其发展》，台湾商务印书馆 1986 年版。

变，书中对"性灵"的着墨也不是太多，主要论述了"性灵"与"真"与"趣"的关系。吴兆路的《中国性灵文学思想研究》①从"性灵"的意蕴谈起，不仅详尽地追溯了性灵的思想滥觞、骚动、前驱人物、成熟、发展和新变等历史足迹，还对"性灵"与文学契机、阳明心学、士人心态、地域文化等的横向关系进行了深入的探讨，材料充实、视野开阔、涉及面广，是一本研究"性灵"较为全面的著作。王颂梅的《明代性灵说研究》是"性灵"研究的又一力作，该书以专史的眼光，对性灵派的背景、成因、沿革、消长和得失做了详细的叙述。该书用了比较的研究方法，在"性灵派中比较各家的理论以见其斟酌损益，由简而繁的轨迹；在哲学思想和文学理论之间，比较王学与性灵，程朱与格调声气相通，步步合拍的现象；在正统派和反对派之间，比较其理论核心和各专题不同的看法；在时代方面，以秦汉、魏晋、齐、梁与明初和中晚明参照。在进行比较之余，亦能就能力所及，对异同现象给予合理的解释，以增加了解和接受的程度"②。作者这种比较的方法，更便于我们看清孤立现象之间的联系，使问题的实质得到较为合理的阐释。

二　对几个关键词的思考与辨析

（一）何为"诗情"

诗歌是情感的艺术，相较于散文、小说、戏剧等文学的其他存在形式而言，它在情感上的要求更高。"少年不识愁滋味，爱上层楼，爱上层楼，为赋新词强说愁。"辛弃疾词《书博山道中壁》告诉我们，没有情感是不能赋诗写词的。在西方的文学观念中，"诗"与情感几乎就是对等的关系，英国诗人华兹华斯将诗称之为"强烈情感的自然流露"，即诗歌创作不仅要有情感，情感还必须是深沉、强烈的，不如此则不足以称之为诗。

情感对于诗歌的重要意义，古今中西的文人墨客都有所提

---

① 吴兆路：《中国性灵文学思想研究》，文津出版社 1995 年版。
② 王颂梅：《明代性灵说研究》，花木兰文化出版社 2007 年版，第 2 页。

及,但是否所有的情都可以成为诗性之情,通过诗歌表现出来呢?19世纪英国诗人约翰·罗斯金说:"少女可以歌唱失去的爱情,守财奴却不能歌唱失去的金钱。"我国思想家梁启超叮咛诗人要修养自己的情感,"艺术家的责任很重……最要紧的功夫,是要修养自己的情感,极力往高洁纯挚的方面,向上提挈,向里体验",而所谓修养,"不外将情感善的美的方面尽量发挥,把那恶的丑的方面渐渐压伏淘汰下去。"① 由此来看,并不是所有的情都可以成为诗中之情,生活中的喜怒哀乐之情与艺术作品中所表现的情是不能同日而语的,正如《情感与形式》的作者、美国符号论美学家苏珊·朗格所说:"一个艺术家表现的是情感,但并不是像一个大发牢骚的政治家或是像一个正在大哭或大笑的儿童所表现出来的情感。"②

那么,究竟什么情可以入诗,什么情又不能入诗呢?国内有学者以"诗性之情"和"非诗性之情"来区别入诗之情与不入诗之情,但更进一步的探讨无法进行,因为"诗性之情"似乎是一个可以意会而难以明说的东西,这种"情"不仅涉及情与欲的关系、情与理的关系,而且涉及不同历史时期人们的生活处境、价值观、阶级意识以及情感本身的历史流变等许多方面的问题。因此,即使是一些伟大的诗人,在他们的作品中倾注的究竟是怎样的一种感情,怕是他们自己也是说不清楚的,何况对情感价值的认定也是因人而异、差别极大。③

对诗情问题的探讨之难,并不意味着对其无从谈起,在历代文人的只言片语中,我们还是可以捕捉到一些原始、朦胧的诗情

---

① 梁启超:《中国韵文里头所表现的情感》,载《饮冰室合集》卷37,中华书局1988年版,第71—72页。
② [美]苏珊·朗格:《艺术问题》,滕守尧、朱疆源译,中国社会科学出版社1983年版,第25页。
③ 朱光潜在《谈美》中曾举过的一个著名例子:同一棵松树,商人盘算它可以做什么东西,卖多少钱;植物家看到的是一棵针叶球果、四季常青的植物;只有画家欣赏到了它苍翠的枝叶、昂扬的躯干以及"大雪压青松"的豪迈气概。这里虽然三个人都对眼前的松树充满着情感,然而我们却非常清楚,商人的利益之情和植物家的理智之情是很难写进诗歌的,而画家对松树的欣赏之情,却是值得用诗歌来赞美一番的。

意识。王世贞《艺苑卮言》卷 8 中有段这样的论述："今夫贫老愁病，流窜滞留，人所不谓佳者也，然而入诗则佳。富贵荣显，人所谓佳者也，然而入诗则不佳，是一合也。泄造化之秘，则真宰默仇；擅人群之誉，则众心未厌。故呻占椎琢，几于伐性之斧；豪吟纵挥，自傅爱书之竹，茅刃起于兔锋，罗网布于雁池，是二合也。循览往匠，良少完终，为之怆然以慨，肃然以恐。曩与同人戏为文章九命，一曰贫困，二曰嫌忌，三曰玷缺，四曰偃蹇，五曰流窜，六曰刑辱，七曰夭折，八曰无终，九曰无后。"① 如果对这段文字从"诗情"角度做一个分析的话，那么"贫老愁病，流窜滞留"显然是诗性之情，是能够创作出好诗的情感类型，而"富贵荣显"则不能写进诗歌，是不具有诗意价值的情感。而其最后总结出的"文章九命"，可以说正是王世贞所肯定的九种诗性之情。

明末清初思想家黄宗羲在《马雪航诗序》中有过一段话，试图对"诗性之情"做出界定。他说，"诗以道性情，夫人而能言之。然自古以来，诗之美者多矣，而知性者何其少也。盖有一时之性情，有万古之性情，夫吴歈越唱，怨女逐臣，触景感物，言乎其所不得不言，此一时之性情也。孔子删之以合乎"兴观群怨""思无邪"之旨，此万古之性情也。吾人诵法孔子，苟其言诗，亦必当以孔子之性情为性情，如徒逐逐于怨女逐臣，逮其天机之自露，则一偏一曲，其为性情亦末矣。故言诗者不可以不知性"。② 在该文中，黄宗羲反复申述，诗性之情不是"怨女逐臣"的一时之情，而应是"思无邪"的万古之性情。虽然他对诗性之情与非诗性之情的论述还只是停留在感性和现象的表层，且带有明显的正统文学意识，但其中所表现的对诗性之情的自觉认识，还是值得称道的。

---

① （明）王世贞著，罗仲鼎校注：《艺苑卮言校注》卷 8 第 33 条，齐鲁书社 1992 年版，第 389 页。
② （清）黄宗羲著，陈乃乾编：《马雪航诗序》，载《黄梨洲文集》，中华书局 1959 年版，第 363 页。

　　与黄宗羲同时代的思想家王夫之也对"诗性之情"与"非诗性之情"进行了较为具体的分类。他在《诗广传》中把情感分为"白情"与"匿情""贞情"与"淫情""裕情"与"沾滞之情","道情"与"私情"等相反相成的四类情感。① 在这四组中，每类中的前者是他肯定的、具有诗意价值的情感，而后者则是需要节制或放弃、不适于在诗歌中表现的情感。王夫之对"诗情"所做的探讨，已经走出了黄宗羲的感悟式层次，为比较具体地进一步探讨"诗情"问题指明了方向。其实除王世贞、黄宗羲、王夫之外，明代的屠隆、徐渭，清代的袁枚、何绍基等人，也对都"诗情"问题有过探讨。只是他们对诗性之情的论述，大都是只言片语，缺少对这一问题的整体性观照。

　　简单来说，诗情，就是关于诗歌应该或者适合表达什么样的情感的观念，是对于诗情内涵、诗情类别、诗情性质、诗情领域、诗情表达方式等问题的一种诗学主张。虽然历代文人对"诗情"问题的探讨不多，但人们对诗性之情还是有着一种自觉的意识与判断：诗情是存在界限与底线的，并非任何情感都具有诗意，都具备诗性，都能进入诗歌的审美领域，或都能以诗歌表达的形式为人类审美情感所共享的，只有具有诗意价值的情感才是真正值得且可以诗化的情感，才是诗歌之所以打动人心的本质和根源所在。诗情在不同的历史语境与文化语境中有着不同的面貌，在不同的变异与演化中，会呈现出不同的涵蕴、性质与范域。可以说，中国的诗歌发展，就是诗人对"诗情"的内涵与边界不断"试错"和"探底"的写作尝试。

　　（二）"性灵文人"

　　从王阳明首倡"良知"之后，"性灵"说汲取了心学的思想营养，随着心学的发展逐渐壮大起来。本书所使用的"性灵文人"，并不局限于把"性灵"思想推向高潮的公安三袁，而是囊括了明代中后期一批受心学影响的文人，他们一方面推翻前后七

————————

① 《诗广传》卷1，参见（明）王夫之《船山全书》第三册，岳麓书社1996年版，第299—302页。

子建立的模拟王国，率领诗坛走出复古的迷障；另一方面积极建设诗学理论，形成了一股有力的"性灵"思潮运动。他们包括唐顺之、徐渭、李贽、汤显祖、公安三袁、陶望龄、江盈科、钟惺和谭元春等人。他们生活于明代中、晚期，其间或为师，或为友，或是偶然读其著作而深受感发，视之为生命挚友。这些人各有所好，各依自己的才情而做出不同的理论表达，风格并不统一，他们却具有共同的精神，即摆脱外在束缚、注重真情、回归自我、寻求自适的性格特征。甚至可以说，他们彼此的"不像"，就是他们最"像"的地方。而在创作上，他们虽或长于文章，或长于戏曲，或长于诗歌，但总是打破常规，寻求一种有别于传统的艺术之美。因此，虽然他们之中有些人并没有直接使用"性灵"一词，但从他们的精神实质和诗学理论中，我们可以明显地感受到他们的"性灵"精神。

（三）"正统文人"与"正统诗学观念"

美国学者艾尔曼曾说："千百年来，儒学经典和中国政治制度一直关系密切，无论其性质保守、激进还是温和，这种联系都说明经典对中国传统政治运作的影响力。它们为官僚、学者、士绅提供一系列判断政府、社会善恶的普遍标准……要掌握古代圣王的义旨就应研究和珍视古典遗产。士绅们从六经中获取有关人类实践的丰富知识，他们从此懂得祛恶从善的规范。六经包含着理想的社会模式以及对超历史真理绝对无误的阐述……"① 作为一个外来的学者，艾尔曼对中国传统文化的内在理路和思想精髓的认识可谓"一语中的"。中国文学之所以为中国文学的根本，除了方块汉字所独有的魅力以外，更在于它从《诗经》以来所特有的一整套价值系统，并由此表现出来的文化"统一性"。

这个一脉相承的"价值系统"，无疑就是以先秦儒家经典为最高信仰资源的政教意识形态体系。《荀子·儒效》篇为这一思想系统奠定了理论基础，刘勰的"原道""徵圣""宗经"虽然

---

① ［美］艾尔曼：《从理学到朴学——中华帝国晚期思想与社会变化面面观》，赵刚译，江苏人民出版社 1995 年版，第 20 页。

看似为文学确立了三个本源，但正如刘再复所说，究其实质只有一个："以儒家正统思想为文学的指导思想，道是圣人之道，经是圣人之言。"① 在这个体系中，文学是人文之光、世运之征，是权力文化和权力话语，是文治政治的运作和运行方式，是统计阶层的必备才学与才艺……②统治者和文人们依靠文学来管理政事，依靠文学来教导民众，依靠文学来治理天下，由此而形成了一系列以政治叙事为根本旨归的正统文学观念。

由于文学在中国文化中特殊的存在方式和存在意义，由此也就逐渐形成了一套完整的诗学观念，这些诗学观念以中国传统文学所占据的正统地位为依托，并为传统文学的正统地位奠定了理论基础，影响着正统文学的走向和选择，我们称之为"正统诗学观念"③。它的内涵表现为以儒家的政治学说和意识形态学说为指导思想，对文学的性质和功用进行政治性和道德性规约，追求一种符合儒家治世理想的文学效果。而所谓的"正统文人"，也就是以这一套文学和诗学观念为思想基础的传统知识分子。

为了对"性灵"诗情有一个较为全面和深入的研究，本书将采用下列阐述方法。

首先，本书较为注重史的线索与逻辑演变的内在关联。第一章先对明代"性灵"说之前的诗情观念进行梳理，这样不仅可以对先秦至宋的诗情观演变有一个大致的了解，也为"性灵"诗情观的进一步探讨奠定了基础。同时，在历史研究的同时，论文还兼顾各历史时期诗情观念之间的联系、演变及递进关系，注重诗情历史发展的内在理路，避免阐释对象的狭义化和研究的表面化。

其次，本书在写作中也注重理论阐释与作品分析的结合。中国的古典诗学理论大都是只言片语式的点到为止，没有系统的科

① 刘再复：《中国文学的宏观描述——〈中国大百科全书·中国文学卷〉"中国文学"条目初稿》，《北京社会科学》1986 年第 1 期。
② 彭亚非：《中国正统文学观念》，社会科学文献出版社 2007 年版，第 81—119 页。
③ 同上。

学推理和总结，以"性灵"说为例，"性灵"虽然在明清两代都有着重要的影响，但对其的概括也只有"独抒性灵，不拘格套"寥寥几个字，因此，对其内涵的剖析，如果仅从提倡者的诗学言论中去寻摸是远远不够的，而作品大都体现着作者本人的诗学观念，从具体的作品入手分析其诗学观念，不仅可以使其诗学观念丰满起来，更可以使理论与实践互相参照印证，使理论有所印证，作品有据可依。

最后，本书在研究中还注重文化阐释与理论辨析的结合。"性灵"作为一种文学精神现象，它的形成与发展与明代的社会环境、政治形势、士人心态、文学氛围以及中国传统文化精神都有着极其密切的关系，因此，只有把理论研究放入明代及整个中国文化传统中去考察辨析，才能识其同辨其异。

第一章　明代之前诗情观念的几种类型

中国是诗歌的国度，诗歌是表现情感的艺术。从"邪许"——人类的第一声本能歌唱开始，中国的诗人们就把自己的情感与灵魂毫无保留地托付给了诗歌。他们借诗歌歌唱，借诗歌言说，借诗歌成人，借诗歌立身，借诗歌表达自己的情感体验，也希望通过诗歌把自己的情感与他人交流、共享，获得同情或理解。在那一本本泛黄的诗集里，印刻着先人们最初的情感律动。虽然时至今日，我们已无法准确还原在那些整齐的句式与优美的语言背后深藏着多少悲悲喜喜的情绪体验，但对这些诗歌中内含的情感的探讨，却是诗学上一个不容回避的问题。

本书所提出的诗情观念，就是对于诗歌应该表达什么样的情感的探讨。对诗情问题的探讨，不再停留于诗歌与情感的关系这类一般性的问题上，而是对情感在诗歌中的表现进行深入追问，所探讨的重点，是诗歌"抒什么情"的问题。对诗情问题的认识，即使是最初的诗歌创作者们，也并没有达到充分的自觉，所以在现存的历史文献中，除了少量文人的只言片语，很难查找到对这一问题的完整或系统论述。客观地说，对这一问题的研究虽然存在资料上的困难，却并非无从下手。在中国的一些传统诗学命题和诗歌作品中，我们可以提取到古代文人对这一问题的本能认识。本章从我国最原始的诗歌形态——远古歌谣和《诗经》中的部分作品谈起，结合明代以前中国诗学上的几个重要诗学命题——

"诗言志""骚情""诗缘情""诗言意"，试图揭示出明代以前各具特色和代表性的诗情观念。

第一节 远古歌谣和《诗经》对诗情的本能表达

俄国文艺学家普列汉诺夫在《没有地址的信》中曾说："人最初是从功利观点来观察事物和现象，只是后来才站到审美的观点上来看待它们。"[①] 这一特点，也同样适用于中国的原始艺术。中国最古老的诗歌——远古歌谣所表现出的内容往往就是同原始人类的生活密切地联系在一起的，它是先人的主观情感与外在的现实生活相互激荡、碰撞的产物。同样，最早的诗歌总集《诗经》中的十五国国风，虽然当时（西周末年到春秋时期）的人们还没有自觉的作诗目的，但从流传下来的歌谣和诗歌作品中可以看出，他们对于诗歌的表现内容和情感呈现是有选择和要求的，体现出了对于诗情的本能认识。

一 本性之情的诗意化与诗性之情的自发表达

（一）原始歌唱——本性之情的美化与诗意呈现

"举重劝力之歌"被称为我国最早的诗歌，《淮南子·道应训》记载："今夫举大木者，前呼'邪许'，后亦应之，此举重劝力之歌也。"[②] "邪许"是先民在集体劳动时的一种呐喊之声，类似于今天的劳动号子。鲁迅先生在解读这段话时曾说，这首歌谣的产生其实是我们的祖先在抬木头觉得吃力时，不由自主发出的呐喊，它的产生甚至要早于人类的语言。这首歌谣的创作年代虽已不可考，但从这流传下来的十几个文字还是可以看出，无论是从创作动机还是从社会效果来看，歌谣的产生绝非有意识的审美

---

① ［俄］普列汉诺夫：《普列汉诺夫美学论文集》，曹葆华译，人民出版社 1983 年版，第 395 页。

② （汉）高诱注：《淮南子注》，上海书店 1986 年版，第 190 页。

创作行为，而只是原始人类在劳作中的一种不自觉的感叹或宣泄。也就是说，人类的第一声歌唱，中国最早的诗歌，发生于人类偶然的本能呼喊，它最初只是个体自我情绪的宣泄，是一种"自发性""个体性"的随意行为。

　　原始的诗歌源于古人情感抒发的自发需要，虽然当时人们还没有充分认识到言语的诗意化——诗歌对于人们抒发和宣泄情感的重要意义，但从他们第一次的自发歌唱和以后对这种呐喊方式的接受和推广可以看出，先民们实际上已经直觉到了这种表达方式在他们的情感世界中所具有的重要意义。这一点也可以从"劳动歌"在此后历史上的蓬勃发展得到证明。在"邪许"两字的基础上，随着原始人类语言表达能力的日渐发达，人们在有节奏的劳动呼喊声中加上一些简单的字词，就有了最初的诗歌雏形；而随着劳动的种类日益多样，人们的语言日益丰富，领唱者把劳动中的临时所见所想随口咏唱进歌谣，此时的歌谣不管是在内容还是在形式上，已颇有审美的意味了。

　　这一切，都不得不归功于原始时代那一声偶然的呼喊。遗憾的是，我们迄今已无法准确还原这一声"邪许"中到底隐藏着怎样的情感体验。"举重劝力之歌"后来虽然成为一种集体歌唱，进而演变成一种群体情感的表达方式，它的最初发生实际上关联着个体的情绪和情感，是某一个体在"情不可遏"时的无意识和本能行为，带有鲜明的个体性和直白性。

　　"举重劝力之歌"表现出的是人与自然之间的关系，随着原始社会的解体和家庭意识的逐渐突出，男女两性之间的情感成为诗歌表现的另一主要内容。

　　《吕氏春秋·音律》云："禹行功，见涂山之女，禹未之遇而巡省南土。涂山氏之女乃令其妾候禹于涂山之阳，女乃作歌，歌曰：'候人兮猗！'实始作为'南音'。"①《候人歌》是中国诗歌史上第一首表现夫妻相思情感的诗歌作品。"候人兮猗！"是涂山

———————————

① （汉）高诱注：《吕氏春秋》，上海书店 1986 年版，第 58 页。

氏女浓烈相思之情的直接表白,全诗只有四个字,"兮猗"两个字为语气助词,相当于"啊""呀"的意思,用来辅助表现和加强情感的表现力量。全诗的实际意义落实在"候人"二字上,一唱三叹的"等待啊等待"让人颇为感动。《候人歌》在中国文学史上具有重要的意义,它标志着艺术关注的对象从人与宗教和人与自然的关系扩展到了人与人之间的关系上,并且,相对于原始劳动歌谣和宗教祭祀歌谣,它的情感抒发更具有鲜明的个体性和自我意识,这种让人不安、令人焦灼难耐的看不到尽头的等待,只有等待者本人才可以深切地感受到。所以,她的歌唱中所包容的复杂的微妙情感,也就带有明显的个体性特点。

除"南音"《候人歌》外,"四方之音"中的"北音"《燕燕》① 和"东音"《破斧》②、西音《殷整思》③ 也都是创作者的自发抒情。或羡慕燕子的自由飞翔,或感叹命运的不可捉摸,或抒发离家思乡之意⋯⋯在这些混沌的心理和简略的表达中,虽然还没有文字记载能够说明人们意识到了诗歌对于情感的导泻和呈现作用,但从这些自发和自觉的表达中可以看出,古朴的歌谣和铿锵的节奏平复着先民躁动或焦虑的心绪。这些最原始的歌谣中刻印着先民们最初的情感律动。

(二)"心之忧矣,我歌且谣":《诗经》中的本性之情

与"四方之音"一样,《诗经》中的国风也是各个不同诸侯国地区的地方土乐。出自民间的国风虽然在后世被附会上了种种

---

① "有娀(sōng)氏有二佚女,为之九成之台,饮食必以鼓。帝令燕往视之,鸣若谥隘。二女爱而争搏之,覆以玉筐,少选发而视之,燕遗二卵,北飞,遂不反。二女作歌,一终曰:'燕燕往飞'。实始作为'北音'。"(汉)高诱注:《吕氏春秋·音律篇》,上海书店1986年版,第59页。

② "夏后氏孔甲田于东阳萯山。天大风晦盲,孔甲迷惑,入于民室。主人方乳。或曰后来,是良日也,之子是必大吉。或曰不胜也,之子是必有殃。后乃取其子以归,曰:'以为余子,谁敢殃之!'子长成人,幕动坼橑,斧斫斩其足,遂为守门者。孔甲曰:'呜呼!有疾,命矣夫!'乃作为《破斧》之歌,实始为东音。"(汉)高诱注:《吕氏春秋·音律》,上海书店1986年版,第58页。

③ 西音有歌无词,主要表达居处怀乡之情。《吕氏春秋·音律》记载:"殷整甲徙宅西河,犹思故处,实始作为西音。"《吕氏春秋·音律》,(汉)高诱注,上海书店1986年版,第58—59页。

政治和道德的意义阐释，但其中的多数篇目，其实是人们心有所感、冲口而出的个人一己私情之表达。

《鄘风·柏舟》① 讲述一名女子责备母亲反对她自由爱情。女子把内心的怨愤以反复呼喊"母也天只！不谅人只"的方式发泄出来，颇类似于《候人歌》中"候人兮猗"式的抒发。在痛苦啮噬内心时，女子似乎直觉到了这种无法宣泄的痛苦之情是可以通过这种诗意化的方式疏导出来的。《邶风·北门》② 则讲述了一名公务繁忙的小官吏内外交困的抑郁和忧伤之情，对于内心无法排泄的痛苦，主人公也以"已焉哉！天实为之，谓之何哉"的直白呐喊发泄出来。正如泰勒所说："我们称做诗的那种东西，对于他们来说是现实生活，而不是神和英雄、男女牧人、剧院女主角和用油彩涂抹、羽毛装饰的空谈哲理的蒙昧人的装模作样……"③ 这类作品呈现的是日常人物在日常生活中发生的日常事件，作品中所表达出来的"情"多是一些私人的情感，是个体或悲伤或喜悦的人生体验。他们没有有意识地进行主动创作的目的，所有的创作行为只是为了一吐为快，舒缓内心的波动，让心情重新归于平静。这类"情"，我们称之为"具有一般人性内涵的审美情感"④。

《诗经》中的这些本能抒发一己之情的作品很多，这些作品中的情感没有经过外在道德或审美的升华，带有鲜明的主观性和个体性，劳作丰收的欢乐、遇见恋人的喜悦、被抛弃的哀伤、远离家乡的思念之苦、战争徭役的痛苦……形形色色的生活和各式各样的情感，凡此种种，构成了早期中国抒情诗歌的艺术基础及

---

① 《鄘风·柏舟》："泛彼柏舟，在彼中河。髧彼两髦，实维我仪。之死矢靡它。母也天只！不谅人只！泛彼柏舟，在彼河侧。髧彼两髦，实维我特。之死矢靡慝。母也天只！不谅人只！"

② 《邶风·北门》："出自北门，忧心殷殷。终窭且贫，莫知我艰。已焉哉！天实为之，谓之何哉。王事适我，政事一埤益我。我入自外，室人交徧谪我。已焉哉！天实为之，谓之何哉。王事敦我，政事一埤遗我。我入自外，室人交徧摧我。已焉哉！天实为之，谓之何哉。"

③ 泰勒：《原始文化》，上海文艺出版社 1992 年版，第 298 页。

④ 彭亚非：《中国正统文学观念》，社会科学文献出版社 2007 年版，第 327 页。

其以抒情为主的基本美学风格。

透过这些诗歌我们可以发现，在这些自发的审美表达中，先人们似乎已经感觉到那些使人忧郁难言的情感，那些给人以美好人生体验的情感，是可以以一种诗意化的方式表达出来的。① 这些情感因为自然，所以真实，因为真实，所以具有高度的诗意之美。总体来说，这些出自本性的自发抒情之作具有以下几点特征：其一，这些诗歌作品是先人"以歌代言"的随意吟咏，是一种本能和自发行为。其二，诗歌中的情感是个体的独特情感体验，具有鲜明的自我性。其三，情感的抒发通过一种"直白"或"直抒胸臆"的方式表达出来，很少文饰性构造。其四，情感的抒发往往比较强烈，还没有对情感进行节制的意识。

二　人性之情的自觉化与人文之情的文构形美化

人类的第一声歌唱虽然出自某一个个体的自我情感宣泄，但遗憾的是，这种自我化和本能化的诗意抒情方式，在很长一段时间内让位于人与自然、与宗教（祭祀）的交流和言说。在当时恶劣的生存条件下，个人的情感和情绪显得那么微乎其微，与自然的斗争、集体的高效劳作、从祭祀中获取希望，是人们的生活内容重点。"一个民族怎样生活，他就怎样歌唱"，先民们的生存状态，显然影响了诗歌的内容和情感走向。

（一）为生存的歌唱：远古歌谣中的自觉抒情

《弹歌》："断竹，续竹，飞土，逐肉。"又名《断竹黄歌》，相传作于黄帝时代，被称为我国最早的二言诗。② 从内容上来看，《弹歌》应是一首原始狩猎之歌，记载了黄帝时期的人们制作弓箭和集体狩猎的劳动场景。但《吴越春秋》对这首歌谣的意义有着不同的记载：越王欲谋伐吴，"范蠡复进善射者陈音。音，楚人也。越王请音而问曰：'孤闻子善射，道何所生？'音曰：'臣闻弩生于弓，弓生于弹，弹起古之孝子。'越王曰：'孝子弹者奈

---

① 彭亚非：《中国正统文学观念》，社会科学文献出版社 2007 年版，第 327 页。

② 刘勰：《文心雕龙·章句》："寻二言肇于黄世，'竹弹之谣'是也。"

何?'音曰:'古者人民朴质,饥食鸟兽,渴饮雾露,死则裹以白茅,投于中野。孝子不忍见父母为禽兽所食,故作弹以守之,绝鸟兽之害。故歌曰:'断竹续竹、飞土逐肉'。"① 这段话厘清了我们对于这首诗歌字面意义的误解,表明了《弹歌》的创作初衷和原始意义。由此来看,《弹歌》其实是记载一位古代的孝子不忍心看到死去的父母被禽兽吃掉而断竹做弹弓来保护父母的动人事迹。歌谣的作者已不可考,但他显然从孝子的行为中体察到了某种令人感动的情感因素,于是作诗以记载和歌颂之。

原始歌谣中类似的自觉抒情之作还有很多,如,《礼记·郊特性》中的"蜡祭":"土,反其宅! 水,归其壑! 昆虫毋作! 草木归其泽!"② 是神农时代的一首祭祀歌谣,在自然灾害面前,先民企图靠这种有节奏的语言来调控自然,从而达到使自然服从于自己愿望的目的,这是一首有意识地进行创作的歌谣。这首咒语式的祭歌,宣泄出来的是一种强烈的改变自然的欲求。

这种自觉的、有意识的作歌行为,已不同于"邪许"或"候人兮猗"式的自发歌唱。其一,它不再是作诗者的本能歌唱,而是充当了代人歌唱者的角色;其二,诗情的表达不再是直白式的呼喊,而是经过沉淀后的理性表达,这从《弹歌》较为工整的二言句式中也可以看出;其三,情感内涵开始表现出道德色彩,充分说明了歌谣的作者已经有意识地对可以进入诗歌的诗性之情进行过选择和过滤。自此,人的生存、生活、劳作,人生的幸福、欢乐、忧愁与痛苦,各种社会性的、人文性的心理活动、心理事件开始自觉地寄寓于诗歌形式,获得诗性存在。这些,不能不说是诗歌史上很重要的进步。

(二)"作此好歌,以极反侧":《诗经》中的自觉言情

《诗经·巷伯》是一首对于造谣诬陷的"谮人"进行控诉的诗歌。在《巷伯》这首诗的结尾,作者还明确地表达了自己的创作目的——"寺人孟子,作为此诗。凡百君子,敬而听之。"即

---

① (东汉)赵晔:《吴越春秋校注》卷9,江苏古籍出版社1986年版,第127—128页。
② 李慧玲、吕友仁注译:《礼记》,中州古籍出版社2010年版,第97页。

诗歌的创作不仅是个人的自言自语，创作者更希望把自己的这种情感倾述给世人，已经具有自觉的创作意识。"自觉的表达，即诗人有确切的内心意念和心理活动需要表达出来让人知道"①是《诗经》创作动机之一，这类作品在创作之初就有着明确的目的性，创作主体是为了把自身的情感与人分享交流从而获得认同。类似的作品还有很多，如《魏风·葛屦》"维是褊心，是以为刺"，《陈风·墓门》"夫也不良，歌以讯之"，《大雅·荡之什·嵩高》"吉甫作诵，其诗孔硕，其风肆好，以赠申伯"。这类作品多是一些社会叙事性作品，具有政治色彩或道德意愿，如《硕鼠》对于贪得无厌的统治者的讽刺，具有鲜明的政治色彩；《巷伯》表达了创作者对于"谮人"的控诉，具有明显的道德意愿等。"在这样的抒情理念中，诗性之情，可以诗意化之情被认为是那些具有社会性和人文性本质的情感和心意。"②

　　可以说，诗歌发展至此已表现出明显的人文性倾向：一方面，诗歌不再是纯粹的自我抒发，而是创作者内心有明确的意愿想要表达出来，带有明显的自觉性和目的性。另一方面，诗歌中的情感不再只是一己私情的倾诉，而是具有群体性和社会性的情感。再者，诗歌也不再是直白和未经任何修饰的自然话语方式，而是出现了重章叠句的话语结构，显然经过了文构形的美化。

　　从对远古歌谣和《诗经》的剖析中可以看出，在诗歌艺术诞生之初，表现出了两种不同的诗性情感，即人本之情和人文之情。人本之情多是自发的私人之情，意义倾向于"诗缘情"之"情"；人文之情多是自觉的具有政治和道德色彩的社会之情和群体之情，是此后"诗言志"中正宗之"志"。这两种诗情意识交织在一起，构成了中国诗情理念的底色。但遗憾的是，这两种诗情意识在此后并没有并驾齐驱下去。西周的"采诗制度"把诗歌纳入了政治运作的制度构成之中，等于自觉淘汰掉了人本性情感的诗意价值，而把人文性的"志"确立为诗情的正宗。春秋时

① 彭亚非：《中国正统文学观念》，社会科学文献出版社2007年版，第327页。
② 同上。

期，孔子的一句："《诗三百》，一言以蔽之，曰：思无邪。"（《论语·问为政》）等于是对诗歌的诗情性质做了一个总领性的规约，"无邪"的诗情，自然不包括自言自语的哀怨和你侬我侬的相思。以孔子为代表的儒家知识分子对西周礼仪社会的向往，对现实社会的政治关切，使此后的诗歌正式担负起了"正得失、动天地、感鬼神"的社会政治伦理作用。

我们可以对这两种诗性情感进行一下归类和划分。远古歌谣和国风中具有自发抒情性质的诗歌大都为风诗——"凡诗之所谓风者，多出于里巷歌谣之作，所谓男女相与咏歌，各言其情者也。"① 这些作品中的情感多是诗人的一己私人之情感，是诗人喜怒哀乐的本能性抒发。诗人一般不会对自己的情感有意识地进行节制，所以情感的表现较为强烈。而在情不可遏之时，诗人也无暇对诗情的表达方式进行修饰或美化，所以多是直白性的呈现。我们可以把这些作品的诗情内涵定义为"风情"。"风情"最具人本色彩，是个体最真实情感的自然流露，是诗歌的最强大的生命力和价值所在。但在孔子之后，诗歌的"风情"被文人忽略掉了，一直到明代的性灵文人才对它重新开始重视。

而远古歌谣和《诗经》中的祭祀和讽刺诗，已经具有鲜明的政治或道德伦理色彩。这些作品中的情感多是社会性或群体性情感，在诗情的表达方式上，诗人也开始有意识地进行文构和美化，表现为整齐的四言句式和重章叠句的表达特点。这些作品中的诗情内容我们可以称为"志情"，它们是此后以"诗言志"为代表的中国正统诗情文化的源头。

第二节　"诗言志"：中国诗情观念的理性自觉

"志"，"士人之心也"，所以诗所言之"志"，其实是古代的

---

① （宋）朱熹注：《诗集传》序言，中华书局 1958 年版，第 2 页。

一个特殊群体——士人的思想和情感。中国的正统士人不仅仅是大而化之的所谓文化创造者、知识传播者或精神传承者，他们更是精英文化的代表，是雅文化的主体，所以苏轼有"人瘦尚可肥，士俗不可医"的说法，士与"俗"在本质上是势不两立的。因此，正如"士人"在古代社会所承担的社会责任一样，诗所抒发的士人之"志"，也就天然地肩负着诸种重任。

一　"志"情的政治和道德承载

"诗言志"是中国古代诗学观念的逻辑起点，刘毓崧先生视之为"千古诗教之源"①，朱自清先生称之为中国诗学的"开山纲领"②，如此的评价，足见这一诗学理念在中国诗学史上的地位和影响。时至今日，"诗言志"依然是当代学界的热点问题，其中，它与"诗缘情""诗言意""载道说"的争论，是一个讨论较多的话题。从学者对这几个中国诗论核心范畴的讨论中我们可以窥见："诗言志"相较于其他几个诗学概念的特殊之处，正在于它是颇具中国正统文学观念特色的诗情理念，也就是"志"情。应该说，"诗言志"不仅仅是"千古诗教之源"，它也是中国诗情文化的基石，因此，探讨和辨析"诗言志"中所蕴含的诗情内涵和诗情特质，是有效认识其本质的关键所在。

上段提到的"中国正统文学观念特色"，是指中国传统文学的"政治叙事性追求"③，所有的经典文献和诗意言说都是政治制度的构成部分，都被官方赋予了权威的阐释意义。正如荀子所言："《诗》言是其志也；《书》言是其事也；《礼》言是其行也；《乐》言是其和也；《春秋》言是其微也。"④ 这些经典文本存在的目的，都最终指向了治平社会。"诗言志"就是这种"政治叙事性追求"文化系统中的一个核心命题。

---

① （清）刘毓崧：《古谣谚序》，见杜文澜辑《古谣谚》卷首，中华书局1958年版，第1页。
② 朱自清：《诗言志辨·经典常谈》，商务印书馆2011年版，第7页。
③ 彭亚非：《中国正统文学观念》，社会科学文献出版社2007年版，第81页。
④ （战国）荀况：《荀子·儒效》篇，（唐）杨倞注，上海古籍出版社1989年版，第297页。

　　按照"诗言志"首次出现在《今文尚书·尧典》中的时间来推断，这一观念的发生可以上溯到传说中的五帝时代，《尚书》记载：

　　　　帝曰："夔！命汝典乐，教胄子。直而温，宽而栗，刚而无虐，简而无傲。诗言志，歌永言，声依咏，律和声。八音克谐，无相夺伦，神人以和。"夔曰："於！予击石拊石，百兽率舞。"①

　　在这篇文献中，"诗言志"还不具有独立的文学性质，而只是原始祭祀活动的一个组成部分，是先民沟通神灵的手段之一。我们在此可以看出，"诗言志"从一开始就不是关于个体情感的言说，而是"指向神明昭告"②。"昭告"的具体内容不得而知，但祈祷风调雨顺、国家长治久安应是其中不变的主题。

　　对于"诗言志"发生于五帝时代的说法，国内的学者还有不同的看法，他们认为，"诗言志"的观念不可能发生的那么早③，如此内涵丰富的文字表述，不可能出现在还处于蒙昧阶段的尧舜时代。如果此说成立，那么《左传·襄公二十七年》中的"诗以言志"④ 应该就是"诗言志"的最初范本。"诗以言志"也就是赋

---

① 《尚书》，顾迁注译，中州古籍出版社 2010 年版，第 33—34 页。
② 饶宗颐：《"贞"的哲学》，载北京大学中国传统文化研究中心编《文化的馈赠（哲学卷）》，北京大学出版社 2000 年版，第 47 页。
③ 陈良运：《中国诗学体系论》，中国社会科学出版社 1992 年版。在此书中，陈先生通过考辨之后认为：在中国最古老的文字甲骨文和金文中，都没有"诗"字和"志"字，所以距殷周还相当遥远的尧舜时代不可能出现如此繁复和明确的文字表述。根据《左传》的记载，"志"应该出现在春秋时代，但当时多用于政治场合，如"诗以言志"等。在《诗三百》中，也没有出现一个"志"字，"志"字多用"心"代替，也就意味着《诗》的作者是没有"诗言志"观念的。
④ 《左传·襄公二十七年》：郑伯享赵孟于垂陇，子展、伯有、子西、子产、子大叔、二子石从。赵孟曰："七子从君，以宠武也。请皆赋以卒君贶，武亦以观七子之志。"子展赋《草虫》，赵孟曰："善哉，民之主也！抑武也不足以当之。"伯有赋《鹑之贲贲》，赵孟曰："床笫之言不逾阈，况在野乎？非使人之所得闻也。"……卒享。文子告叔向曰："伯有将有戮矣！诗以言志。志诬其上，而公怨之，以为宾荣，其能久乎？幸而后亡。"叔向曰："然，已侈！所谓不及五稔者，夫子之谓矣。"见《春秋左传正义》，《十三经注疏》卷 38，阮元校刻，中华书局影印本 1980 年版。

诗言志，《汉书·艺文志》所讲："古者诸侯卿大夫交接邻国，以微言相感；当揖让之时，必称诗以喻其志。"言说者所赋的是《诗》中的原句，但表达出的已不是诗歌作者的本意，而是根据当时外交场合的需要经过"再诠释"之后的意义。对《诗经》的这类"再诠释"行为可以上溯到周朝。周公制礼作乐，"诗"是其礼乐文化的重要组成部分，原本出自痴男怨女，颇具私人性的诗歌情感，被附会上了种种政治和道德的情感内涵。所谓"小人歌之以贡其俗，君子赋之以见其志，圣人采之以观其变。"① 诗与政治的关系，在此被定下了一个基调，成为后世的一个永恒理念。

孔子正是怀着"郁郁乎文哉，吾从周"的社会理想，开辟出其温柔敦厚的"《诗》教"之路的。《礼记·经解》记载："孔子曰：入其国，其教可知也。其为人也，温柔敦厚，《诗》教也……"② 孔子对于《诗》有着非同一般的价值期待，"不学诗，无以言"，不学诗，简直到了孤立于茫茫的黑暗中寸步难行的地步。同时，孔子也经常给"诗"附加各种人生和社会理想，如："子夏问曰：'巧笑倩兮，美目盼兮，素以为绚兮'。何谓也？子曰：'绘事后素'。曰：'礼后乎？'子曰：'起予者商也，始可与言诗已矣。'"（《论语·八佾》）原本是描写美人的诗句，被孔子强加上"礼治"的思想，成为个人修身养性的道德参照。从这些事例可以看出，孔子对《诗》的情感表现是有要求的，即必须是具有道德教化性的情感，即使诗中并没有表现出此种情感意愿，接受者也要从中升华出此种情感色彩，由此也可以看出孔子对诗情之道德性的重视。同时，孔子的"《诗》教"与"诗言志"还表现出内在的继承关系。"所谓'诗言志'最初的意义是讽与颂，就是后来美刺的意思。"③ 而"美刺"也正是"《诗》教"的主要实现方式，这正好契合了《诗》与政治的关系以及接受者对《诗》之情

---

① （隋）王通：《文中子·天地篇》，载《百子全书》第一册，岳麓书社 1993 年版。
② 李慧玲、吕友仁注译：《礼记》，中州古籍出版社 2010 年版，第 192 页。
③ 朱自清：《诗言志辨·经典常谈》，商务印书馆 2011 年版，第 72 页。

感的政治性要求。

由此可以看出，在孔子及孔子之前，"诗言志"主要是一个关于接受理论的观念，"诗言志"其实就是"《诗》言志"，① "言志"其实是从当时神圣的历史文献《诗》中归纳出来的一个观点。此处的"诗"已不是作诗者的原本意义，而是被抽空了个体人性情感，"只剩下被刻意观念化和理性化了的社会心理内涵。"② 而通过"诗"所披露的"志"，自然也就只是关乎社会性的政治伦理规范，而不涉及个人情感的审美意义了。

到了战国末期，荀子提出了"《诗》言是，其志也"的观点，把"志"与圣人之道联系了起来。《儒效》中有言："圣人也者，道之管也。天下之道管是矣，百王之道一是矣，故《诗》《书》《礼》《乐》之归是矣。《诗》言是，其志也……"③ 他在此处所提到的"志"也就是"圣人之志"，是符合儒家的政治伦理道德思想之志。荀子虽身处江湖，但其思想中有着浓重的君权专制倾向，从他的"性恶"思想中就可以看出，他要求去除人的自然本性，通过修行礼仪，成为一个合乎伦理道德的社会人，这种意识显然也不由自主地反映在了他的文学观念之中。

汉儒是儒家思想的忠诚捍卫者和执行者，他们吸取了荀子把"志"释为"圣人之志"的观点，进一步加强了"志"的理性内涵。如贾谊认为："诗者，志德之理而明其指，令人缘之以自成也。故曰：诗者，此之志者也。"④ 董仲舒则提出"志于礼"，"志为质"⑤ 等。《毛诗序》是把"诗言志"从接受理论转变为创作理论的关键之作，在此文中，"诗"不再是一部历史文献，而成

---

① 《孟子·离娄》："王者之迹熄而《诗》亡。《诗》亡，然后《春秋》作。"可见《诗》是用来记载"王者之迹"的，"诗"这个字在当时是专门表示这一特殊历史文献的，而不是我们现在意义上的文学体裁。

② 彭亚非：《中国正统文学观念》，社会科学文献出版社2007年版，第73页。

③ （战国）荀况：《荀子》儒效篇，（唐）杨倞注，上海古籍出版社1989年版，第296—297页。

④ （汉）贾谊撰，阎振益等校注：《新书校注》，中华书局2000年版，第327页。

⑤ 见（清）苏舆撰，钟哲点校《春秋繁露义证》，中华书局1992年版，第27页。

为一种文学体裁；同时，"志"也不再是赋诗者和解诗者之志，而成为诗歌创作主体之"志"。他对诗提出的"正得失，动天地，感鬼神"和"发乎情，止乎礼义"的要求，成为"诗言志"这一诗情理念的两个关键因素，奠定了"志"情的诗情特色，即"志必须表现出文治意识形态的正面价值形态，必须在叙事本质上成为统治阶级正统意志和主体精神的一种表现，必须在观念内涵上体现文治文化的政治原则和道德原则。"①

文治文化的政治和道德原则，是"诗言志"这一诗情理念的核心和关键所在，同时，它也成为中国诗情文化的一个最主要的特色。此后，文人们在"诗言志"的基础上继续对其挖掘和阐释，特别是在"缘情"理念出现之后，"志"与"情"与"欲"等也曾出现过交叉或重叠，但是具有政治教化意义、社会理性内涵的情感仍是被文人普遍认同的具有价值的诗性情感。

例如，六朝虽是思想解放、情感张扬的时代，但"志"的道德教化性依然是其思想主流之一。裴子野在《雕虫论》中写道："古者四始六艺，总而为诗，既形四方之风，且彰君子之志，劝美惩恶，王化本焉。后之作者，思存枝叶，繁华蕴藻，用以自通。……自是闾阎年少，贵游总角，罔不摈落六艺，吟咏情性。学者以博依为急务，谓章句为专鲁。淫文破典，斐尔为功，无被于管弦，非止礼义。深心主卉木，远致极风云，其兴浮，其志弱，巧而不要，隐而不深。"② 裴子野批评了闾阎年少"非止于礼仪"的吟咏性情之作，强调了诗歌应该表达具有劝美惩恶的社会教化作用的"君子之志"，等于是用被道德和礼制规范过的情感来代替普遍的一般人性情感。

文学与政治两位一体之关系，并不是我国对于诗歌的独有态度，相比之下，西方最早的关于诗学的理论，在这方面的理念可谓"有过之而无不及"。如果说中国传统的"乐教"和"诗教"还是用一种和风细雨、谆谆教诲的方式来尽力试图使人们接受文

① 彭亚非：《中国正统文学观念》，社会科学文献出版社 2007 年版，第 73 页。
② （南朝）裴子野：《雕虫论》，见《全梁文》卷 53。

治文化理念的话，柏拉图则干脆采取了强硬的政权制度。柏拉图
主张设立文艺检查制度，将那些描写上帝恶性和人类情欲的诗人
赶出"理想国"。他认为："最高尚的剧本只有凭真正的法律才能
达到完善"，"一个城邦如果还没有由长官们判定你们的诗是否宜
于朗诵或公布，就给你们以允许证，它就是发了疯。"① 又说，
"真正的立法者会劝导诗人们，如果劝导不行，就强迫诗人们在
节奏、形象，曲调各方面都用美丽高尚的文字，去表现有自制力
和勇气并且在一切方面都很善良的人们的音乐。"② 总之，诗性情
感应迎合政治的需求，这与创作的主体、文人的地位、社会环
境、文学的价值等因素都有密不可分的关系，这一现象并不是中
国传统文学所独有的。不同的是，中国持续时间较长的封建专制
文化，使诗歌自始至终都没有摆脱"诗言志"的影响，这一影响
甚至在当代社会也依然持续着。

综合以上的论述，我们可以把"诗言志"所提倡的诗性情感
称为"志"情。综合来看，"志"情是一种渗透着文治文化的政
治原则和道德理性的情感类型，"它本身属于情意体验，所以才
能成为诗的生命本根"③；同时，它又以政治和社会的理性规范为
根底，因此有别于纯私人性的情绪体验。"志"情在其发展的过
程中，"从原始歌谣的情意浑沌，到早期诗人的情意并著，又经
献诗、赋诗、引诗、解诗等活动中的'情'的淡化和理念的突
出，再到骚辞、乐论中对'情'的重新发扬，终于在'发乎情，
止乎礼义'的表述中取得了其初步的定性。"④ 需要注意的是，此
后一些文人不断扩大"志"情的容量，试图让它去包含"情"
"欲"等此类本体性的情感。在具体的应用上，"志"情也表现出
了十足的弹性和包容性，但它并不是无边无际的，指向理想人

---

① ［古希腊］柏拉图：《文艺对话集》，朱光潜译，人民文学出版社 1963 年版，第 313 页。
② 同上书，第 310 页。
③ 陈伯海：《释"诗言志"——兼论中国诗学"开山的纲领"》，《文学遗产》2005 年第
　3 期。
④ 同上。

生、指向治平社会、指向道德礼仪仍是它的主旨所在。这也正是历经了几千年的发展，人们仍然把"诗言志"与"诗缘情"分开来谈的原因所在。

二 "温柔敦厚"的情感要求与审美呈现

《诗经》在我国的文学史上有着不可逾越的经典地位，这不仅因为它是我国第一部诗歌总集，更重要的原因在于，《诗经》先天所具有和后天被赋予的政治伦理教化功能，是支撑文治文化统治的重要桥梁。千千万万的古代知识分子，也正是凭借《诗经》所占据的圣道王功的特殊位置，而以布衣之身立足于统治阶层，获得了可以干预社会的话语言说权。依托《诗经》而产生的"诗言志"思想，其"志"的理性内涵被扩大和强化，"圣人之道"成为"志"的理念核心，志不再关乎作诗者个人的思想感情，而成为圣人思想意志的传导。因此，与个人有关的思绪、欲望、感受等情感因素被排斥在诗歌以外，"志"成为"为王权""为社会""为教化"的专属话语。

但即使如此，以"为王权""为社会""为教化"为目的的情感表达，也不是可以肆意而为的。儒家知识分子不仅对"志情"的情感内涵做出了要求，对于情感的表达方式和呈现强度，也有着严格的规约。大喜大乐、大悲大怨等激荡的情感，是不可以直接写入诗歌的，"温柔敦厚"的情感表达方式，是儒家对"志情"的情感要求。

"温柔敦厚"出自《礼记·经解》："孔子曰：'入其国，其教可知也。其为人也，温柔敦厚，《诗》教也。'"① 孔颖达将其注疏为"温谓颜色温润，柔谓情性和柔。《诗》依违讽谏，不指切事情，故云温柔敦厚，是《诗》教也。"② 以教化培养"温柔敦厚"之人为目的，对其进行教化的工具文本——诗，自然应是充满着柔

---

① 李慧玲、吕友仁注译：《礼记》，中州古籍出版社 2010 年版，第 192 页。
② （汉）郑玄注，（唐）孔颖达等正义，黄侃经文句读：《礼记正义》，上海古籍出版社 1990 年版，第 843 页。

和的情感、平和的气息，而绝不是大怨、大怒、大哀、大喜、大乐等极端情感体验。以《国风》的第一篇诗歌《关雎》为例，"君子"面对窈窕淑女隔河可望，却"求之不得"，求而不得的相思之苦，对"君子"来说不能不是强烈的情感打击，悲哀之感可想而知。但诗中却没有呼喊、没有哀怨，一句"寤寐思服"，一句"辗转反侧"便把痛苦之情一笔带过。当求得窈窕淑女时，君子也没有喜形于色、乐不可遏，一句"琴瑟友之"，一句"钟鼓乐之"便把浓浓的喜悦之情冲淡了很多。这正是"志情"所主张的情感：悲伤却不过度，快乐而有节制，在情感与理智之间寻找到了一个平衡点。这种"乐而不淫，哀而不伤"的情感表达，正是"温柔敦厚"的现实表现。

　　但是我们知道，作诗是古人发泄情感的最好方式，所谓"愤怒出诗人"，很多诗歌往往创作于作者内心深有所感，情不可遏之时，所以管子才有"止怒莫若诗"（《管子·内业篇》）之说。在现实生活中，也总有让人义愤填膺的时刻，即使一向主张"温良恭俭"的孔子，当季氏"八佾舞于庭"时，也无法掩饰内心的愤怒，道出了"是可忍也，孰不可忍也"的激烈言辞。于是，在理论上就出现了一个矛盾：一方面是不可遏制的情感需要借助诗歌发泄出来，另一方面却有着诗歌的情感表达要"温柔敦厚"的严格规约。该如何解决这一矛盾呢？

　　清人焦循说："诗，温柔敦厚者也。不质直言之而比兴言之，不言理而言情，不务胜人而务感人。"[1]"比兴"手法的运用，是把冲撞内心的激荡之情转化为"温柔敦厚"之情的最好方式。诗人把情感投注在自然界的山川草木之上，让自然替自己分担内心的喜怒哀乐，这种"分离与移情就大大降低了主体自身情感的强度与烈度，从而使诗人激越的愤怒悲苦之情变得更加深沉平稳，以进入'怨而不怒''哀而不伤'的理想境界。"[2]这种言说方式的运用，是可以提高诗歌审美表达效果的方式之一。同时，古代

---

① （清）焦循：《毛诗郑氏笺》，《雕菰集》，清道光岭南节署刻本影印本。
② 白振奎、蒋凡：《"发愤著书"说管窥——兼论与"温柔敦厚"之关系》，《贵州社会科学》2000 年第 2 期。

文人的尴尬地位，也是产生这种创作方法的重要原因之一。古代知识分子虽然把自己定义为最高之"道"的掌握者和言说者，但"帝王师"的身份是空虚而没有保障的。对于高高在上的帝王，直接的指责和控诉是不可能长久奏效的，于是，"托兴于山川草木"，以使作品"其旨甚幽，其词甚婉，而讥刺甚切"。并最终达到"言之者无罪，人君不怒其作主而罪戮之；闻之者足以自戒，人君不自知其过而悔之"的目的。两汉之后，虽然"缘情"理念使诗人开始注重对自我情感的真实描写，但这种不直陈其情的诗歌言说方式仍然为很多文人所遵循。如宋代魏泰提出："诗主优柔感讽，不在逞豪放而致怒张也。"（《临汉隐居诗话》）清人潘德舆云："凡作讽刺诗，尤要蕴藉；发露尖颖，皆非诗人敦厚之教。"（《养一斋诗话》）以含蓄蕴藉、意味无穷为核心的"意境"理论，甚至成为诗歌创作的最高追求，这不能不说是"温柔敦厚"歪打正着的贡献。

由以上的讨论我们可以看出，"温柔敦厚"的情感表达在具体的诗歌创作中主要反映在两个方面：一是主张节制情感，反对在诗中表现大喜大悲的激烈之情；二是不直陈其情，主张运用比兴的手法，以一种委婉含蓄的方式达到"主文而谲谏"的目的。这种"温柔敦厚"的情感表达对后世的影响很深，不仅表现在诗歌创作上对"淡泊""含蓄"等审美特质的不懈追求，更是深深影响了中华民族的民族性格——以温和、沉静、稳重等为代表的国民性格，不能不说与"温柔敦厚"的情感要求有着密切的关系。

第三节 "骚情"：情志并重的诗情理念

在"诗言志"之后，人们往往紧接着会谈起"诗缘情"，"言志"与"缘情"成为中国传统文学中当仁不让的诗学双煞。其实，在"言志"和"缘情"之间，还有一个十分重要不可不谈的诗情理念，它就是以屈原为宗主和代表的骚情传统。相较而言，

"骚情"比"诗言志"多了几分脉脉的人情和艺术的审美，而又比"缘情"多了几分家国的担当和对真理矢志不渝的坚守，它是"言志"与"缘情"的完美融合。

一 家国之情与个体之情的完美融合

在屈原之前，远古歌谣和《诗经》的很多篇目中，也有很多抒情的作品，但那时候人们对诗歌的抒情表达功能尚未达到充分的自觉，很多诗歌作品都是内心有所郁结的自发之作。即使有少量的"心之忧矣，我歌且谣"的抒情作品，短小的体式和重复的四言句式，在艺术的审美上也远未达到《离骚》式的瑰艳旖旎。屈原，是中国历史上第一个自觉地把个体的情感通过诗歌予以审美化呈现的诗人。他对"情"与自己创作的关系有着高度的自觉意识。"惜诵以致愍兮，发愤以抒情"（《九章·惜诵》）；"结微情以陈词兮，矫以遗夫美人"（《九章·抽思》）；"恐情质之不信兮，故重著以自明"（《惜诵》）；"怀朕情而不发兮，余焉能忍与此终古"（《离骚》）；"介眇志之所惑兮，窃赋诗之所明"（《悲回风》）；等等。由此可以看出，把自身的情感予以诗意化的表达和呈现，并不是屈原的偶然兴起之意，而是对此有着清醒而理性的认识，所以才在自己的创作中反复申明。

与"言志"诗情观不同的是，"骚情"更为突出抒情诗人的主体性和情感的个体性。可以说，《离骚》就是一部屈原的自传史。从有限的历史资料文献中，我们可以还原出屈原的生活地域和生活时间，但要获得有关屈原情感和心灵的历史真实，则必须要从其诗歌中进行提炼。《离骚》"是一个崇高而痛苦的灵魂的自传"①。在屈原的作品中，他的形象呼之欲出，我们可以真切地听到他的呼喊，感受到他的叹息和哀怨。由此也可证明，屈原诗歌中的"情"也就有着鲜明的个体性和独特性。

屈原的诗歌创作是为了宣泄内心的苦闷而并非为了家国天下

---

① 章培恒、骆玉明主编：《中国文学史》上册，复旦大学出版社 1996 年版，第 6 页。

的道义担当，所以，内心的哀伤、怨愤、忧虑等本性情感，在《离骚》《九章》等作品中喷薄欲出。"哀吾生之无乐兮，幽独处乎山中"（《涉江》）；"余既不难夫离别兮，伤灵修之数化"（《离骚》）；"怨灵修之浩荡兮，终不察夫民心"（《离骚》）；"老冉冉其将至兮，恐修名之不立"（《离骚》）；"汩余若将不及兮，恐年岁之不吾与"（《离骚》）。或是对人民多艰的哀痛，或是对君王不明的怨愤，或是时不我与的恐慌……这些情感类型虽然看似与"志"情十分相似，但其实两者之间有着本质的不同。简单来说，"骚情"出自"真"，作者所表达出的所有情感都与自身的生命感受息息相关，或者说，诗歌就是作者的真实生命存在；"志情"则出自"诚"，诗人虽尽力修养德行，以使自己公开表达的情感与实际情感保持一致，但稍有意念上的松懈，就可能出现情感的分裂，无情而"设情以为之"的创作就是不可避免的事情。

屈原重在抒发的是一己之情怀，但是，并非任何个人的任何情感经过艺术的装饰之后都可以进入审美的领域，屈原以其自身的哀痛表述而获得难以比肩的抒情诗歌成就，主要原因还在于其诗歌情感的人文性升华。这种升华或许并非屈原的自觉，但他作为一个文人士大夫本身所具有的人格境界和高超的艺术才能，促成了其诗歌的情感和审美升华。

清人黄宗羲《乐府广序序》曰："朱子之注离骚，以其寓情托意者，谓之变风；以其感今怀古者，谓之变雅；其语祀神歌舞者，则谓颂之变；赋则自序，比则香草恶草，兴则泛滥景物。"[1] 黄宗羲对《离骚》的见解是全面而深刻的。所谓变风变雅，就是诗人对自身生活际遇不满的哀怨，对社会政治不理想状态的隐喻性批判。[2] 对自身际遇的哀怨是屈原的自觉抒发，而对社会的隐喻性批判则是通过其独具的"忠贞之质""清洁之性"和"进不隐其谋，退不顾其命"（王逸《楚辞章句序》）的人格得到了自动

---

① （清）黄宗羲著，陈乃乾编：《乐府广序序》，载《黄梨洲文集》，中华书局1959年版，第374页。

② 彭亚非：《中国正统文学观念》，社会科学文献出版社2007年版，第337页。

升华。屈原可谓中国千千万万个以天下为己任的文人士大夫的悲剧缩影。他"长太息以掩涕兮，哀民生之多艰"的爱民之情，"岂余身之惮殃兮，恐皇舆之败绩"的爱国之情，"竭忠诚以事君""事君而不贰"的忠君之情以及"路漫漫其修远兮，吾将上下而求索""虽九死其犹未悔"的对真理持之以恒的追求精神，都成为后世士人理想人格的标准和典范。正由于此，屈原在后世被附会上了儒家的人文品格，成为儒家文化的一部分。如王逸《楚辞章句序》中曰：

> 夫《离骚》之文，依托《五经》以立义焉。"帝高阳之苗裔"，则厥初生民，时惟姜嫄也。"纫秋兰以为佩"，则将翱将翔，佩玉琼琚也。"夕揽洲之宿莽"，则《易》"潜龙勿用"也。"驷玉虬而乘"，则"时乘六龙以御天"也。"就重华而陈词"，则《尚书》《咎繇》之谋谟也。登昆仑而涉流沙，则《禹贡》之敷土也。故智弥盛者其言博，才益多者其识远。屈原之词，诚博远矣。自终没以来，名儒博达之士，著造词赋，莫不拟则其仪表，祖式其模范，取其要妙，窃其华藻，所谓金相玉质，百世无匹，名垂罔极，永不刊灭者矣。①

这样的理解和诠释，使"骚情"在一定程度上具有了"言志"诗情的某些特色，达到了"上以讽谏"（王逸《楚辞章句序》）的效果，即对于社会政治的隐喻性批判。同时，屈原对于自身痛苦的宣泄，也达到了"下以自慰"的目的。实际上，在屈原的作品中，个人忧思和政治情怀可谓兼而有之，两者无意识的完美融合，使个人情怀有所寄托，获得了永恒的存在价值，同时又使政治情怀显得有血有肉，拥有了审美的感染力。应该说，这种美妙的契合，是屈原作品被世人称颂和不朽的真正原因，也是"骚情"这一诗情观的特色所在。

---

① 郭绍虞主编：《中国历代文论选》，上海古籍出版社 2001 年版，第 150 页。

　　"屈原所开创的以诗情审美为本，同时又具有深刻的人文喻指性的骚情传统，对后世文人诗学理念的影响，实不亚于诗言志观。"① 司马迁与屈原有着颇为相似的遭遇，《悲士不遇赋》云："悲夫！士生之不辰，愧顾影而独存。恒克己而复礼，惧志行而无闻。谅才韪而世戾，将遽死而长勤。虽有形而不彰，徒有能而不陈。何穷达之易惑，信美恶之难分。时悠悠而荡荡，将遂屈而不伸。"② 司马迁受屈原的影响很深，相似的经历使司马迁对屈原有着惺惺相惜之感，他不仅把《周易》《春秋》《离骚》《国语》《兵法》等的创作统统归因于"发愤著书"（"发愤著书"明显受了屈原"发愤抒情"的影响），同时也以这种心态完成了与《离骚》一样不朽的《史记》。所以清人吴楚材在评司马迁《报任安书》时说："其感慨啸歌，大有燕赵烈士之风；忧愁幽思，则又直与《离骚》对垒，文情至此极矣。"③

　　六朝时期，刘勰的"蚌病成珠"说是对"骚情"诗情特质的一个很好概括。他在《才略》篇说："敬通雅好辞说，而坎壈盛世。《显志》《自序》，亦蚌病成珠矣。""病"并不限于身体上的病痛，更是"坎壈兮贫士失职而志不平"（《九辨》）的精神之痛。此"病"是"蚌"个体的痛，是个体长期精神痛苦的郁积，但又必须将此"病"升华为具有美感共享价值的"珠"，才能得到世人情感的共鸣，也才能最终达到彻底的个体情感宣泄的目的。"病"与"珠"，一为因，一为果，缺一不可，完美融合。正如屈原的创作，如果只是个体情感的痛苦呻吟，或许会引起读者的哀悯，获得人们的同情，但绝不会成为难以超越的经典，必须使个体情感的抒发达到审美化的人文崇信高度，才是"骚情"诗情观在艺术表达上的圆满完成。此后，钟嵘的"托诗以怨"说，韩愈的"不平则鸣"，李贽的"不愤不作"，金圣叹的"怨毒著书"等观念，都是对屈原"骚情"诗情观的历史演变和发展。遗

① 彭亚非：《中国正统文学观念》，社会科学文献出版社2007年版，第339页。
② （清）严可均辑：《全汉文》卷26，光绪间黄冈王氏刊本。
③ （清）吴楚材、吴调侯选：《古文观止》卷5，中华书局1959年版，第228页。

憾的是，他们都注意到了个体情感的焦虑、压抑、困惑、不满等
心理失衡状态对艺术发生的影响和意义，但在情感的"人文升
华"价值的论述上还都有所欠缺。

屈原的影响，"其衣被词人，非一代也"①，"昔人论诗者，谓
吾国古人之诗，或出于《庄》，或出于《骚》，出于《骚》者为
正"。② 刘禹锡③、李白④、杜甫⑤、陆游⑥等的创作，都在很大程
度上受到了屈原的影响。他们与屈原一样，自身的失败和苦痛是
创作的不竭源泉，但同时他们又都能把自身的哀怨之痛进行升
华，使之成为具有普遍共享性的诗意情感。正如袁行霈所说：
"哪里有士子之不遇，哪里就有屈原的英灵，屈原精神成了安顿
历代文人士子痛苦心灵的家园。"⑦ 屈原诗歌的伟大之处就在于，
虽然是对作者自身痛苦和悲愤的描写，但人们并不单一地沉湎于
其悲哀中，而是受到了其悲愤背后的人文境界的感召，感受到了
追求正义和真理的精神力量。而这，正是"骚情"诗情观的真正
魅力所在。

二　"怨且怒"的情感特征与表达特点

"怨"是"骚情"诗情观最突出的一个情感特征和表达特点，
在内容上，它表现为诗人自我对现实状况的严重不满，在形式
上，表现为对此种不满情绪毫无保留的自由抒发，而不再小心翼

---

① （南朝）刘勰：《文心雕龙·辨骚》"是以枚、贾追风以入丽，马、扬沿波而得奇。其
衣被词人，非一代也。故才高者菀其鸿裁，中巧者猎其艳辞，吟讽者衔其山川，童蒙
者拾其香草"。
② 缪钺：《诗词散论》，上海古籍出版社1982年版，第24页。
③ （明）陆时雍《诗境总论》："刘梦得七言绝，柳子厚五言古，俱深于哀怨，谓骚之余
派可。"
④ 宋人曾季狸说："古今诗人有《离骚》体者，惟李白一人，虽老杜亦无似《骚》者。"
⑤ 元稹评杜甫的诗歌"上薄风骚，下该沈宋，言夺苏李，气吞曹刘，掩颜谢之孤高，杂
徐庾之流丽，尽得古今之体势，而兼人人所独专矣"，杜甫自己也说道："窃攀屈宋宜
方驾，恐与齐梁做后尘"（《戏为六绝句》其三）。
⑥ 宋代陆游在报国无门，身老家中的时候，曾无限伤感地说："《离骚》未尽灵均恨，志
士千秋泪满裳"（《哀郢二首》），"听儿诵《离骚》，可以散我愁"（《沙市阻风》）。
⑦ 袁行霈：《中国文学史》（第一编），高等教育出版社2000年版，第146页。

翼地受制于礼乐文化的束缚。由这种"怨"而绵延出的悲怨文学传统，成为中国传统文学艺术的底色和基调，正如白居易所说："余历览古今歌诗，自《风》《骚》之后，苏李以还，次及鲍谢徒，迄于李杜辈，其间词人闻知者累百，诗章留传者巨万。观其所自，多因谗冤、谴逐、征戍、行旅、冻馁、病老、存殁、别离，情发于中，文形于外，故愤幽怨伤，通计今古十八九焉，世所谓'文人多数奇，诗人尤命薄'，于斯见矣！"[1]

　　对于"怨"在文学中的呈现和作用的认识，并不始于屈原。在《论语·阳货》中，孔子提出"诗可以兴，可以观，可以群，可以怨"。因而孔子是把"怨"情引入诗学领域的第一人。[2] 孔子虽是从读者接受的角度提到"诗可以怨"的问题，但我们也不妨从创作论的角度来理解。孔子所提出的"可以怨"并不同于屈原"发愤抒情"之"怨"。对于孔子的"怨"，孔安国注解为"怨，刺上政也"。这等于对"怨"情做了内容上的限制，即只限于表达"下以风刺上"的怨刺内容，这个解释较为符合孔子诗"怨"的本意。对于"仁以为己任"的孔子来说，诗歌"远之事君"的政治价值功能，是"怨"情在诗歌中获得合理性存在的重要缘由。但是，即使承认"怨"情的表达在诗歌中的合法性地位，也并不意味着"怨"拥有了畅通无阻的通行证。孔子对诗歌"乐而不淫，哀而不伤"（《论语·八佾》）的情感表达规约，注定"可以怨"需要自动转化为"怨而不怒"。朱熹大约也正是感知到了孔子的这一思维逻辑，所以在《论语章句集注》中将"诗可以怨"注解为"怨而不怒"。"不怒"是对"怨"情表达的程度限

---

[1]　（唐）白居易：《序洛诗序》，载《全唐文》卷675，中华书局1983年版，第6897页。

[2]　从词源学上来讲，"怨而不怒"首次出现在《国语·周语上》："彘之乱，宣王在邵公之宫，国人围之。邵公曰：'昔吾骤谏王，王不从，是以及此难。今杀王子，王其以我为怼而怒乎！夫事君者，险而不慑，怨而不怒，况事王乎？'乃以其子代宣王，宣王长而立之。"（徐元诰：《国语集解》，中华书局2002年版，第14—15页）这就是著名的"邵公谏厉王"的历史故事，此处的"怨而不怒"指的是臣民侍奉君王的态度，不涉及诗学意义，但此种对待君王"怨而不怒"的态度，与此后强调诗歌"刺上政"时"怨而不怒"的情感要求一脉相承。

制，即不能流于任性和放纵，必须以一种温和、舒缓、委婉的方式言说出来。自此，"A 而不 B"① 的表达方式，成为儒家制衡个体的自然情感与社会的礼乐文明的杠杆，由此产生的"中和"之美，也成为儒家文人毕生的艺术审美追求。傅道彬在其《诗可以怨吗?》一文中对孔子的这一命题做了总结，他认为儒家对"怨"的情感限制，主要体现在三个层次上，一为"劳而不怨"，即使劳作，即使分配不均，也要克制自己，在礼乐的基础上寻求精神的平衡；二为"怨而不言"，不言不是指毫不流露情感，而是通过一种委婉曲折的方式表达出来；三为"怨而不怒"，即使不能克制地产生了怨愤的情绪，也要最大限度地控制演化为"愤怒"的情感。傅道彬的这一阐释涵盖了"怨"情从最初的发生到最终的发泄过程中，时时刻刻受到的压抑。由此也可以看出，"怨"情的自由表达，在先秦的儒家诗学中并不是一件容易的事情。

真正达到自由状态的"诗可以怨"是从屈原开始的。屈原的"怨"不再限定于"怨而不怒"，而是冲破了缠绕在"怨"情之上的种种荆棘，发展为"怨且怒"了。这次过渡使"诗可以怨"的诗情表达发生了根本性的改变，也是第一次从本源意义上正视了个体的自然、本性情感在文学艺术中的真实、尽兴表达。

对自身之"怨"一吐为快的尽兴言说，是骚情的诗情表达特点之一。在正统文学理念中，"怨"情的表达是需要穿上"温情脉脉"的外衣的，屈原则以一种直抒和独白的方式，不加节制地宣泄了自身的悲愤和抑郁之情。司马迁曰："信而见疑，忠而被谤，能无怨乎? 屈平之作《离骚》，盖自怨生也。"② 屈原的怨愤之情主要针对楚王、造谣的佞臣及投机取巧的小人。《离骚》曰："怨灵修之浩荡兮，终不察夫民心。众女嫉余之蛾眉兮，谣琢谓余以善淫。固时俗之工巧兮，偭规矩而改错。背绳墨以追曲兮，竞周容以为度。"对"灵修""众女"及"时俗"之人的批判，

---

① 如：乐而不淫，哀而不伤；怨而不怒；惠而不费，劳而不怨，欲而不贪，泰而不骄，威而不猛；忧而不困；思而不惧，等等。
② （西汉）司马迁：《屈原贾生列传》，载《史记》卷 84，中华书局 1959 年版，第 2482 页。

特别是被批判者中还有高高在上的君王，屈原都直指他们的昏庸无度和贪得无厌，没有丝毫的保留和委婉。"怨"中有批判、有劝谏、有指责、有发泄，可谓"其意凄怆，其辞瑰丽，其气激烈"。由于"怨而不怒"思想的根深蒂固，所以对于屈原此种"怨且怒"的诗情表达，历代文人多有指责。班固是其中的典型代表，他在《离骚序》中批判屈原"露才扬己"，其"责数怀王，怨恶椒兰，愁神苦思，强非其人，忿怼不容，沈江而死，亦贬絜狂狷景行之士"。清代纪昀也反对"放逐之臣""黄馘牖下之士"托诗以抒哀怨的行为，认为"当以不涉怨尤之怀，不伤忠孝之旨为诗之正轨。"①

以今天的眼光来看，班、纪对屈原的指责有点"欲加之罪"的意味，但在他们所处的时代却有着深厚的历史积淀做着理论支撑，因为也有着广泛的赞同者。可喜的是，历史从来不是一个人的游戏，中国的先人们也从不缺少对新鲜事物和非主流思想的接纳勇气。在屈原之后，很多文人都以骚怨精神为自身的追寻楷模，并且出现了一大批拟骚、续骚、后骚、续楚辞、续离骚、楚辞后语等作品，但遗憾的是，能真正得屈原"怨且怒"精神真谛的，实在寥寥无几。个人的忧愤之情在正统文学中是不能登堂入室的，所以多数文人选择为其披上"讽谏"的外衣。这种状况，一直到明代性灵文人的诗学理念中才有了改观。明人周清源评价徐渭的《四声猿》时说："发抒生平之气，把胸中欲歌欲哭欲叫欲跳之意，尽数写将出来。满腹不平之气，郁郁无聊，借以消遣。"② 将"生平之气""尽数写将出来""借以消遣"，可以说与屈原的"怨"情表达一脉相承。李贽等人也主张"诉心中之不平""发狂大叫，流涕恸哭"的诗情表达。

屈原把自身的"怨"情通过一种具有高度审美的方式艺术化

---

① （清）纪昀：《月山诗集序》，载《纪文达公遗集》卷9，清嘉庆十七年纪树馨刻本影印本。

② （明）周清源著，刘耀林、徐元校注：《吴越王再世索江山》，载《西湖二集》卷1，浙江人民出版社1981年版，第3页。

地呈现出来,这是骚情的表达特点之二。直抒式的"怨"情表达有助于情感的真实呈现,从而有利于内心抑郁之情的发泄,但文学不是个人幽怨的独白或者泼妇式的骂街,它是一项具有高度美感、供人欣赏的艺术,所以"怨"情的表达还应该注意以一种艺术审美的方式呈现出来。正如一些学者所说"艺术形式的重要性就在于它不是为表达者和表达的需要而存在的,而是为欣赏者和欣赏的需要而存在的。表达不需要形式,它可以任意而为;但表达的被接受则需要形式,表达要得到欣赏和认可则需要形式,表达要获得效果并普遍共享则需要形式。这才是艺术发展的真正动力。"① 因此,艺术化的呈现方式是推动"怨"情获得淋漓尽致抒发的重要一维,两者之间其实是一种双向成全的关系。

美国符号论美学家苏珊·朗格对情感的呈现形式所具有的重要意义也有所阐述。在《艺术问题》一书中她说:"一个嚎啕大哭的儿童所释放出来的情感比一人音乐家释放出来的个人情感多得多,然而当人们步入音乐厅的时候,绝没有想到要去听一种类似于孩子的嚎啕的声音。假如有人把这样一个嚎啕的孩子领进音乐厅,观众就会离场。"② 孩子的号啕大哭固然可以很好地宣泄情感,但这种情感不会得到其他人的共享和欣赏。音乐家则将情感艺术化,这种艺术化、形式化的情感有助于音乐家本身情感的抒发,同时也可以得到欣赏者的认同。由此,苏珊·朗格认为,艺术固然是感情的表现,却不是歇斯底里的和病兆性的,而是用媒介将它转变成可以诉诸知觉的符号。这就是说,艺术是将感情呈现出来供人观赏,而不是供一己发泄。因此,以一种高度审美的方式抒发悲怨之情,是"骚情"诗情得以最终完成的重要部分。

对于屈原的"露才扬己"颇有微词的班固,也非常肯定《离骚》的艺术之美,称赞其文"弘博丽雅,为辞赋宗,后世莫不斟酌其英华,则象其从容"(《离骚序》)。王逸也称赞屈原作品

---

① 彭亚非:《中国正统文学观念》,社会科学文献出版社 2007 年版,第 325 页。
② [美]苏珊·朗格:《艺术问题》,滕守尧、朱疆源译,中国社会科学出版社 1983 年版,第 23—24 页。

"取其要妙，窃其华藻"（《楚辞章句序》）。晋代陆云在《九愍序》中说："自今及古，文雅之士，莫不知以其情而玩其辞。"刘勰则说"《骚经》《九章》朗丽以哀志；《九歌》《九辨》绮靡以伤情"（《文心雕龙·辨骚》）。胡应麟评屈原为"以瑰奇浩瀚之才，属纵横艰大之运，因牢骚愁怨之感，发沈雄伟博之辞。"[1] 以上都是对屈原"骚情"表达之美的赞可。总体来说，屈原用一种浪漫主义的表达方法，采用想象、梦幻、象征、隐喻及寓情于景的方式，将自身的"怨情"通过审美的修饰呈现出来，完成了"情怨"与"艳逸"的融合、"情美"和"诗美"的统一。[2] 这与儒家重善轻美的美学倾向是有天壤之别的。到了晋代，陆机在《文赋》中正式提出了"诗缘情而绮靡"的观点，就把情感美和形式美正式统一了起来，从而使诗歌获得了独立的审美价值。

屈原是第一个自觉地把自我情感进行诗意表达的诗人，也是第一个把情感进行艺术审美化的诗人。在屈原的作品中，自我情感的真实抒发与情感的艺术呈现完美地融合了起来。

第四节　"诗缘情"：情的突围与礼的节制

如果允许对中国传统诗情观的发展脉络做一个笼统的分期的话，那我们可以把两汉以前称为"言志诗情"时期，两汉至南北朝称为"缘情诗情"时期。但这个划分又显得不是那么精确和具有说服力，因为在"言志诗情"时期也总有人高扬"情"的旗帜，抛开自创"骚情"诗情观的屈原不说，就是正统的先秦儒家和汉代经学家们，也时常捻出"情"的字眼来解释艺术现象。如荀子就非常强调情感在音乐中的重要作用，如其《乐论》有言："夫乐者，乐也，人情之所必不免也。"这句话有双重意思，一方面是讲人的情感（欢乐）离不开音乐，而另一方面则是说音乐的

---

① （明）胡应麟：《诗薮》，中华书局1958年版，第4页。
② 文令：《屈原抒情求美论及其历史影响》，《中州学刊》1995年第5期。

存在必然是人的情感的外现，这也是古典文献中第一次把艺术（音乐）与人的情感联系起来的言辞。① 代表儒家正统文艺思想的《毛诗序》中也出现了"情"与"志"纠结的言论，"诗者，志之所之也，在心为志，发言为诗。情动于中而形于言，言之不足故嗟叹之，嗟叹之不足故咏歌之，咏歌之不足，不知手之舞之，足之蹈之也。"② 从一般的言语到诗化语言，到歌唱再到舞蹈，这种种艺术的最初源头，《毛诗序》都归结到一个"情动于中"的心理发生机制。与此同时，虽然荀子、《毛诗序》等注意到了情是诗歌产生的必要条件，但又丝毫没有放松"礼"对情的节制，如荀子讲"以道制欲，则乐而不乱；以欲忘道，则或而不乐"（《荀子·正名》）；《毛诗序》讲"发乎情，止乎礼义"，但不得不说，尽管仍有外在种种条件的限制，但这种对诗歌抒情本质的初步认识，已经为"缘情"诗情的出现和发展奠定了理论基础。这一时期，詹福瑞称之为"志中有情"期③——"言志"占主导地位，情是志的补充。

有了先秦和两汉时期对"情"的初步认识肯定和魏晋时期较为"通脱"的社会文化氛围，再加上"言志"诗情日益走向僵化，"缘情"诗情观的出现就成为水到渠成之事。正如朱自清在《诗言志辨》中所说："言志"的四言诗衰微了，"缘情的五言诗发达了"，"于是陆机《文赋》第一次铸成'诗缘情而绮靡'这个新语。"④

一 "缘情"诗情的本体性

对诗情的本体性认识，是"缘情"诗情观的特质之一。

---

① 战国之前的历史文献中，"情"字出现较少，且并不用来表达"情绪"或"情感"之类的含义。《周易》和五千言的《老子》中，并没有"情"的字眼。《尚书》"民情大可见"，《论语》"上好信，则民莫敢不用情"以及《左传》"小大之狱，虽不能察，必以情"等句中"情"字，多用来表达人世物情的意义。

② 郭绍虞：《中国历代文论选》第一册，上海古籍出版社 2001 年版，第 63 页。

③ 詹福瑞、候贵满：《"诗缘情"辨义》，《河北大学学报》（哲学社会科学版）1998 年第 2 期。

④ 朱自清：《诗言志辨》，开明书局民国三十六年版，第 36 页。

李泽厚认为中国哲学与文化具有"情本体"的特点，"先秦孔孟和郭店竹简等原典儒学则对情有理论话语和哲学关切。'逝者如斯乎''汝安乎'（孔）'道由情出'（郭店）'恻隐之心'（孟），都将'情'作为某种根本或出发点。"① 在两汉之前，虽然人们已经意识到了"情"对于诗歌产生的重要作用，甚至出现了将"情"推崇到"本体"位置的言论，如郭店竹简《性自命出》曰"性自命出，命自天降。道始于情，情生于性"（道和礼不再是约束情的成法，而成为由情而生、由情决定的从属之物）。但这一时期对于"情"的本体意义的讨论还局限在哲学领域，对于情感对诗歌等艺术的本体性价值还没有达到真正的自觉。陆机则在《文赋》中将诗情表达的合理性建立在本体论上，这使中国文学观念的本质性追问到达了最高终极因上。《文赋》讲道："伫中区以玄览，颐情志于典坟。遵四时以叹逝，瞻万物而思纷。悲落叶于劲秋，喜柔条于芳春，心懔懔以怀霜，志眇眇而临云。咏世德之骏烈，诵先人之清芬。游文章之林府，嘉丽藻之彬彬。慨投篇而援笔，聊宣之乎斯文。"② 陆机认为，文思的兴起，来源于对外物的感触，四时交替、春荣秋衰，引起人的喜怒哀乐之情，所以投篇援笔，发为诗歌。这就把情看作人的自然反应，而人对事物做出情的反应是人的固有本性之一，刘勰对这一点也有比较自觉的认识，"人禀七情，应物斯感。感物吟志，莫非自然"。钟嵘《诗品序》也有"气之动物，物之感人，故摇荡性情，形诸舞咏"的论说。自此，感物而生情被认为是文学创作的一个普遍规律为历代文人所接受，"缘情"诗情把诗情的发生归结为因外在事物的感触而生，而外物林林总总，情感也必然不可穷尽。这样一来，就把可以呈现到诗歌中的诗性情感内涵扩展到了人的整个心理世界。对"情"在诗歌中的本体地位的认识，为"缘情"诗情内涵的丰富性奠定了基础。

---

① 李泽厚：《实用理性与乐感文化》，生活·读书·新知三联书店2005年版，第55—56页。
② （西晋）陆机著，张少康集释：《文赋集释》，人民文学出版社2002年版，第20页。

二　"缘情"诗情的个体性

　　诗歌因情而发生，这已经是被"缘情"论者所论证的事实。但这种"情"应该是一种什么样的情感，却还没有得到深入挖掘和研究。在两汉之前，也有大量的表现情感的作品，如《诗经》里就包含大量的抒情作品，但它的审美和艺术特征被"乐教"与"诗教"的功利作用所遮蔽了，不管是"关关雎鸠"之情，还是"青青子衿"之情，都被阐释为具有政治教化的情感。屈原以一己情怀发咏于诗歌，本意只在发泄自身的怨愤，但由于他的特殊身份，一己之情与家国之情不谋而合，使后人在欣赏他的诗歌时，对其中的爱国忠君之情的感触甚至超越了对屈原自身忧愤之情的同情。所以，这种"一国之事，系一人之本"的情感，多是政治伦理之情。到了汉代，开始逐渐对人的个体和本性之情有所重视。如，汉代的乐府民歌以叙事为主，但在这些叙事作品的字里行间，我们可以领悟到作诗者的一己情怀，"或心志之所存，或情思之所感，或宴游欢乐之所发，或忧愁愤怒之所兴，或叙离别悲伤之情，或言征战行役之苦。"① 再如，《古诗十九首》被评为"婉转附物，怊怅切情"（刘勰《文心雕龙·明诗》），"真是真情，千秋如在"（胡应麟《诗薮》）"情真、景真、事真、意真、澄至情，发至情"（陈绎曾《诗谱》）。这些诗歌立足现实，表情达意，目的是书写内心的欢乐或悲愁。虽然在两汉时期，儒家思想仍然占据主流的地位，诗歌在对诗意本质的追问下，有了向个体之情回归的倾向。但要注意的是，两汉诗情虽然已经在很大程度上摆脱了政治伦理性，但此时期的诗歌以表达人生短暂、生死无常、个人价值无法实现的怨情和男女之间的爱情为主要题材，这两类情感在某种程度上具有人类情感的共通性，因而是一种群体之情。

　　"缘情"诗情观则立足于对个体本性之情的抒发。以"物感"说

---

① （宋）郭茂倩：《杂曲歌辞》，载《乐府诗集》卷61，中华书局1979年版，第885页。

为基础的情感发生理论，把诗歌中的诗性情感内涵扩展到了人的整个心理世界。面对纷繁复杂的外在环境，每个人的反应和感受是不一样的，但归根结底都是诗人独有的心理情绪，是一种个人的感性的心理体验。曹丕"文以气为主，气之清浊有体，不可力强而致……至于引气不齐，巧拙有素，虽在父兄，不能以移子弟"① 的论调，虽然是讲不同人的性格气质决定了作品的风貌，但对于每个人不同的"气"的承认，本身就是对于情感的个体性的肯定。与此同时，人们还认识到了诗歌的存在对于人所具有的重要意义。诗歌成为人的生存中审美需要的一种最高满足，"成为一种最好的心理自慰与心理满足方式。"② 如钟嵘《诗品序》在列举了种种人生的机遇之后，认为"凡斯种种，感荡心灵，非陈诗何以展其义，非长歌何以骋其情"③，并认为"使穷贱易安，幽居靡闷，莫尚于诗"。这就把诗情的范围建立在了人的个性的基础之上，把人在生活中所引起的各种心理感受都纳入了诗歌的表现领域，使艺术的情感由狭隘的政教伦理领域扩展到了广阔的人的情绪感受领域。

　　到了南朝梁简文帝萧纲，对于个体本性之情的张扬更是走上了一条极端之路。萧纲在《诫当阳公大心书》中有这样一段著名的话：

　　　　若使墙面而立，沐猴而冠，吾所不取。立身之道，与文章异；立身先须谨重，文章且须放荡。④

　　萧纲对孔子"墙面而立"⑤ 的讽刺，表示他反对为"迩之事父，远之事君"的目的而作诗。而"沐猴而冠"的比喻，更是反

① 郭绍虞：《中国历代文论选》第一册，上海古籍出版社 2001 年版，第 158—159 页。
② 彭亚非：《中国正统文学观念》，社会科学文献出版社 2007 年版，第 341 页。
③ （南朝）钟嵘著，曹旭集注：《诗品集注》，上海古籍出版社 1994 年版，第 47 页。
④ 郁沅、张明高编选：《魏晋南北朝文论选》，人民文学出版社 1996 年版，第 354 页。
⑤ 《论语·阳货》："人而不为《周南》、《召南》，其犹正墙面而立也尔。"

映出了他对虚假卫道士的厌恶。"放荡之情"自然不会有政治功利性，而多是出于一己之不受任何挟制的本性情感。正如张仁清所言："所谓'文章且须放荡'者，言文章所以吟咏情志，抒写性灵，不必有载道致用的观念，更不必受陈规旧矩之束缚，纵横驰骋，变古翻新，而勇向唯美与浪漫之路迈进。"①

自此，个人的自然和本性情感描写，成为诗歌创作的主题。如陆机的《拟行行重行行》《顺东西门行》《叹永逝文》等，把自己的念情、欢情、哀情一一写入诗歌之中。阮籍的《咏怀诗》，用组诗的方式，淋漓尽致地书写了自己生逢乱世，志不得张的凄怆、咨嗟、愤懑、怨尤之情，而且诗歌中对个体之情的描写已初具规模。

三 礼对"缘情"诗情的节制

个体之情虽然在魏晋时期得到了一定程度的张扬，但这种本性之"情"的抒发并不是那么顺畅和彻底。一些传统文人坚守着诗情的道德和社会承载的责任，反对本性之情的自由抒发。南朝的裴子野是其中的代表之一，在《雕虫论》中，他重申了诗情应具有"彰君子之志，劝美惩恶，王化本焉"的性质，把"闾阎年少""吟咏情性"的作品批为"乱代之征"。颜之推也抵制对个人情感的放任，认为"凡为文章，犹人乘骐骥，虽有逸气，当以衔勒制之，勿使流乱轨躅，放意填坑岸也"②。"逸气"是指个人情感的自由驰骋，对于这种本性的自由情感，他主张用道德之缰绳"衔勒制之"，防止其跃出理性之情的范域。

这些正统文人的顽固虽然在某些时候让人败兴、惹人讨厌，但不得不说他们对个体之情的限制具有一定的合理性。到齐梁时期，个体之情走向了男女之情的狭隘之路。描写男女情思、娱乐的宫体诗散发着"伤于轻艳"的、柔媚的靡靡气息，如"碧玉破瓜时，相为情颠倒，感郎不羞郎，回身就郎抱"（《碧玉歌》之

---

① 张仁青：《魏晋南北朝文学思想史》（下），（台北）文史哲出版社1978年版，第761页。
② 王利器撰：《颜氏家训集解：增补本》，中华书局1996年版，第266页。

一）"朱唇随吹尽，玉钏逐弦摇。留宾惜别弄，负态动余娇"（萧纲《夜听妓》）之类，近乎色情的描写，使诗情描写走向了低俗，也使诗歌创作进入了一个狭隘的圈子。到了初唐时期，受齐梁宫体诗的影响，诗坛依然充斥着空洞无物的香艳之风。陈子昂振臂而起，喊出了文学革新的口号，"文章道弊五百年矣。汉魏风骨，晋宋莫传，然而文献有可征者。仆尝暇时观齐梁间诗，采丽竞繁，而兴寄都绝，每以永叹，思古人。常恐逶迤颓靡，风雅不作，以耿耿也"①（《与东方左史虬修竹篇序》）。陈子昂对"风骨"和"兴寄"的提倡，也就是要求诗性之情应体现社会现实，即重视对"志"情的描写。白居易继而提出了"文章合为时而著，歌诗合为事而作"（《与元九书》）的主张，诗性之情又回到了社会之情、道德之情的正统诗学道路上。

第五节 "诗言意"：诗情的拓展与另类表述

在中国古代诗歌史上，大部分作品的诗情内涵清晰可辨，如，或写"国破山河在，城春草木深"（杜甫《春望》）的家国之怨，或写"大道如青天，我独不得出"（李白《行路难》）的失意之忧，或为"悠哉悠哉，辗转反侧"（《诗经·周南·关雎》）的浓浓相思，或为"执手相看泪眼，竟无语凝噎"（柳永《雨霖铃》）的离别之愁，或为"大风起兮云飞扬，威加海内兮归故乡，安得猛士兮守四方"（刘邦《大风歌》）的壮志豪情，或为"自是人生长恨水长东"（李煜《相见欢》）的悲痛忧伤……作者的情思在诗中展露无遗，读者随之悲，随之喜，与诗人对话，解自己衷肠。

与此同时，还有一部分诗歌，诗人的情感飘逸悠远，深微幽奥，透过简短的诗句，我们很难精确把握作品的诗情内涵和作者曲折的情思。似乎在诗句的背后，蕴含着无尽的"不可名言之

---

① 郭绍虞：《中国历代文论选》第二册，上海古籍出版社 2001 年版，第 55 页。

理，不可施见之事，不可径达之情"①，读者经过百般的苦思和默会，也很难将诗人惝恍的情感"灿然于前"。试举几例如下：

> 坦腹江亭暖，长吟野望时。水流心不竞，云在意俱迟。
> 寂寂春将晚，欣欣物自私。故林归未得，排闷强裁诗。
> ——杜甫《江亭》
> 问余何事栖碧山，笑而不答心自闲。
> 桃花流水杳然去，别有天地非人间。
> ——李白《山中答问》
> 中岁颇好道，晚家南山陲。兴来每独往，胜事空自知。
> 行到水穷处，坐看云起时。偶然值林叟，谈笑无还期。
> ——王维《终南别业》

在这几首诗歌中，诗人的情感指向被隐藏在了景物和意象描写之中，我们很难以日常生活中的一般情感经验去把握作者含混、深广的情思，这种情况颇类似于宋初黄休复在《益州名画录》对"逸品"的描述——"莫可楷模，出于意表"。这种"出于意表"之情，我们不能简单地将之归为"志情""骚情"或"缘情"诗情观中。它比"志情"少了目的性的指向，多了几分空灵；比"骚情"少了激昂的活力，多了几分娴静；比"缘情"少了直白的表露，多了几分超越。这种诗情如宗白华先生所说："以宇宙人生的具体为对象，赏玩它的色相、秩序、节奏、和谐，借以窥见自我的最深心灵的反映"，这种诗情"既使心灵和宇宙净化，又使心灵和宇宙深化，使人在超脱的胸襟里体味到宇宙的深境。"② 笔者把这种诗情称为"意情"。

---

① （清）叶燮：《原诗·内篇下》，载《清诗话》下册，上海古籍出版社 1978 年版，第 584 页。
② 宗白华：《中国艺术意境之诞生》，载《美学散步》，上海人民出版社 1981 年版，第 70、86 页。

一　"意情"的本体性和包容性

　　"意情"并非笔者的杜撰，中国诗学中对"意"的重视和讨论，与"诗言志"一样具有悠久的历史。《史记·五帝本纪》载舜言曰："诗言意，歌长言，声依永，律和声。"郑玄注曰："《诗》所以言人志意也。永，长也，歌又所以长诗之意。"荀子讲"志意定乎内"。许慎《说文·心部》解释"意"曰："意，志也，从心察言而知意也，从心从音。"闻一多先生也认为："诗训志，志又训意，故《广雅·释言》曰'诗，意也'。"① 这些是把"意"等同于"志"的说法。此外，古人也经常把"意"与"情"同用，如刘勰讲"登山则情满于山，观海则意溢于海"（《文心雕龙·神思》），将山、海相对，情、意并举，意即为情。钟嵘评论古诗十九首的诗歌时，称其"文温以丽，意悲而远"（《诗品》）。"悲"是一种情感体验，"意悲"其实就是"悲伤的情感"，可见"意"与"情"也是相通的。由此可以看出，"意"与"志""情"在古人的观念中具有重叠的意义，在很多情况下，三者相互替代，混用为一，都是指人的内心有所触动的情感体验。

　　但是，如果从"意"字的本义来看，"意"其实具有比"志"和"情"更为宽广的意义。董仲舒《春秋繁露·循天之道》里有"心之所之谓意"② 的说法。朱熹也认为，"意者，心之所发。"③ "心之所之"与"心之所发"即为从人的内心产生并进而影响人的内心的种种情感、想法和意念。诗歌应该写意、达意、立意、尽意，这种观念在古典文献中大有所在。陆机《文赋》中有"每自属文，尤见其情。恒患意不称物，文不逮意，盖非知之难，能之难也。"④ 所谓"文不逮意"，即语言不能完整、精确地呈现内心的想法和情感。随后，南朝范晔在《狱中与诸甥

---

① 闻一多：《闻一多全集》，生活·读书·新知三联书店1982年版，第191页。
② （清）苏舆撰，钟哲点校：《春秋繁露义证》，中华书局1992年版，第452页。
③ （宋）黎靖德编：《朱子语类》卷5，中华书局1986年版，第328页。
④ （晋）陆机著，张少康集释：《文赋集释》，人民文学出版社1984年版，第1页。

佺书》里提出"常谓情志所托，故当以意为主，以文传意"。唐朝杜牧在《答庄充书》中说："凡为文以意为主。"王昌龄《诗格》："夫作文章，但多立意。"王夫之也有"无论诗歌与长行文字，俱以意为主。意犹帅也"。这些观点都从创作的角度阐释了"意"的重要意义。

同时，"意"也经常用于批评领域，是否具有"意"成为评判作品优劣的一个重要标准。例如，王夫之评王维的《送梓州李使君》时就说："右丞工于用意，尤工于达意，景亦意，事亦意，前无古人，后无嗣者，文外独绝，不许有两。"① 总之，在这些文人的理念中，不仅强调诗歌是用来传达"意"的，而且把"情""志"等涉及诗歌创作的情感因素都归属到"意"中，也就是说，"意"具有比"情""志"更为宽泛的包容性。所以，陈良运先生在《文与质·艺与道》一书中总结道：大凡人的一切心理活动的内容都可涵括在"意"中，"意"具有较大的包容性和涵盖面。如，情、志、理等都可以包含在"意"中。"情"是"意"之动；"志"是有"主向"的"情"，即一种有目标的"意向"；"理"是对事物本质的认识和对事物的规律与条理的把握。而赋诗作文，作者创作的动机，就是表达心中所欲抒发之情，所需陈述之志，所悟到的事物之理，概言之，就是"达意"。② 因此，我们可以说，"意"与"志""情"一样，是"文学之为文学最基本的构成因子"③，虽然长久以来对"诗言志"和"诗缘情"的过热讨论遮蔽了"意"的存在价值，"意"也经常被局限在与"言"孰轻孰重的争辩中，但诗歌写"意"的暗流在中国诗学史上从未间断过，它和"情""志"一样，是"诗之所以为诗也"的本体要素。

---

① （清）王夫之：《唐诗选评》，载《船山全书》第十四册，岳麓书社 1996 年版，第 1004—1005 页。
② 陈良运：《文与质·艺与道》，中国人民大学出版社 1992 年版，第 89—90 页。
③ 孟宪浦：《从"言志"到"缘情"——试论中国古典诗学"意"本体论的遮蔽与显明》，《学术论坛》2010 年第 4 期。

二　"意情"的升华性和超验性

"意"可以与"志""情"通用，但它又不等同于后两者，"意"比它们具有更为宽广的意义。牟宗三先生有道德情感"可以上下其讲"的说法，"下讲，落于实然层面"，"上提而至超越层面"。① 以此类比，"意情"也具有"上下其讲"的特点，下讲，表现为具有"情""志"等具有特定指向性的日常思想情感，上提，则可以升华为超越有限的感性体验，展现宇宙奥妙、生命真理的最高之"道"的哲理思辨情感，这也是"意情"诗情观的主要特色。对于"意情"与志、情的重合之义，兹不赘述。下文仅对"意情"诗情观所独具的特色做一下简单介绍。

李涛在其文《意：中国古典诗学中的核心范畴》② 一文中把"意"所具有的本体意义描述如下图：

在哲学层面，"意"表现为对世界的真相——古典哲学中称之为"道"——的无限追求，当"意"进入文学领域，就是以一种诗化的形式和语言来呈现这种真理，使之向人们敞开，让人们通过诗歌艺术来体悟生命的真相存在。如艾略特所说，诗是"用强烈的个人经验，表达一种普遍真理；并保持其经验的独特性，目的是使之成为一个普遍的象征。"③ 可以说，对世界存在的真相和生命真理的探索，是继"志情"诗情观和"缘情"诗情观之后的一个重要诗学追求，"意情"即对这种哲理情感思考的诗意呈现。

以"意情"为代表的诗性情感，为古典诗歌开辟了一片焕发

① 牟宗三：《心体与性体》第 1 册，（台北）正中书局 1968 年版，第 126 页。

② 李涛：《意：中国古典诗学中的核心范畴》，《东方丛刊》2006 年第 3 期。

③ ［英］T. S. 艾略特：《艾略特诗学文集》，王恩衷编译，国际文化出版公司 1989 年版，第 167 页。

着勃勃生机的诗意空间。这种哲思情感，主要表现在一些情景交融的写景诗和意象浑成的禅理诗中。如本节开头所列诗歌，其中，杜甫的《江亭》从字面意义来看，是一首较为纯粹的写景诗，江亭、流水、白云、故林……但作者的本意并不在这些细致的景物描写上。对于这些思意微妙之作，对其内在精神的领悟，"在人如何看，在人把做甚么用"，"只把做景物看亦可，把做道理看，其中亦尽有可玩索处，大抵看诗，要胸次玲珑活络"①。特别是其中的"水流心不竞，云在意俱迟"一句，奔腾的流水与平静的内心所形成的强烈对比，留给人无穷的品味空间。中国古典写景诗中，这种富含意味的佳作很多，如"春江潮水连海平，海上明月共潮生""池塘生春草，园柳变鸣禽""泥融飞燕子，沙暖睡鸳鸯"等，以"追光蹑影之笔，写通天尽人之怀"宗白华先生也认为这种佳作"表现出中国艺术的最后的理想和最高的成就"②。

"意情"呈现的另一主体，就是在唐代颇为盛行的禅理诗。如李白的《山中答问》，短短的二十八个字，便创造了与诗人"天生我材必有用，千金散尽还复来"的豪迈风格迥然不同的另一诗性悠远意境。这是李白历经人生的繁华沧桑之后，所体悟到的另一种人生真谛。诗中所体现的人生情思，"问余何意栖碧山，笑而不答心自闲"，接近了"道"的境界，从而具有了一种永恒的象征意味。王维的以《终南别业》为代表的很多禅理诗，都能让人领悟到一种"知其蝉蜕尘埃之中，浮游万物之表者"的心境。

综上所述，我们可以看出"意情"具有以下几个特征：其一，"意情"是对一般日常生活情感体验的升华，是对志、骚、缘情等诗性情感的提升，展现出了一种类似"曾点之志"③的理

---

① （宋）罗大经撰：《鹤林玉露》，中华书局1983年版，第149页。
② 宗白华：《艺境》，安徽教育出版社2006年版，第15页。
③ 语出《论语·先进篇》：子路、曾皙、冉有、公西华侍坐。子曰："以吾一日长乎尔，毋吾以也。居则曰：'不吾知也！'如或知尔，则何以哉？"……"点，尔何如？"鼓瑟希，铿尔，舍瑟而作，对曰："异乎三子者之撰。"子曰："何伤乎？亦各言其志也。"曰："莫春者，春服既成，冠者五六人，童子六七人，浴乎沂，风乎舞雩，咏而归。"夫子喟然叹曰："吾与点也！"

想人生情感境界。其二，"意情"具有超验性，"意情"秉承了哲学的理性思考，以追求和解释世界的真相、人生的真迹为目的。在这些以"意情"为表达对象的诗歌中，人作为生命个体，有着无法与天地自然抵抗的脆弱性，但充分体现出了"人是一根有思想的芦苇"①的特征。诗人把自己经过沉淀、凝练过的人生智慧以诗意的语言表述出来，为人们把握世界和人生提供了很好的艺术方式。其三，"意情"还具有多义性和不确定性。不同于"志情"或"骚情"的情感意义的特定指向性，"意情"表现为多重领悟空间，"读者各以其情而自得"，其中所蕴含的情感意义，非一般概念化的总结所能穷尽，因而也就具有了更为丰富多彩的审美意义。

三　"心无系累"的情感状态与美学境界

《韵语阳秋》是南宋葛立方的诗话著作，是宋朝流传下来的一百多部诗话著作中规模较大、内容丰富的几部专著之一。《韵语阳秋》论诗法诗格、论诗之本事、考证诗人的经历遭遇、考证诗画作品的真伪等，内容庞杂，不一而足。其中，书中对于创作时主体的情感和心理的揭示，对于理解"意情"的诗情表达特点，颇有一些启示意义。书中有言：

> 人之悲喜，虽本于心，然亦生于境。心无系累，则对境不变，悲喜何从而入乎？渊明见林木交荫，禽鸟变声，则欢然有喜，人以为达道。余谓尚未免着于境者。欧阳永叔先在滁阳，有《啼鸟》一篇，意谓缘巧舌之人谪官，而今反爱其声。后考试崇政殿，又有《啼鸟》一篇，似反滁阳之咏，其曰："提葫芦，不用沽美酒，宫壶日赐新拨醅，老病足以扶衰朽。""百舌子，莫道泥滑滑，宫花正好愁雨来，暖日方催花乱发。"末章云："可怜枕上五更听，不似滁州山里闻。"

---

① 帕斯卡尔：人是一根芦苇，一根有思想的芦苇。如果把人当作一根物质的芦苇，那他将被宇宙所吞没；如果把人作为思想着的芦苇，那他将拥有整个宇宙。

盖心有中外枯菀之不同，则对境之际，悲喜随之尔。啼鸟之
声，夫岂有二哉？①

——《韵语阳秋》卷十六

世间啼鸟之声，一般无二，但因为听者的心境不同，所以感
受迥然有别。两首同名诗，一首作于受谪遣的滁州知州任上，另
一首作于主持礼部考试之时，诗人的悲喜之情，自然一眼可辨。
葛立方对于这种"显露无遗"的情感表达并不赞同，他认为应
"心无系累，对境不变"，才是诗人创作时所应该具有的情感状态。

此外，葛立方还对比了韦应物和陶渊明诗歌的区别，"韦应
物诗拟陶渊明，而作者甚多，然终不近也"。葛立方以韦应物的
《答长安丞裴说》②和陶渊明的《饮酒》③诗为例，认为《答长
安丞裴说》效仿《饮酒》，但"渊明落世纷深入理窟，但见万
象森罗，莫非真谛，故因见南山而真意具焉。应物乃因意凄而
采菊，因见秋山而遗万事，其与陶所得异矣。"④韦应物因不能
"忘我"所以不能"忘物"，在诗中显露出了凄清之情而受到葛
立方的指责。

苏轼有一首名为《送参廖师》的诗，诗曰："欲令诗语妙，无
厌空且静。静故了群动，空故纳万境。"苏轼本意在解说诗歌创作
时主体的精神状态，但诗歌却从创作的原初义生发，揭示出了一个
足以令人无限品味的人生意蕴，因而在诗情表达上属于"意情"一
类。但笔者在此拈出这首诗，目的并不在于向读者解读一首具有
"意情"诗情特征的诗，而是这首诗的内涵恰好为我们道出了"意

---

① （南宋）葛立方：《韵语阳秋》卷16，上海古籍出版社1984年版，第218—219页。
② （唐）韦应物《答长安丞裴说》：出身忝时士，于世本无机。爱以林壑趣，遂成顽钝
姿。临流意已凄，采菊露未晞。举头见秋山，万事都若遗。独践幽人踪，邈将亲友
违。髦士佐京邑，怀念枉贞词。久雨积幽抱，清樽宴良知。从容操剧务，文翰方见
推。安能戢羽翼，顾此林栖时。
③ （东晋）陶渊明《饮酒》之一：结庐在人境，而无车马喧。问君何能尔？心远地自偏。
采菊东篱下，悠然见南山。山气日夕佳，飞鸟相与还。此中有真意，欲辨已忘言。
④ （南宋）葛立方：《韵语阳秋》卷4，上海古籍出版社1984年版，第53—54页。

情"的情感表达特点，即空且静。

"心无系累"和"空且静"，其实描述的是相同的情感状态。"空"是做到"心无系累"的第一步骤，是对创作主体的情感与外在事物关系的要求；"静"是做到"心无系累"的第二步骤，是对主体情感各种内在思绪的要求。因为空，所以能容纳各种思绪和情感，因为静，所以能将这些思绪情感整合为一，并最终获得精妙至深的超验体验。具体来说，"空"是诗人对物我的超越，如王国维所说："吾人之胸中洞然无物，而后其观物也深，而其体物也初。"也就是说，在创作时，诗人的情感必须脱离世俗世界的一切外在纷扰，消除有意识的心智活动，摆脱先前知识的内在干扰，做到"弃时势之共好，穷理趣之独腔"（刘勰《文心雕龙》）。这样，才能为主体所期待的心理活动的发生和展开铺平道路。"静"是诗人对自我内在思绪和情感的超越。老子把"静"视为万物之"根"①，此"静"也应是各种情感之"根"，只有归于"静"，才能潜入情感的深层，把最初"感于物"的朦胧情感进行升华，进而使诗歌中呈现的情感放射"道"的光芒。

其实，先"空"后"静"进而"心无系累"，都是为了追求情感的最大限度的自由和解放，只有尽可能地使诗情表达获得自由，才能使艺术主体的创作能力在不受拘役的情况下得到最大空间的发挥。诗歌是创作主体情感自由的产物，追求自由是为了更好地呈现情感，追求更好的呈现是为了最终回归情感的自由。这种过程，如伽达默尔所说："真正的精神潜沉（深层体验）敢于打碎它的现实性，以便在破碎的现实中重建精神的完整，能够这样携带着向将来开放的视野和不可重复的过去而前进"②。

总之，不管是"心无系累"还是"空且静"，都在强调一种排除外在事物的干扰、回归内心、凝神静思、物我两忘，进而达到一种超脱状态的情感境界。这也是"意情"所独具的情感表达

① 《老子第十六章》"致虚极，守静笃。万物并作，吾以观复。夫物芸芸，各复归其根，归根曰静"。

② 转引自胡经之《文艺美学》，北京大学出版社1999年版，第71页。

特点。不同于"志情"或"骚情"等的情感表达特点——不管是"温柔敦厚"还是"怨而怒",它们对情感类型或情感的表现强度有着特定的质的要求——"意情"因其所具有的较为抽象的升华性和超验性等诗情特征,因而在对情感表达的要求上,也就同时具有了难以概括言说的微妙性。

小　结

通过对远古歌谣和《诗经》的分析可以看出,中国的诗情文化在其形成之初,就表现出了两种基本的诗情意识,一种是如《举重劝力之歌》《候人歌》和《诗经》的部分作品中所表现出来的具有一般人性内涵的人本之情,这种诗性之情是诗人在情不可遏时的自发表达,是诗人个体一己之情,带有鲜明的主观性和个体性,而在诗情的表达上,表现出直白性、随意性和纵情性的特点。这类作品大都是"男女相与咏歌"的自然之情的本真流露,我们可以把这种最具人本性的诗性情感称之为"风情"①;另一种则是具有自觉的人文目的性或人文理性的诗性情感,不管是远古歌谣中为生存的歌唱,还是《诗经》中具有政治讽喻和道德意愿色彩的诗歌,其可以诗意化的情感被认为是具有相对自觉的人文性和社会性追求的情感类型,我们可以把这种诗性情感称之为"雅情"。"雅情"实际是一种一开始被贵族掌控,后来被文人士大夫操作的有别于日常生活之情的、归属于上流贵族社会的情感类型。因而,在诗情的表达上,也更为注意对诗歌进行文构性美化,出现了重章叠句的话语结构和一唱三叹的表达模式,已经表现出了自觉的抒情意识。这两种诗情理念,是中国诗情文化的基石和底色。

此后,对人性之情的自发表达受到政教话语的强力阻隔,可

---

① "风情"是诗情文化中最具民间生存本质的诗意情感,是诗歌最强大的生命力和价值所在。在明代诗歌末路之时,性灵文人就试图重新召唤这种具有民间色彩的诗性情感,为诗歌寻找新的出路。

以诗意化之情被局限在人文之情的表达上，这种基于雅情诉求并被归结为诗以言志的"志"情占据了中国正统诗情文化的正宗霸主地位。"诗言志"是中国诗学史上对诗情观念的首次理性自觉，而所谓"志"情，其实是一种渗透着文治文化的政治原则和道德色彩的社会理性情感，对诗歌有着"正得失，动天地，感鬼神"的情感要求和"温柔敦厚"的诗美表达要求。但是，诗歌的真正魅力并不仅在于它的教化作用和劝谕功能，更在于它充沛蓬勃的诗意情感感染力和"言炳丹青"的审美感染力。

屈原是把"情感"和"审美"完美地结合起来的中国诗歌史上唯一一个真正的抒情诗人，他所开创的"骚情"传统，是中国诗情文化中的重要一脉。"骚情"的本意在于抒发一种个人情感，但因其诗人本身所具有的人格境界和艺术才能，在无意间促成了诗歌的情感和审美升华，从而显示出了一定的"政治批判隐喻性"和"人文主体性诉求"①。但"骚情"又绝不等同于"志情"或"缘情"诗情，它比"志"情更具有情感的力量和艺术的审美，又比"缘情"诗情多了几分道义的担当和对真理的追求。

"缘情"诗情正是在"骚情"的基础上，对诗性之情的人本性拓展。它首先把人本诗情上升到本体性的地位，从而承认了个体自然的喜怒哀乐之情可以进行诗意化表达的先天合理性，这样，它就把诗情扩展到了人的整个心理世界。"缘情"诗情是在远古歌谣和《诗经》中的自然人性被隔断之后对于诗情的一次本质追问，在一定程度上使诗性之情重新向人的个体性、本体性情感回归。

"意情"是对诗性之情的又一次深层挖掘。综合来说，"意情"是对一般性诗意情感的升华，表现出了理想的人生境界；"意情"富含哲理的韵味，以解释世界的真相和对真理的追寻为抒情目的；同时，"意情"还具有多义性和不确定性，表现为多重欣赏的含义域空间。而在诗美表达上，"意情"追求一种"心无系累"的精神超脱之境。可以说，"意情"是最富有民族特色

---

① 彭亚非：《中国正统文学观念》，社会科学文献出版社 2007 年版，第 336 页。

的一种诗情观念。

　　以上六种诗情观念，是明代以前的诗情概况，也是中国传统诗歌的主要情感类型。到了明代中后期，以公安三袁为代表的性灵文人又一次对诗情进行了追问，他们扩大了诗情的表现范域，以"世情"为诗情，是中国诗情文化上的一次重要革命。

第二章　性灵诗情

——对诗情境界的开拓和追问

　　长达 276 年的明代（1368—1644），是中国历史上一个十分重要的时期。在明代之前，蒙古族统治的元代割裂了延续了一千多年的汉民族所赖以生存的文化根基。当统治管理权和文化选择权又一次被汉人所掌握时，面对曾经的历史教训和文化失败，就不可避免地会出现两种情况：一种是积极地恢复和重建，试图重返未遭受毁坏之前的社会和文化繁荣样态；另一种则是深沉的反思和背离——曾经的失败证明了制度和文化上的缺陷，寻找另一条道路才是唯一正确的选择。这两种心态反映在诗歌创作和诗情观念上，就相应地出现了对待诗情的两种不同态度：或如前后七子唯前人是尊，尺尺寸寸模拟古人，仍以"志情""骚情""缘情""意情"等诗情观念为诗歌的情感选择；或如性灵文人尽扫古人成规，以"俗情"入诗、以"世情"入诗，开拓了诗情表达的另一新天地。

第一节　明代的诗情观概况

　　明代，是中国封建历史上较为特殊的一个时代，一方面是极度强硬的王权政治，文人们在此高压之下小心翼翼，循规蹈矩，以宋学为宗，以朱熹为尊，守之如律例，奉之若神明。另一方面，则是高压之后的逆行反拨，明中后期的文人们，以"冒天下之大不韪"的勇气和识力，将先前的一切传统套式推翻殆尽，试图重建一个"拨云见日"的新鲜世界。这些思想反映在诗学上，就使明代的诗学理论呈现出了几个鲜明的特色。首先，明代诗学理论表现出两条截然不同的脉络方向，一条是以传统审美理想为核心的复古文学思想，另一条则是以阳明心学为核心的性灵文学思想。① 复古文学思想以前后七子为代表，主张"文必秦汉，诗必盛唐"，以前人的创作为学习和模仿的最高文本典范。以公安三袁为代表的性灵文学思想则主张"不拘格套""直抒胸臆"，摆脱古人、成法、学问等的一切束缚，用直寄的方式以手写心、以腕运心，以"自我"为最高的神灵。其次，由于传统思想和新兴思想的交错递进，明代诗学表现出分、合不定的理论趋势。如从整体来讲，前后七子前期坚定不移地高扬复古的大旗，但在后期如何景明、王世贞之人，又纠正先前的成说，表现出反复古的思想倾向。而在其流派内部，李梦阳与何景明、李攀龙与王世贞之间的争执也相持不下、各执一端。同样，公安三袁前后期也发生了重大的转变，前期追求"俗""露""趣"，后期则深悔前期的轻浮草率，转向"质""淡""韵"的诗美追求。最后，由于市民阶层的勃兴，一向不登大雅之堂的戏曲、小说、民歌等俗文学获得了自由的发展空间，其创作和批评理论也与诗歌理论并驾齐驱。而一向占据主流的诗歌创作则走向衰落，即使有前后七子、三袁等文人试图在理论上对其实施"救心术"，但回天无力，终究难逃败落的命运。

从诗情观念方面来讲，主要有三个方面的不同表现。以宋濂、高启、方孝孺、高棅、李东阳、"三杨"（杨士奇、杨荣、杨溥）等为代表的前期文人以"文外无道，道外无文"为核心理念，属于以政治功用为主的"志情"一派；以前后七子为代表的

---

① 左东岭：《明代心学与诗学》，学苑出版社 2002 年版，第 191 页。

复古派虽然在文学体式上唯汉魏、盛唐马首是瞻，但在诗情的表达上却有着比较开放的观念，李梦阳的"情真说"① 和"情遇说"② 注重创作主体的情感，主张表达自我的真实性情，因此属于"缘情"诗情一派。而明代中后期以唐顺之、徐渭、李贽、公安"三袁"等为代表的性灵文人则在"缘情"诗情的思想基础之上，向纵深发展，开掘出了个体的"私情"和"私欲"在诗歌领域的合法表达权，把诗情表达推向了一个无限广阔的言说空间。

一 "文外无道，道外无文"：明代前期的"言志"诗情

明代前期弥漫着浓厚的理学气息，大多文人"禀宋人成说"，"此亦一述朱，彼亦一述朱"③，如《明史》记载："原夫明初诸儒，皆朱子门人之支流余裔，师承有目，矩矱秩然。"④ 对朱子的亦步亦趋，使明代前期的诗学理念中，"诗言志"和"文以载道"的观念比以往更根深蒂固。产生这一现象的主要原因是明朝的政治局势。一是明朝统治者动用政权的威力来维护理学思想的统治地位。明朝诏令天下的学校祭祀朱子，科举考试内容以朱熹注解的《四书集注》和《诗经集传》为范本，违者不录。正如陈书录在其《明代诗文的演变》一书中所说："程朱理学是明代庙堂文化的哲学基础，八股取士是朱明笼络人心、网罗人才的基本国策。程朱理学的负面是严理、欲之辨，禁锢心灵，钳制性情。八股文的负面是代圣人立言，趋时媚俗……这就使永乐以来由阁臣执掌的正宗文坛风气衰弱，并且难以跳出低谷。"⑤ 二是朱元璋对

---

① （明）李梦阳："真者，音之发而情之原也。"李梦阳：《诗集自序》，《空同集》卷50，钦定四库全书集部。

② （明）李梦阳："情者，动乎遇者也。……故遇者，物也；动者，情也。情动则会，心会则契，神契则音，所谓随遇而发者也……契者会乎心者也，会由乎动，动由乎遇，然未有不情者也。……故天下无不根之萌，君子无不根之情，忧乐潜于中，而后感触应之外。故遇者因乎情，诗者形乎遇。"李梦阳：《梅月先生诗序》，《空同集》卷50，钦定四库全书集部。

③ （清）黄宗羲：《姚江学案》，载《明儒学案》卷10，中华书局1985年版，第197页。

④ （清）张廷玉：《儒林传》，载《明史》，中华书局1974年版，第7222页。

⑤ 陈书录：《明代诗文的演变》，江苏教育出版社1996年版，第171页。

文人的严酷压制,"吴中四杰""北郭十子"、开国元勋宋濂、刘基等都无一幸免,因各种原因被迫害致死的文人志士不计其数。这些政治和文化举措,使明初的文人战战兢兢,即使如杨士奇这样的馆阁重臣,也是"每入朝,循墙而走"。文人理应具有的批判意识消磨殆尽,取而代之的是唯唯诺诺的奴性心理和畏罪意识。

在这种情况下,诗学自然不会出现如明中后期一样的自由开放观念,诗情的表达也必然不会是可以关注自我内心感受的真实情感表达。《剑桥中国明代史》曾用"明代初年朝廷的保守主义传统"来概括 1399—1435 年的社会精神风貌。这种"保守主义传统","守"的是沿袭了几千年的封建正统文学思想,即以政治伦理、道德理想为旨归的功用文学理念。而其诗情的表达,也是以政治和道德承载为主体的人文之情。

开国元勋、文坛巨匠宋濂的诗情观念是这一时期的代表。宋濂认为:

> 文之至者,文外无道,道外无文。(《徐教授文集序》)
> 大抵为文者,欲其辞达而道明耳。(《文原》)
> 诗乃吟咏性情之具,而所谓《风》《雅》《颂》者,皆出于吾之一心,特因事感触而成,非智力之所能增损也。(《答章秀才论诗书》)
> 圣贤之道充乎中,著乎外,形乎言,不求其成文而文生焉者也。不求其成文而文生焉者,文之至也。(《文说》)

在宋濂的这些表达中,没有透露出丝毫的自我情感特色,"文外无道""辞达""圣贤之道充乎中",都表现出了鲜明的理学色彩。文学只是承载圣人之道的器具,只是政治制度的附属而已,不具有任何的独立性。而其"诗乃吟咏性情之具"中的"性情",也不关涉个人情感,而是理学家所尊奉的至高无上之"理"。"诗乃吟咏性情之具"中"具"这一字眼,更是证明了宋濂对文学独立性的轻视。"具"者,工具而已,借这一工具所接近和达到的不是人的内心情感，而是外在的理学道义。

宋濂的学生方孝孺，与其老师的思想如出一辙："苟出乎道，有益于教而不失其发，则可以为诗矣"（《刘氏诗序》）。"凡文之为用，明道、立政两端而已"（《答王秀才书》）。"有益于教"，这是典型的儒家诗情理念，而一"明道"，一"立政"，方孝孺可谓是把以"志情"为代表的诗情核心概括无遗了。

以"三杨"为代表的"台阁体"，取法宋代的欧阳修和曾巩，取其典雅平和的行文风格，以之歌颂圣恩、夸赞盛世、点缀太平，表现出谄媚奉承、柔媚无骨的特点。与宋濂、方孝孺的"文外无道"观相比，诗情之格则又有所下降了。

由此可以看出，生活在明初政治高压夹缝中的文人，小心翼翼地恪守着官方意识形态，在思想上不敢越雷池一步。而在诗文创作上，僵化、模式化、道德化、说理化就是不可避免的事实。当文学"以情为本"的本体特性被消解之后，个体情感的表达就成为不敢触碰的危险区，诗歌也就只能沦为润饰鸿业的工具。这一状况，直到陈白沙、王阳明的心学思想出现之后才有所缓解。①

二　"诗者，情之自鸣者也"：明代中期的"缘情"诗情

在很多研究中，学者们往往注意到了性灵文人与前后七子之间的理论冲突，一主复古，一倡新变，两派之间似乎存在难以逾越的鸿沟。其实，如果从诗情理念上来讲，复古派成员，特别是前七子中的李梦阳、徐祯卿和后七子中的王世贞、谢榛等人，他们关于诗与个体之情的关系、诗情的表达特点等方面的阐释，在明前期的"言志"诗情派和明中后期的性灵诗情派之间起着承前启后的作用。

《明史·李梦阳传》记载："梦阳才思雄鸷，卓然以复古自

---

① "学术之分，则自陈献章、王守仁始。宗献章者曰江门之学，孤行独诣，其传不远，宗守仁者曰姚江之学，别立宗旨，显与朱子背驰，门徒遍天下，流传逾百年，其教大行，其弊滋甚。嘉、隆而后，笃信程朱，不迁异说者，无复几人矣。"（清）张廷玉：《儒林传》，载《明史》，中华书局1974年版，第7222页。

命。弘治时，宰相李东阳主文柄，天下翕然宗之，梦阳独讥其萎弱。倡言文必秦汉，诗必盛唐，非是者弗道。"① 从这段话可以看出，李梦阳主张复古的一个最直接目的，就是反对李东阳萎弱的文风。以李东阳为首的茶陵派原是不满于粉饰太平的台阁体而兴起的，他们试图效法盛唐的创作经验而重新振兴诗坛，所以主性情、反模拟，推崇唐朝的李杜，同时也十分重视诗歌的声律和格调。由于李东阳的宰相身份，所以门生众多，在当时蔚为气象。遗憾的是，由于生活环境的局限，李东阳未能完成荡涤台阁风气的大任，其创作也大多是宫廷、馆阁的应酬题赠，诗歌中充斥着毫无个人情感的应酬之语。李梦阳不满于李东阳的这种"萎弱"文风，试图用盛唐的雄浑气象来弥补和挽救诗坛的败落。这是复古派的诗学目的之一。

　　李梦阳倡导"文必秦汉，诗必盛唐"的另一目的，就是绕开理学气息浓厚的宋代诗坛，以此解开捆绑在诗歌身上的"理"的绳索，恢复诗歌的抒情本质。正如赵永纪所说："仅仅以反对'台阁体'来解释七子派崛起的原因，是远远不够的。实际上，无论前七子还是后七子，他们立社结派的宗旨，都不仅是为了反对'台阁体'，更是为了对抗当时用以程朱取士的八股文以及宋以来形成而在明代盛行的道学体在文坛上所造成的恶劣影响。"② "诗发之于情"③ 是前后七子的共识，除李梦阳外，何景明、徐桢卿、王世贞、谢榛等人也都有这方面的论述。

　　李梦阳认为"夫诗发之情乎！""诗者，吟之章而情之自鸣者也！"④ 诗歌应该做到"格古、调逸、气舒、句浑、音圆、思冲、情以发之，七者备而后诗昌也"（《潜虬山人记》）。李梦阳对"情"与"诗"关系的阐述，把诗的本质重新定义在了"情"

---

① （清）张廷玉等撰：《李梦阳传》，载《明史》，中华书局1974年版，第7348页。
② 赵永纪：《明七子派的崛起》，载徐中玉主编《古代文学理论研究》丛刊第九辑，上海古籍出版社1984年版，第99—113页。
③ （明）李梦阳：《张生诗序》，载《空同集》卷48，钦定四库全书集部。
④ （明）李梦阳：《鸣春集序》，载《空同集》卷51，钦定四库全书集部。

上，这是较宋代的理气诗和明前期的台阁体的重大进步。更为重要的是，此处的"诗情"显然不再是如方孝孺所提倡的用以"明道""立政"的社会人文之情，而是侧重"自鸣"的自然人性之情。此外，李梦阳还注意到了诗歌情感的表达特点——真和自然。"夫诗者，天地自然之音也。今途咢而巷讴，劳呻而康吟，一唱而群和者，其真也，斯之谓《风》也。孔子曰：'礼失而求之野。'今真诗乃在民间。"① "真者，音之发而情之原也。"重真、重自然，是李梦阳对明代的诗情文化做出的重大贡献。如果说他的"夫诗发之情乎"的理念把诗歌重新拉回了正道，那么对"真"和"自然"的重视则又进一步摆脱了"礼"对"情"的节制，而提倡诗歌表现人的自然本性情感。这一观念，与其后性灵文人对人的自然情感的重视有着殊途同归之处。因为重真实、自然的情感，所以李梦阳对民歌表现出了极度的喜爱，这比其后袁宏道提倡学习"真人所作""能通于人之喜怒哀乐嗜好情欲"的民歌的观点早了很多年。在《诗集自序》中他又引王叔武的话来进一步佐证自己的观点："夫途巷蠢蠢之夫，固无文也。乃其讴也，咢也，呻也，吟也，行呫而坐歌，食咄而寤嗟，此唱而彼和，无不有比焉兴焉，无非其情焉，斯足以观义矣。"② 民歌是人的真情的自然流露，对民歌的重视和提倡，也就是在召唤人的真性情。因为对表现人之真情的民歌的喜爱，以李梦阳为代表的复古文人重视《诗经》中的风诗，而抛弃雅诗和颂诗③，究其原因，就是风诗表现了人的真性情，而雅、颂之类则在这方面欠缺很多。

---

① （明）李梦阳：《诗集自序》，载《空同集》卷50，钦定四库全书集部。
② 同上。
③ （明）李梦阳：《论学上》，见《空同集》卷66："吁！《黍离》之后，《雅》《颂》微矣。作者变正靡达，音律阘谐，即有其篇，无所用之矣。予以是专乎《风》言矣。吁，不得已者。"
李维桢《读苏侍御诗》，《大泌山房集》："诗以道性情，性情不择人而有，不待学问文词而足。故《诗》三百篇，《风》与《雅》《颂》等。《风》多出闾阎田野细民妇孺之口……余尝谓以学问文词为诗，譬之雇佣，受直受事，非不尽力于主人，苦乐无所关系……何者？非己之性情也……《国风》，男女之大欲存焉，不虑而知，不学而能，此之谓性情。"

李梦阳之外，前后七子中的其他文人也有很多关于诗情观念的阐述。如徐祯卿讲："夫情能动物，故诗足以感人。……若乃歔欷无涕，行路必不为之兴哀；恧难不肤，闻者必不为之变色。"① 康海云："夫因情命思，缘感而有生者，诗之实也。"② 后七子中，谢榛曰："景乃诗之媒，情乃诗之胚。""诗乃摹写情景之具，情融乎内而深且长，景耀乎外而远且大。"③ 他们都把真情的表达作为诗歌的根本，这种"足以感人""深且长"之情，有别于"志"情中的政治道德之情和"缘情"诗情中受礼制压抑而只能以含蓄委婉之式曲折表达出的个体之情，是人的本真性情。

在以往的研究中，我们对前后七子的复古言论给予了过多的关注，这种放大式的过度重视，遮蔽了他们理论中的诗情观念的重要价值。而他们的诗情理念，不仅是对"缘情"诗情的继承，更在很多方面开启了其后的性灵文人的诗情观念。

第二节　性灵文人的诗情观

明代是一个可以"为情而生，为情而死"的时代，对于这一社会和文学现象，有人称之为"主情论"④，有人称之为"尊情观"⑤"尚情论"⑥，更有学者称之为"浪漫思潮"⑦。总之，都是把"情"作为区分于其他时期的一个重要标志。其实，中国传统文化中对"情"的重视由来已久，而明代之"情"被屡屡提起，就在于其不可被替代的特殊性。这种不能被替代的特殊性，自然

---

① （明）徐祯卿：《谈艺录》第 5 条，中华书局 1991 年版，第 11—12 页。
② （明）康海：《太微山人张孟独诗集序》，载《对山集》卷 4，涵芬楼秘笈本。
③ （明）谢榛：《四溟诗话》卷 4，中华书局 1985 年版，第 78 页。
④ 蔡锺翔：《明代哲学情性论的嬗变与主情论文学思潮》，《中国哲学史》1996 年第 3 期。
⑤ 曾中辉：《浅论明代文学尊情观的发展脉络》，《江西师范大学学报》1998 年第 1 期。
⑥ 曹萌、张次第：《明末士人尚情与女性婚爱意识觉醒及其小说表现》，《商丘师范学院学报》2004 年第 1 期。
⑦ 姚文放：《晚明浪漫思潮与西方近代浪漫主义》，《学术月刊》1989 年第 8 期。

不是我们在上一节所探讨的明前期和明中期以"文外无道，道外无文"及"情之自鸣者也"两种诗情观念所可以承担起的。明代之"情"要等到阳明心学在明代社会占据了重要的位置，以之为思想和理论核心的性灵文人异军突起之后，才发出了最耀眼的光辉。在明代性灵文人的观念中，情不仅是诗歌等文学创作的本源，更上升为世界万物的存在根本。以情的本体性为立足点，情的自然性、个体性和超越性等特征也被明中后期的性灵文人不断言说。情所具有的这几个特征，也成为性灵诗情观得以成立的理论基础。

一　性灵文人对诗情本体性的认识

早在先秦和两汉时期，古人们对于"情"的本体性就有所察觉了，如郭店楚简《性自命出》的"道始于情"，就把"情"作为哲学思考的根本出发点。到了陆机、刘勰等人，"情"成为文学创作的本体。但是，虽然有对"情"的本体性认识，但"情"在中国正统文化中却一直处于一种若隐若现的存在状态，究其原因，就是"礼"和"理"对于"情"的贬抑和改写。这种状况，一直到明中后期才有所改观。对情的"本体性"特点，也一直到此时才达到了一个比较深刻和全面的认识。这一改变，首先受益于王阳明对"情"的认识，他说："喜怒哀惧爱恶欲，谓之七情。七情俱是人心合有的。"① 这就不仅承认了"情"的合理性，同时也认为七情是心的本然存在，具有不可抹杀的特性。王阳明的心学把士人从对程朱理学的思想迷雾中唤醒，指引他们放弃外在的事理，回归自我内心去探寻存在的价值，对性灵文人产生了深刻的影响。

性灵文人对"情"的重要贡献，不仅在于把"情"作为诗歌等艺术创作的本体，更为重要的是把"情"定义为世界万物的存在依据。汤显祖是性灵文人中"情本体论"的积极倡导者，他关于"情"的认识比其他文人更为全面和大胆。他说：

---

① （明）王守仁撰：《传习录》（下），载《王阳明全集》卷3，上海古籍出版社1992年版，第111页。

> 世总为情，情生诗歌，而行于神。天下之声音笑貌大小
> 生死，不出乎是。因以惝荡人意，欢乐舞蹈，悲壮哀感鬼神
> 风雨鸟兽，摇动草木，洞裂金石。其诗之传者，神情合至，
> 或一至焉；一无所至，而必曰传者，亦世所不许也。①
>
> ——《耳伯麻姑游诗序》

在汤显祖的观念中，世间的万事万物，如"天下之声音笑貌
大小生死"之类，都脱离不了情感的范围，世界就是一个情感的
世界。"情"具有感天动地、摇动草木的重大威力，因此诗歌要
想传之不朽，必须为其注入情感的因素。没有真情的作品，是不
会被人们接受的。汤显祖所提倡的这份可以让大家闺秀杜丽娘
"情不知所起，一往而深，生者可以死，死可以生"（《牡丹亭·
题词》）的至情，绝不是家国天下的道义担当之情，不是屈原遭
贬而难以排遣的抑郁之情，也不是隐藏在礼制之下欲说还休的
个体或群体之情。它是一种充满着人的自然欲望，包含世间的
种种悲欢离合、饮食男女、爱恨情欲的人的最基本和最真实的
本性之情。

李贽也持有同样的观念，"絪缊化物，天下亦只有一个情"②，
"情"成为世界存在的终极本原和一切创造的原动力。一向受约
束的男女情爱被李贽无限抬高，竟然成为创生世界的本体。这样
大胆的言论，对满口"存天理，灭人欲"的理学家来说，可谓
"是可忍孰不可忍"。

提倡以"情"为本体，必然意味着对"理"本体的消解。道
学家认为理高于一切，在世界中占据本体地位，汤显祖则把情、
理一刀两断，"情有者理必无，理有者情必无"③，而在情、理之

---

① （明）汤显祖著，徐朔方笺校：《耳伯麻姑游诗序》载《汤显祖诗文集》卷31，上海
古籍出版社 1982 年版，第 1050—1051 页。
② 转引自许苏民《李贽评传》，南京大学出版社 2006 年版，第 224 页。
③ （明）汤显祖著，徐朔方笺校：《寄达观》，载《汤显祖诗文集》卷45，上海古籍出版
社 1982 年版，第 1268 页。

间，他往往取情弃理，以一种鲜明的态度表明了对理的扬弃。李贽也把"理"从本体中剔除出去，"本体原无此忠孝节义"，即把以充满伦理道德理性规范的理从本体话语建构中驱逐了出去。袁宏道讲"理在情内"，一向高高在上的理成为情的附庸。这样，性灵文人们就把传统儒学的理、情关系颠倒了过来，正面的歌颂"情"的伟大。更重要的是，这种"情"不再是普遍意义的抽象之情，而是已经被具体化之后的带有自然欲望的人性之情。

洪涛在其文《以情为本：理欲纠缠中的离合与困境——晚明文学主情思潮的情感逻辑与思想症状》中，把晚明的情本体内涵概括为以下几个方面："（1）人和世界诞生的本源；（2）人类社会制度确立的依据；（3）审视和评判世界以及人的价值尺度；（4）具有永恒性和超越性；（5）具有改变世界的力量；（6）'情'最高的体现者是人。"① 由此可以看出，"情"几乎涵盖了从世界到个体的方方面面，成为一个人类生存必不可少的重要组成部分。总之，在对"情本体"的认识上，性灵文人凭借开放的思维和无畏的胆识，将之向自然人生和真实生活的方向推进了一大步。

二 性灵文人对诗情自然性的认识

在性灵文人的观念中，"情"不仅是文学的本源动力，更是人类社会的本体性规定，而所谓的"本体性"存在，自然就具有先天的合理性和后天的不易更改性，这样，对情的自然性的关注，就成为顺理成章的事情。情的自然性，从人的存在方面来讲，指的是人类情感的天然状态和自由表现，该笑即笑，想骂就骂，自然产生，真实而发。这种自然之情运用在文学上，就是创作主体情感的自然真实和无拘无束的表现形态。

性灵文人对情的自然性特征有很多阐发，如李贽在《读律肤说》云："盖声色之来，发于情性，由乎自然，是可以牵合矫强而致乎？故自然发于情性，则自然止乎礼义，非情性之外复有礼

---

① 洪涛：《以情为本：理欲纠缠中的离合与困境——晚明文学主情思潮的情感逻辑与思想症状》，《南京大学学报》（哲学社会科学版）2009 年第 4 期。

义可止也。惟矫强乃失之，故以自然之为美耳，又非情性之外复有所谓自然而然也。"① 对"发于情性，由乎自然"的强调，等于是把"自然"性要求放在了审美情感的第一位，因而反对任何形式的"牵合矫强"就成为情之"自然性"的第一要求。对于这一点，徐渭在其《论中》一文中曾有过形象化的解说。他以鱼饮水和人穿衣为例说，"鱼处水而饮水，清浊不同，悉饮也，鱼之情也"。人"布而衣，衣而量者也，自童而老，自侏儒而长人，量悉视其人也"②。鱼饮水而不计较水之清浊，这是鱼的自然性情，人量体裁衣，这是人的自然性情，若让鱼不饮水，人不量体裁衣，就是对他们自然性情的违背。因此，应该顺应和尊重事物的自然性情，否则，就如"衣童以老""衣长人以侏儒"，这种"牵合矫强"之行为，都是不"中"的表现。在文学创作中，情感的运用更要符合这一定律，"不愤而作""无病呻吟"的作品，即使创作出来，也没有任何可供欣赏的价值。

　　反对任何对情的"牵合矫强"行为，就不得不承认日常生活情欲的合理性。如李贽所说"谓圣人不欲富贵，未之有也。"③ 即使是以理想道德境界为人生追求的圣人，也难以完全摆脱人世的诱惑。不食人间烟火、无欲无求之人，只存在于虚构的故事中，是官方和处于尘世的文人塑造出来教化百姓的难以企及的"精神

---

① （明）李贽：《读律肤说》，《焚书·续焚书》卷3，载《李贽文集》第一册，社会科学文献出版社2000年版，第123页。
② （明）徐渭：《论中（一）》，载《徐渭集》卷17，中华书局1983年版，第488页。"语中之至者，必圣人而始无遗，此则难也。然习为中者，与不习为中者，甚且悖其中者，皆不能外中而他之也。似易也，何者，之中也者，人之情也，故曰易也。语不为中，必二氏之圣而始尽。然习不为中者，未有果能不为中者也，此则非直不易也，难而难者也。何者，不为中、不之中者，非人之情也。鱼处水而饮水，清浊不同，悉饮也，鱼之情也。故曰为中似犹易也，而不饮水者，非鱼之情，故曰不为中，难而难者也。二氏之所以自为异者，其于不饮水不异也，求为鱼与不求为鱼者异也，不求为鱼者，求无失其所以为鱼者而已矣，不求为鱼也。重曰为中者，布而衣，衣而量者也，自童而老，自侏儒而长人，量悉视其人也。夫人未有不衣者，衣未有不布，布未有不量者，衣童以老，为过中，衣长人以侏儒，是为不及于中，圣人不如其量也。"
③ （明）李贽：《明灯道古录》卷上，载《李贽文集》卷7，社会科学文献出版社2000年版，第357页。

楷模"。人生来就有趋利避害、追求欲望满足的自然性情，"势利之心，亦吾人之禀赋自然矣"①，圣人也在所难免。这种思想到公安三袁，就发展为对金钱、情色、口欲、享乐等欲望的无限的、毫不遮掩的满足。如袁宏道说："夫闻道而无益于死，则不若不闻道之直捷也，何也？死而等为灰尘，何若贪荣竞利，作世间酒色场中大快活人乎？"② 而他公然宣称的"人生五乐"，就可称得上一幅赤裸裸的欲望张扬图。

总之，在对待"情"的问题上，性灵文人可谓走向了两个极端，一方面将之形而上，尊奉为世界万物存在的本源，在文学创作中强调情感的真实和自由发挥；另一方面又无限地形而下，认为情感应不受任何制约，承认日常生活欲望的合理性，在文学创作中公然展示各种情欲。

三　性灵文人对诗情个体性的认识

追求情的个体性、独特性表现，是性灵文人对诗情文化做出的另一重要贡献。"求同"是我国传统文化的一个主要特色，不管是儒家之道还是程朱理学，都力图使人、使社会整齐划一，在个体和群体的选择上，群体向来处于上风，个体只能不断磨平自己的棱角，消磨自身的个性，以此来服从群体的意志和社会的规范。在情感的表达上，文人也常常选取迎合大多数人的普遍情感，如对人生无常的忧虑、对死亡的恐惧、困境中的愤懑、相思的痛苦或被抛弃的忧伤等。这些情感是人类的共通之情，以此为题材的创作也往往能引起读者的共鸣，但长此以往的重复描写，也易使人产生审美疲劳和厌倦心理。性灵文人则试图在这方面突围，在他们的观念中，个人成为一切行为的出发点，"不是个体顺应规则，而是规则顺应个人。'礼'那种定于一尊的强制性和

---

① （明）李贽：《明灯道古录》卷上，载《李贽文集》卷7，社会科学文献出版社2000年版，第358页。

② （明）袁宏道：《为寒灰书册寄郧阳陈玄朗》，载《袁宏道集笺校》卷41，上海古籍出版社2008年版，第1225页。

普遍性因而被消解了，评判的尺度交回了个人。"① 在文学创作上，性灵文人们则提倡人的个性之情的真实呈现，提倡文学创作中的独特和新异表现。

每个人都拥有不可重复的独特性，因个人先天禀赋和后天环境的不同，情感也就相应地具有特殊性。如李贽所说"莫不有情，莫不有性，而可以一律求之哉？"② 就指明了情感因人而异的个体性特征。李贽是从先天性上来说明情感的个体性特征，袁宏道则认为在日常生活中，也要主动寻求与别人的差异性，"世情当出不当入，尘缘当解不当结，人我胜负心当退不当进。若只同寻常人一般知见，一般度日，众人所趋者，我亦趋之，如蝇之逐膻，即此便是小人行径矣，何贵为丈夫哉？"③

当人人都真实地呈现自己的个性情感时，文学的独创性也就会自然到来，"真则我面不能同君面"，只要把自己的内心之情真实地呈现出来，就会不刻意求异而呈异，不专意为新而出新。如徐渭评价其友诗歌的特点时说，"若吾友子肃之诗则不然，其情坦以真，故语无晦，其情散以博，故语无拘，其情多喜而少忧，故语虽苦而能遣，其情好高而耻下，故语虽俭而实丰。"④ 叶子肃"坦以真""散以博""多喜而少忧""好高而耻下"的个性情感，是其诗歌呈现出"语无晦""语无拘""语虽苦而能遣""语虽俭而实丰"的独特性的根本原因。

与理求同、主常、有穷、求善的本质不同，情求异、主变、无尽、求美⑤，而这也是艺术生命衰竭不朽的源头活水。唐顺之讲"本色"，徐渭讲"真我"，袁宏道主张"各抒己见"，都是把

---

① 洪涛：《以情为本：理欲纠缠中的离合与困境——晚明文学主情思潮的情感逻辑与思想症状》，《南京大学学报》（哲学社会科学版）2009 年第 4 期。

② （明）李贽：《读律肤说》，《焚书·续焚书》卷 3，载《李贽文集》第一册，社会科学文献出版社 2000 年版，第 124 页。

③ （明）袁宏道著，钱伯城笺校：《答李元善》，载《袁宏道集笺校》卷 22，上海古籍出版社 2008 年版，第 786 页。

④ （明）徐渭：《叶子肃诗序》，载《徐渭集》卷 22，中华书局 1983 年版，第 519—520 页。

⑤ 黄南珊：《明清文论对情感与理性内在特征的审美把握》，《宁夏大学学报》（人文社会科学版）2001 年第 1 期。

艺术情感的个性作为不懈的追求。"言人人殊"才能"有古人不可湮灭之精神在"①，这一观念，在当下和将来也依然会具有永恒的价值。

四 性灵文人对诗情超越性的认识

在现实中，我们往往着重强调文学的超越性，认为文学可以"超越现实生活中枝枝节节的羁绊，超越社会功利目的的制约，反映出人类生活和人的生命中最内在、最本质、最具有永恒性的东西"。并且"这种超越性，不是外部因素强加于文学的，而是文学与生俱来的一种天性。"② 我们在大讲特讲文学的超越性时，却往往忽略了，使文学"天生"具有这种超越性本质的，正是在背后赋予文学生命力的"情"。情的超越性品质，在明代之前很少有人论述，性灵文人则充分注意到了"情"所具有的这种特性，在诗学理论和诗歌实践中多有所阐发和运用。

汤显祖和冯梦龙是坚贞不渝的"情"的坚守者，他们对情的超越性的认识，相较其他文人更为深刻。汤显祖的"至情"通"道体"的观念，把情放在可以超越时空超越生死的最高本体位置上。他塑造的杜丽娘就是天下"至情"之人的代表，《牡丹亭·题词》记载："天下女子有情宁如杜丽娘者乎？梦其人即病，病即弥连，至手画形容传于世而后死。死三年矣，复能溟莫中求得其所梦者而生。如丽娘者，乃可谓有情人耳。情不知所起，一往而深，生者可以死，死可以生。生而不可与死，死而不可复生者，皆非情之至也。"③ 凭借着"一往情深"之力，杜丽娘改写了生死、空间、两性关系的成法，使人之"情"成为宇宙的控制力量。汤显祖使用一种虚幻的方式向人们讲述情感的超越性，冯梦

---

① （明）袁宗道著，钱伯城标点：《刻文章辨体序》，载《白苏斋类集》卷7，上海古籍出版社2007年版，第82页。

② 刘久明：《文学呼唤超越》，《文艺争鸣》1998年第5期。

③ （明）汤显祖著，徐朔方笺校：《牡丹亭题词》，载《汤显祖诗文集》卷33，上海古籍出版社1982年版，第1093页。

龙则把情感的超越力量运用在现实生活之中。他创立的"情教"法，就是巧妙地把"情"化为改变现实的有力武器。"天地若无情，不生一切物。一切物无情，不能环相生。生生而不灭，由情不灭故，四大皆幻设，惟情不虚设。有情疏者亲，无情亲者疏。无情与有情，相去不可量。"① 情可以使"怯者勇，淫者贞，薄者敦，顽顿者汗下"。同时，当情达到一种极致状态时，还"可以事道，可以忘言"。

冯梦龙的"情教"与儒家的"诗教"有着明显的不同。"诗教"的目的在于通过规范人们的行为和情感，泯灭人的个性，从而培养有利于封建帝王统治的忠臣和顺民；"情教"则是用"情"感化人，用"情"来启发人们关注内心的真实自我，是对人由内而外的感化。

此后，张琦的"情之为物也，役耳目，易神理，忘晦明，废饥寒，穷九州，越八荒，穿金石，动天地，率百物"②；谭元春的"一情独往，万象俱开"；③ 清初黄宗羲的"情者，可以贯金石，动鬼神"④；等等，都是对情的超越性的发展。

由于对情的超越品质的深刻认识，在诗情的选择上，性灵文人也就有别于传统文人对"情"避之犹恐不及的态度。他们大胆地承认"情"的合理性，认为一切的"情"甚至"欲"都有合法、合理的表达自由。在诗情的选择上，他们强调男女之情，重视世俗之情，张扬个性之情，不断拓展诗情的表达空间，给了凡夫俗子难登大雅之堂的情感欲望以无限的表达自由。

---

① （明）冯梦龙：《情史》，见魏同贤主编《冯梦龙全集》第七册，凤凰出版社 2007 年版，第 1 页。
② （明）张琦：《衡曲麈谭·情痴寱言》，载《中国古典戏曲论著集成》（四），中国戏剧出版社 1959 年版，第 273 页。
③ （明）谭元春：《汪子戊己诗序》，载《谭友夏合集》卷 9，上海杂志公司 1935 年版，第 140 页。
④ （清）黄宗羲著，陈乃乾编：《黄孚先诗序》，载《黄梨洲文集》，中华书局 1959 年版，第 343 页。

第三节　性灵文人的诗情内涵

在性灵文人的观念中，人类的一切情感都先天地具有存在的合理性。对人的情感、欲望等的重新认识，使他们在诗情的表达上，有着一种前所未有的开放态度：诗情不再受制于外在理念、事物的束缚，而是完全听从于内心，追求一种"任情"和"肆意"的表达效果。这就使一向不被正统诗学理念所接受，或躲避在正统诗情背后的情感类型，拥有了暂时的话语权。于是在性灵文人的诗歌中，有对金钱物质毫无遮拦的追逐，有对日常生活不厌其烦的琐碎描写，有对男女情欲大胆热烈的张扬，有对友朋嬉笑怒骂的忠实记录，更有对一己之"闲情""私情"的本真还原……诗歌不再是政治的教化载体，不再是文人标榜自我崇高品格的工具，诗歌几乎成为性灵文人日常生活的"记事本"，成为他们物质人生的真实写照。

一　以俗情入诗

对中国传统文献中有关"俗"的用法稍加梳理就会发现，人们大多在四个层面上理解"俗"的含义：一为风俗之"俗"，即社会上长期形成的风尚、礼节、习惯等，如《荀子·乐论》："移风易俗，天下皆宁"；二为通俗之"俗"，即那种大众的、流行的、浅白的、易于理解的东西，如《孟子·梁惠王下》："寡人非能好先王之乐也，直好世俗之乐耳"；三为世俗之"俗"，大多时候相对于仙佛僧道而言，指凡世之中的平常之事、普通之人，所谓"俗事俗人"是也；四为雅俗之"俗"，即指粗鄙的、低下的审美趣味，如苏轼《于潜僧绿筠轩》："人瘦尚可肥，士俗不可医。"而所谓"俗情"，从广义上来说，具有上述四种"俗"之特征的都可包括在内，而明代性灵文人也恰恰在他们的诗文中对这四种俗情都有表现。其实以"俗情"入诗，并非性灵文人的专利，刘勰早在《文心雕龙·通变》中，就已经阐述过从"黄歌"历经"唐歌""虞歌""商周篇什"直至"宋初诗文""斯斟酌乎质文之间，而橐括乎雅俗之际"的变化历程。刘勰用"质与文""雅与俗"概括历代诗文的发展变化，可谓抓住了诗文发展的内在规律，举一纲而万目张。

但必须要辨析的是，"质与文""雅与俗"只是相对性的概念，在某一时期被视为极"俗"的，后一时期可能会成为极"雅"，例如诗经中的《国风》采自民间，最初只是里巷歌谣之作，在后世却成为历代知识分子诗歌创作时争相效仿、追求的最高典范，此其一；其二，历代诗歌虽然都在一定程度上被认为有"俗"化的倾向，但"俗"的具体表现却面貌各异。例如，唐代的馆驿诗被认为具有"俗"化的特征，馆驿诗的创作者大多是文才不高的下层人士，他们不谙熟典实，惯用与口语接近的文学语言，因而诗作呈现出在表达上真率自然、在语言上浅俗明白的特点，① 从这一点看，唐代馆驿诗的"俗"可以理解为通俗之"俗"；再如，宋诗的"俗"化也是学者经常探讨的一个话题，从梅尧臣、欧阳修到苏轼，从黄庭坚、杨万里到江湖诗派，宋诗在选材上日益接近"市民阶层"的"生活层面"和"思想感情"②，其"俗"可以理解为世俗之"俗"。与上述诸时代比较，性灵文人在诗歌创作中的"俗情"表现，不仅进一步开拓了上述风俗之"俗"、通俗之"俗"、世俗之"俗"三个特征，更把在审美上趣味不高的、粗鄙的雅俗之"俗"情发挥到了淋漓尽致的程度，这一点尤应引起我们的重视。

性灵文人的诗歌，内容无所不包，山水、游记、咏物、吊丧、婚贺、送别、饮酒、美食、美人、病痛、纪梦……捧读他们的诗歌，一种世俗生活的味道和气息扑面而来。他们的诗歌告别了传

---

① 李德辉：《馆驿诗与唐诗俗化倾向》，《湖南科技大学学报》（社会科学版）2006 年第6 期。
② 吕肖奂：《论南宋后期词的雅化和诗的俗化——兼谈文体发展及文学与文化之关系》，《文学遗产》2005 年第 2 期。

统诗歌创作中的宏大叙事题材和高尚情感，而力图从现世形形色色的世俗生活和个体复杂微妙的自我情感中为诗歌的创作和存在寻找合理性及合法性依据。他们肯定世俗生活的价值、尊重个体自然的情欲、张扬感官的享受和欲望，并用一颗本然的、率真的、灵动的心来观照人生、观照世界。同时，他们还将这些琐碎的、纷杂的、真实的、自然的甚或粗陋的事物和情感融入诗歌创作之中，使诗呈现出一种浓烈的生活和世俗气息。笔者试从以下几个方面简要论述之。

（一）用诗歌表现日常琐事

性灵文人的诗歌表现范围及其广泛，如日记般记录了日常的迎来送往、交接应酬、行立坐卧、婚丧嫁娶等生活百态。在他们的生活中，无一物不可入诗，无一事不可入诗，无一念不可入诗。透过他们的诗歌，我们几乎可以还原明代文人的现实生活状况。

以"三袁"的诗作为例。

在他们的诗作中，有大量表现自己饮酒之乐的作品。如，有详细描述喝酒之器具、酒之香气、下酒之佐菜、喝酒之益处的：

> 美酒入犀杯，微作松柏气。佐之芹与蒿，颇有山林意。不用烹猪羊，酒清忌肥腻。颊有三日红，囊无百钱费。不费复不饕，养财兼养胃。都门仕宦者，独有二乐事。第一多美酒，第二饶朋辈。欲得不思归，呼朋时一醉。
>
> ——袁宗道《对酒》

有记录喝酒现场之觥杯交错场景的：

> ……露葵带雨烹，云芽拣水瀹。石砌滴琤琤，铜铛鸣霍霍。胸阵分两曹，夺爪如相搏。百罚嫌觥小，取钵代杯杓。锦江气豪宕，新都质文弱……
>
> ——袁宗道《夏日黄平倩邀饮崇国寺葡萄林》

有刻画饮酒之快感的：

> ……坐愁汤老手自沦，才闻酒香涎不禁。三杯好颜色，
> 七碗生寒栗。清冷顷觉肝肠换，磊块都从毛孔出……
> ——袁宗道《寿亭舅赠我宜兴瓶茶具酒具……喜而作歌》

此外还有描写醉后酒态的，如袁中道的《醉卧野舍朝归》①
《醉归》②；有表现不喝酒食肉之痛苦的，"三日不饮酒，无异蜗亡
汁。一日不食肉，有似鱼离湿③；等等。袁宏道酒量不好，常被
友人讥笑，即使如此，饮酒也是他无法割舍的爱好，"一帙《维
摩》三斗酒，孤灯寒雨亦欢欣"。因为嗜酒，他还专门写了《觞
政》一文，从"吏、徒、容、宜、遇、候、战、祭、典刑、掌
故、刑书、品第、杯杓、饮储、饮饰、饮具"十六个方面详细介
绍了与饮酒有关的礼仪文化。

饮酒可以说是古代文人的共同嗜好，文学史上的很多著名诗人
如陶渊明、李白、杜甫、苏轼等人都嗜酒如命，他们的作品中也有很
多关于自己饮酒的记述。如陶渊明的《饮酒诗二十首》，李白的《将
进酒》④《月下独酌》⑤，杜甫的《登高》⑥《曲江二首》⑦ 等都是关
于饮酒的诗篇。虽然都是关于饮酒的诗篇，但性灵文人的饮酒诗与
前代文人确实有着很大的不同。在前代文人的饮酒诗中，"酒"或

---

① "林外马蹄急，林边鸟语闲。晨风霜里树，初日雾中山。了自无愁况，犹然有醉颜。
烂红枫思锦，踏叶扣差关。"（明）袁中道：《醉卧野舍朝归》，载《珂雪斋集》卷1，
上海古籍出版社 1989 年版，第 7 页。

② "大醉春江上，归来日已斜。踞床观野史，汲水试新茶。语燕时穿户，栖鸡忽趁花。
一声惊假寐，少妇理琵琶。"（明）袁中道：《醉归》，载《珂雪斋集》卷2，上海古
籍出版社 1989 年版，第 87 页。

③ （明）袁宗道：《东坡作戒杀诗遗陈季常，余和其韵》，载《白苏斋类集》卷2，上海
古籍出版社 2007 年版，第 14 页。

④ "人生得意须尽欢，莫使金樽空对月。天生我材必有用，千金散尽还复来……五花马，
千金裘，呼儿将出换美酒，与尔同销万古愁。"（《将进酒》）

⑤ "花间一壶酒，独酌无相亲。举杯邀明月，对影成三人。"（《月下独酌》）

⑥ "艰难苦恨繁霜鬓，潦倒新停浊酒杯。"（《登高》）

⑦ "朝回日日典春衣，每日江头尽醉归。酒债寻常行处有，人生七十古来稀。"（《曲江二首》）

"饮酒"这一事件本身，并不是诗人所描写的重点，诗人不会烦琐地描绘饮酒所使用的器具、下酒的佐菜、罚酒的场景、喝酒的快感或醉酒的神态。"酒"或"饮酒"这一事件只是他们借以表达、渲染自身情感的一个由头，饮酒时的情感状态才是他们描写的中心和重点。而"借酒消愁"则基本上是他们饮酒诗的情感主旋律，所消之"愁"也大多难以逃离"仕途不得志"或"人生何为"的无奈和焦虑。性灵文人则大不相同，详细地描摹"饮酒"这一事件本身就是他们饮酒诗创作的根本目的，其中很少掺杂与喝酒无关的情绪或体验，此其一；其二，性灵文人饮酒诗中所流露的情感，也大多是欢喜或享受的情感体验。他们饮酒的目的在于寻找欢乐或感官刺激，同时也如实地把这种情感呈现在诗歌之中。因此，性灵文人的饮酒诗褪去了前代文人饮酒诗中的"情感承载"，使饮酒诗"名副其实"地成为关于记述喝酒细节的诗篇。这种消解了"情感承载"的饮酒诗所呈现出来的更像是平民老百姓与亲戚朋友喝酒划拳、谈天说地的日常生活场景，带有亲切、自然的世俗生活气息。

饮酒诗只是性灵文人诗歌中的一小部分，此外还有诸多其他的表现日常生活琐事的诗篇。如描写美食之乐的《食鱼笋》① 《忆蟹》②；描写生病痛楚的《病中短歌》③ 《病中》④；悼念亲朋

---

① "竹笋真如土，江鱼不论钱。百年容我饱，万事让人先。交态归方识，冰心老自坚。雨窗欹绿树，宜醉更宜眠。"（明）袁宗道：《食鱼笋》，载《白苏斋类集》卷4，上海古籍出版社2007年版，第32页。

② "鄂州为客处，紫蟹最堪怜。朱邸争先买，青楼不计钱。昔年桐乳下，今日菊花前。只尺晴川水，无由见尔鲜。"（明）袁宏道：《忆蟹》，载《袁宏道集笺校》卷1，上海古籍出版社2008年版，第38页。

③ "吁嗟我生年十九，头发未长颠已朽。病寒三月苦沉吟，面貌如烟戟露肘。嬴枯博得妻儿怜，七尺浪为鬼神有。篋里残书别故人，几上龙钟关老叟。无情莫问囊中钱，有秫还充床上酒。虫臂鼠肝彼何人，嗟来子桑真吾友。"（明）袁宏道：《病中短歌》，载《袁宏道集笺校》卷1，上海古籍出版社2008年版，第9页。

④ "何意春初病，纠缠只到今。痛来霜割骨，郁极火焚心。揽镜龙钟貌，支床剑戟林。终宵眠不得，人亦厌呻吟。"（明）袁中道：《病中》，载《珂雪斋集》卷1，上海古籍出版社1989年版，第39页。

的《哭若霞》①《与小修夜话忆伯修》②；庆贺朋友娶新妇的《花烛诗》③《短歌戏赠沈飞霞山人，山人年七十新买妾》④ 等。除了以这些日常生活琐事入诗外，还有其他很多的诗歌都是诗人随时随地因兴而起，如做了一个梦，要写诗记录一下；某天起床比较早，要写诗记录一下；朋友送了一套茶具，要写诗记录一下；喝酒不小心洒到了书上，要写诗记录一下；独坐无聊，要写诗记录一下；丢失了一个侍女，要写诗记录一下；养了一只鸡，要写诗记录一下……诸如此类，不厌其烦。

总之，性灵文人不像前代文人有那么高的家国意识，也没有总要教导一点世人什么的作诗目的。在他们的眼中，诗歌就是生活的"记事本"，任何的事件、任何的情感，都可以随手拈来写入诗歌之中。于是，诗也不再是不食人间烟火的高高在上的让人仰望的"仙子"，它坠落到了人间，成为芸芸众生中的一员。它从生活的实处和角落中，去挖掘可以展现给世人的诗意美感。

（二）用诗歌表现物欲追求

性灵文人的诗，还有很大一部分集中表现了自我生命意识的觉醒。他们努力摆脱尘世的各种纷扰，渴望一种具有丰富的物质

---

① "闻说风流事，凄其泪满巾。鸳鸯酬宿世，鹦鹉忆前身。月去无留影，花亡不住春。旧书经一卷，一半已成尘。"（明）袁中道：《哭若霞》，载《珂雪斋集》卷2，上海古籍出版社1989年版，第54页。

② "羁客观人世，孤云信此生。长兄官自达，小弟学无成。买酒思灯市，踏花忆贯城。飞沙没马首，怕不御街行。"（明）袁宏道：《与小修夜话忆伯修》，载《袁宏道集笺校》卷12，上海古籍出版社2008年版，第518页。

③ "百合香焚百子罗，秋江如面柳如蛾。侯家夫婿杨家女，占却人天福许多。"（明）袁宏道：《花烛诗为顾小侯所建作，时所建娶妇已五年》，载《袁宏道集笺校》卷12，上海古籍出版社2008年版，第532页。

④ "雪花皓皓一城白，遍寻不见飞霞宅。穷巷深处蒲苇门，雪压残书何萧索。昔见尊字想君貌，道是如花一年少。岂意崎险绝可笑，酷似怪石点奇窍，又如老树雪干霜藤露孤峭。此等俱以古质胜，置之丘壑真为妙。巉岩吐云枯？华，发为文章有清调。心精不朽即儿孙，尚书中郎那可吊。司空婢子老随身，诗人年暮转多情。闲当更为图枯木，付之荷叶待添丁。"（明）袁中道：《短歌戏赠沈飞霞山人，山人年七十新买妾》，载《珂雪斋集》卷2，上海古籍出版社1989年版，第82页。

享受同时又自由任性的"自适"生活。宏道在《叙小修诗》中这样描写中道的生活状态："性喜豪华，不安贫窭；爱念光景，不受寂寞。百金到手，顷刻都尽……"① 而对于自己外甥的劝勉，没有冠冕堂皇的说教，只是家常的现实提醒："要得富贵，须真正下老实种地，莫儿戏。人生三十岁，何可使囊无余钱，囷无余米，居住无高堂广厦，到口无肥酒大肉也，可羞也。"② 这种不忘现实的物质利益，对追求富贵利禄的肯定，也如实地反映在了诗歌之中。袁宗道的《咏怀效白》表达了对闲、官、钱、富贵等种种"世福"不能兼得的无奈，"人各有一适，汝性何独偏？爱闲亦爱官，讳讥亦讳钱。一心持两端，一身期万全。顾此而失彼，忧愁惕肺肝。人生朝露促，世福谁能兼。"③ 这种对"一身期万全"的难以满足的欲望沟壑的生动描绘以及对"顾此而失彼"的患得患失之情的真实展露，更接近世间大多数普通人的情感状态。而在《咏怀》④ 一诗中，宗道对于一向被文人奉为道德和精神楷模的陶渊明"老死无储粟，扣门语可怜"的生活状态的否定以及对于白居易"侍儿蛮素娇，宾客韦刘贤"的生活状态的艳羡，都毫不掩饰地流露出诗人内心强烈的物欲和感官享受追求。如果说宗道这些呈现出富贵利禄意识的诗歌总还有着"世福谁能兼"或"将处陶白间"的"曲终奏雅"的回旋的话，那么到了宏道和小修的诗歌中，一切的遮掩和面纱就全被撕去了，剩下的就全是赤裸裸的感官和物欲追求。试看几例：

---

① （明）袁宏道：《叙小修诗》，载《袁宏道集笺校》卷4，上海古籍出版社2008年版，第188页。

② （明）袁宏道：《毛太初》，载《袁宏道集笺校》卷5，上海古籍出版社2008年版，第209页。

③ （明）袁宗道：《咏怀效白》，载《白苏斋类集》卷1，上海古籍出版社2007年版，第6页。

④ "矫矫陶彭泽，飘飘赋归田。六月北窗下，五柳衡门前。有巾将漉酒，有琴慵上弦。老死无储粟，扣门语可怜。亦有白居士，分司饶俸钱。既卜洛中宅，常开花下筵。侍儿蛮素娇，宾客韦刘贤。杨枝歌子夜，霓裳舞春烟。伊余慕古人，冉冉迫中年。局踏忽已久，未得一日欢。幸有祖父庐，兼之江郭田。虽缺声伎奉，不乏腐儒餐。为白非所望，为陶谅难堪。揣分得所处，将处陶白间。"（明）袁宗道：《咏怀》，载《白苏斋类集》卷1，上海古籍出版社2007年版，第7页。

男儿生世间，行乐苦不早。如何囚一官，万里枯怀抱。

　　　　　　　　　　　　　　——袁宏道《为官苦》

朝入朱门大道，暮游绿水桥边。歌楼少醉十日，舞女一破千钱。

鹦鹉睡残欲语，花骢蹄健无鞭。愿为巫峰一夜，不愿缑岭千年。

　　　　　　　　　　　　　　——袁宏道《浪歌》

……人生贵适意，胡乃自局促。欢娱极欢娱，声色穷情欲……

　　　　　　　　　　　　　——袁中道《咏怀七首》其一

……囊中何所有，丝串十万钱。已饶清美酒，更办四时鲜。携我同心友，发自沙市边。遇山蹑芳屐，逢花开绮筵。广陵玩琼花，中泠吸清泉。洞庭七十二，处处尽追攀。兴尽方移去，否则复留连。无日不欢宴，如此卒余年。

　　　　　　　　　　　　　——袁中道《咏怀四首》之一

　　在这些诗歌中，类似杜甫"安得广厦千万间，大庇天下寒士尽欢颜"的人文关怀，范仲淹"先天下之忧而忧，后天下之乐而乐"的家国之心，甚至如李白一样"仰天大笑出门去，我辈岂是蓬蒿人"的个人抱负都不复存在。他们的人生追求已转向生存的物质需要、现实的身体享受和个人的自适快乐。

　　（三）用诗歌表现个性意识

　　除了把现实的物欲追求写进诗歌外，"三袁"还把自身有违于世俗的个性意识也反映到诗歌之中。

　　这其中，有表现反对传统教条和权威思想，张扬自身个性和独立意识的诗歌作品。如袁宏道的《述怀》，"手提无孔锤，击破珊瑚网"① 就是他要打破陈旧的秩序，一鸣惊人的豪情宣言。这首诗虽作于万历十九年（当时袁宏道 24 岁），但从诗开头两句

_____

① （明）袁宏道：《述怀》，载《袁宏道集笺校》卷1，上海古籍出版社 2008 年版，第37页。

"少小读诗书，得意常孤往"来看，这种不盲目与众人同的个性意识在其"少小"时就已经崭露头角。在辞官乡居公安县时，其自嘲诗《人日自笑》中曰："是官不垂绅，是农不秉耒；是儒不吾伊，是隐不蒿莱。是贵着荷芰，是贱宛冠佩，是静非杜门，是讲非教诲，是释长鬓须，是仙拥眉黛。"① 其中的种种，都明显是不合时宜之举。再如，禅与女色本是不可兼得，但宏道打破了这一定规，"古佛阁前温炕里，拽将红袖夜谈禅"② "乘急参淫女，戒急却闻钗"③ 等，将禅与女色结合在一起，显示着一种将宗教"形而下"的俗化倾向。

　　小修深受两位大哥的影响，在《叙小修诗》中，宏道对其就有"其视妻子之相聚，如鹿豕之与群而不相属也；其视乡里小儿，如牛马之尾行而不可与一日居也"④ 的个性描述。这种"不屑与众人同"的意识在其诗歌中也屡屡有所显示，如"人皆种香兰，我独种荆棘。香兰有人锄，荆棘老道侧"⑤ 等。

　　除了对这些个性之情的展示外，宏道还把一些不道德、低俗的情感，也直露地写入诗歌之中。如《剑泉上》：

　　　　剑泉上，山如黛；剑泉下，水如珮。一片青，阅人代。鬼窈窕，山霾曀。生公法，今何在？真娘墓，遥相对。一日计千舟，一舟计万钱，宁负公家税，莫负少年年。女可鬻，妻可徙，石上歌，应不止。⑥

----

① （明）袁宏道：《人日自笑》，载《袁宏道集笺校》卷33，上海古籍出版社2008年版，第1058页。

② （明）袁宏道：《丁酉十月初六初度五首》，载《袁宏道集笺校》卷12，上海古籍出版社2008年版，第548页。

③ （明）袁宏道：《庵中阅经示诸开士》，载《袁宏道集笺校》卷25，上海古籍出版社2008年版，第839页。

④ （明）袁宏道：《叙小修诗》，载《袁宏道集笺校》卷4，上海古籍出版社2008年版，第187页。

⑤ （明）袁中道：《咏怀七首》其六，载《珂雪斋集》卷2，上海古籍出版社1989年版，第65页。

⑥ （明）袁宏道：《剑泉上》，载《袁宏道集笺校》卷8，上海古籍出版社2008年版，第332—333页。

为了青春少年郎的及时笙歌享受，"女可鬻，妻可徙"。再如，在《江南子》一诗中，诗人描写了"白面青髭"的美少年豪赌的场景，"百千一注不洗手，赢来赌取少娃眠"，"莫道腰间无一文，闺中少妇犹堪典"。这样的情感，恐怕是不能被世人所接受的，而以这种情感入诗，恐怕也是性灵文人的创作在此后备受诟病的主要原因之一。

（四）用诗歌表现戏谑之情

性灵文人追求的是生活的乐趣，现实的"快乐"是他们生活的终极目的，因此诗歌也成为他们追求快乐的游艺工具。在明代文人的集子中，经常可以看到"戏作""戏题""戏嘲""戏赠""戏谏"等字眼。

如袁宗道：《夜展张蠙集，误泼酒其上戏作》《有感戏作》《黄粱梦戏题二首》。

袁宏道：《嘲王以明先生》《戏别唐客，客鄞城人二首》《戏题君山》《余反两度阻雨冲霄观，俱为访龙湖师，戏题壁上二首》《渐渐诗戏题壁上》《戏题斋壁》《戏柬江进之》《戏题黄道元瓶花斋》《初度戏题》《戏题飞来峰二首》《湖上迟陶石篑戏题二首》《梦中题尊经阁，醒后述之博笑》《过云栖见莲池上人有狗丑韭酒纽诗戏作二首》等。

袁中道：《饮驾部龚惟长舅宅中，盘飧甚凉，戏嘲》《无锡野汲惠山泉烹茶，时方读华严，戏作》《戏赠善印章程生从军》《短歌戏赠飞霞山人，山人年七十新买妾》《戏赠詹生入道》《当衣戏作》《人日中郎斋中戏作》等。

这些以"戏作"为目的的诗歌，有着一种"游戏"和"玩世不恭"的意味，从而消解了传统诗歌"中正"的情感要求，带着明显的轻佻之味。如袁宏道的《渐渐诗戏题壁上》："明月渐渐高，青山渐渐卑；花枝渐渐红，春色渐渐亏；禄食渐渐多，牙齿渐渐稀；姬妾渐渐广，颜色渐渐衰。"[①] 用"渐渐"两字和一些并

---

① （明）袁宏道：《渐渐诗戏题壁上》，载《袁宏道集笺校》卷3，上海古籍出版社 2008 年版，第 115 页。

不太相关的物象,就组成了一首诗歌。再如:袁中道的《短歌戏赠飞霞山人,山人年七十新买妾》:"……昔见尊字想君貌,道是如花一年少。岂意崎险绝可笑,酷似怪石点奇窍,又如老树雪干霜藤露孤峭。"①"七十新买妾"本是不登大雅之堂的情感,更是正统文人不允许出现在诗歌中的情感类型。但小修以一种戏谑的方式让这种情感进入了诗歌审美领域,使一向严肃正经的诗歌变得不那么"正经"了。

在这些诗歌中,我们确实看到了一个个放达的文人,一个个"放浪"的生命,充分展现了他们自适其性、自得其乐的生活方式。他们这种信笔直抒和"戏谑"的诗歌写作方式,确实给当时"走投无路"的明代诗坛吹来一股清新之风。如《四库全书总目提要》就说他们的诗歌"变板重为轻巧,变粉饰为本色,致天下耳目于一新"。但这种带有游戏性质的诗歌,在多大程度上具有审美的价值,确实是一个值得思考的问题。

二 以闲情入诗

"闲",作为人类社会中一种自然存在的生命现象,它是人类在满足基本的生存需求之后转而去追求生活的自适和情感的自得的高级生命状态。"闲"是我们民族文化中的一个鲜明特色,林语堂曾有是语:"美国人是闻名的伟大的劳碌者,中国人是闻名的伟大的悠闲者。"② 林语堂因此把中国的哲学称之为"闲适哲学",并认为中国的灿烂文化,很大一部分是来自中国人的闲暇,因为"文化是闲暇之产物"③。其实,"闲"不会直接生产出艺术作品,在"闲暇"与"文化"之间,还有一个必不可缺的中介,即"闲情"。"闲情"因"闲"而起,是因"闲"而思索、而消遣、而寄托的情感活动过程。正是人们在闲暇之中试图去妆点

---

① (明)袁中道:《短歌戏赠飞霞山人,山人年七十新买妾》,载《珂雪斋集》卷2,上海古籍出版社1989年版,第82页。
② 林语堂:《生活的艺术》上册,世界文化出版社1941年版,第189页。
③ 同上书,第191页。

"闲"、描摹"闲"进而使这种闲暇之悠然舒适之情或被铭记，或被后人共享所进行的一系列创作活动，才使中国的文学呈现出缤纷的色彩。

儒家的"舞雩风流"和道家的"濠梁之乐"为古代文人的"闲情"创作提供了"光明正大"的理论基础。"舞雩风流"出自《论语·先进篇》，孔子命弟子各言尔志，曾皙曰："暮春者，春服既成，冠者五六人，童子六七人，浴乎沂，风乎舞雩，咏而归。"孔子听后喟然叹曰："吾与点也。""舞雩"① 和"咏"都是艺术化的生活方式，这就奠定了以后的文人在闲暇时从事琴乐书画等艺术技艺活动以自娱自乐的"闲情"寄托方式。"濠梁之乐"② 出自《庄子·秋水》，庄子与自然的合一，以自我之精神自由寻求自乐的闲情逸致，衍生了后人登临山水、游赏园林的消闲方式。

对于"闲情"的审美观照极大地开拓了中国古典文学的表达空间，这种开拓，一方面是对于作品表现题材的开拓，"家国天下"不再是文学创作的永恒主题，而是出现了诸如写景、游玩、赏花、品茶、饮酒、谈禅等以自我为中心的琐事描写；另一方面，则是对于情感表现领域的开拓，以图"正得失、动天地、感鬼神"的情感表达不再是文学的核心追求，而对美景的留恋之情、对悠闲生活的自得之情、对欢乐易逝的无奈之情等，成为文学表现的主流情感。可以说，"良辰美景"（题材）和"赏心悦事"（情感）是对"闲情"创作的贴切概括。在这种个体自我与外在事物的契合中，中国古代的文人们找到了寄托有限生命的最佳方式。

性灵文人对"闲情"的大量艺术性呈现，是其对诗情领域所做出的开拓之一。如前所述，对"闲情"的审美观照并不始于性

---

① 雩，指祈雨祭祀，舞雩即跳祈雨祭祀的舞蹈。

② 《庄子·外篇·秋水》："庄子与惠子游于濠梁之上。庄子曰：'儵鱼出游从容，是鱼之乐也。'惠子曰：'子非鱼，安知鱼之乐？'庄子曰：'子非我，安知我不知鱼之乐？'惠子曰：'我非子，固不知子矣；子固非鱼也，子之不知鱼之乐，全矣！'庄子曰：'请循其本。子曰"汝安知鱼乐云"者，既已知吾知之而问我。我知之濠上也。'"

灵文人，而之所以把这一对诗情领域的开拓之功归于性灵文人，主要基于以下几个方面的考虑。

首先，"闲情"创作是性灵文人诗歌作品的重中之重，而不再仅仅是陪衬。在性灵文人之前，也有大批文人从事于"闲情"诗歌的创作，但"闲情"创作并不是其诗歌创作的主要目的。而纵观性灵文人的诗集就会发现，反映社会民生的诗篇寥寥无几，袁宏道就曾直言："新诗日日千余言，诗中无一忧民字。"他们诗歌创作的主要目的就是抒发一己之"闲情""私情"。以袁宗道为例，《白苏斋类集》中收录其诗歌约 250 首，其中写宴饮之乐的有 40 多首；写厌官，希望弃官回家以享安乐的有 40 多首；写礼佛、参禅、诵经的 40 多首，写送别、怀友、思亲、写景、游玩的不下百首，仅有两篇阁试——《金人捧剑篇》和《驾幸石景山临观浑河，见水势汹涌，因念黄河时有冲决，面谕辅臣，经理须要得人，复命作诗恭纪》中略微反映出了军国之情和民生之苦，其他大部分诗篇都是描写自适之欢乐或为官之痛楚，或访友、送友作诗以纪之，或游山玩水作诗以纪之，或饮酒大醉作诗以纪之，或闲居无聊作诗以纪之，或做梦作诗以纪之，或食鱼作诗以纪之……诗作中所描写的大都是诗人日常生活中的闲情野趣。"稳实"的宗道尚且如此，"英特"的宏道和"豪气"的中道就自不待言了，可以说，"三袁"洋洋洒洒的数千首诗歌，概而言之，不过"闲情"二字而已。

其次，性灵文人的"闲情"侧重于"身闲"而非"心闲"。明代的张萱把"闲"分为"心闲"和"身闲"两种，"闲有二：有心闲，有身闲。辞轩冕之荣，据林泉之安，此身闲也；脱略势利，超然物表，此心闲也。"① 很显然，不管是"舞雩风流"还是"濠梁之乐"，其最初体现的都是一种心灵的平静和精神的自由，是主体内在精神完全超越外在事物的自然自在状态，是真正的"心闲"。而在此之后，"闲"走了"向下一路"，由无欲无求的内心自足自乐之"心闲"转向了需要依靠外在时间、空间、物质

---

① （明）张萱撰，王有立主编：《西园闻见录》卷 21，华文书局股份有限公司民国二十九年版，第 2073 页。

条件的满足达到感官愉悦的"身闲"。到了性灵文人,可谓把
"身闲"之乐发挥到了淋漓尽致的地步。袁宏道畅言为官之苦,
其根本原因就在于做官限制了其追求"身闲"的乐趣,"男儿生
世间,行乐苦不早。如何因一官,万里枯怀抱。"① 很显然,他所
说的行乐之"乐",自然不是摆脱世间俗物、进入超然的自由的
精神境界的"心闲"——只要主体具备超脱之心境,"心闲"随
时随地可以达到,并不限于身处何境——而是需要借助于"画船
箫鼓""歌童舞女""奇花异草""危石孤岑""酒坛诗社""朱门
紫陌"等外在条件从而达到感官享受的"身闲"。② 所以,在其诗
作中,充塞的是"遥看十里水,一片芙蓉湖"③ 的游玩之乐,"朱
邸争先买,青楼不计钱"④ 的饮食之乐,"夜深歌起碧油幢,部部
争先那肯降"⑤ 的歌舞之乐等。

最后,性灵文人对"闲情"的表现范围进行了极大的扩容。
性灵文人的创作只是为了一己性情之抒发,其"闲情"具有鲜明
的个体性和私人性,这就导致与创作主体有关的一切事、物、情
感等,全都可以纳入诗歌的表现范围之中。在明以前的"闲情"
文学创作中,其诗歌的主题大多不出精神之逍遥、超然之心境、
心物交融之自得、享受天伦之适意或宴饮之快乐等。这些闲适之
情感属于被人们所普遍认同和接受的情感类型,也是人人都敢于
追求的理想生活境界。性灵文人则在此基础上迈出了更为大胆的
一步,其"闲情"不仅包括了上述类型,更增加了俗情和私欲的

---

① (明) 袁宏道:《为官苦》,载《袁宏道集笺校》卷2,上海古籍出版社 2008 年版,第
99 页。
② 《蘭泽、云泽叔》:"金闾自繁华,令自苦耳。何也? 画船箫鼓,歌童舞女,此自豪客
之事,非令事也。奇花异草,危石孤岑,此自幽人之观,非令观也。酒坛诗社,朱门
紫陌,振衣莫釐之峰,濯足虎丘之石,此自游客之乐,非令乐也。令所对者,鹑衣百
结之粮长,簧口利舌之刁民,及虮虱满身之囚徒耳。"〔(明) 袁宏道:《袁宏道集笺
校》卷5,上海古籍出版社 2008 年版,第 211 页〕
③ (明) 袁宏道:《夏日同龚散木能者、崔晦之、邹伯学、李子髯携妓泛舟和尚桥》,载
《袁宏道集笺校》卷1,上海古籍出版社 2008 年版,第 7 页。
④ (明) 袁宏道:《忆蟹》,载《袁宏道集笺校》卷1,上海古籍出版社 2008 年版,第 38 页。
⑤ (明) 袁宏道:《夜饮邹金吾家》,载《袁宏道集笺校》卷1,上海古籍出版社 2008
年版,第 49 页。

成分。如对色欲的公然宣扬、对物欲的鼓动等本然情欲都成为诗歌的表现对象。

　　总之，"闲情"成为性灵文人诗歌创作的一个最重要的主题，且这种"闲情"多侧重于感官的享受，并不注重个体精神境界的升华；多表现一己之情趣，而不考虑是否具有被人所接受的普遍意义。这其中难免存在少量的鄙俗之作，例如对"乘急参淫女，戒急却闻钗""白罗一尺宽几许，受得巫山雨几多"的淫欲描写以及"女可鬻，妻可徙，石上歌，应不止"的大逆不道之想法的描写等，但不得不说的是，性灵文人在人人习以为常的日常生活中挖掘审美的表现领域，开拓诗情的表现空间，在日常生活诗化、审美化上所做出的努力，实非前人可比。

三　以艳情入诗

　　追求"美色"或者"狎妓"，是我国古代文人一种标榜风流的普遍风气，也是一件无可厚非的事情。文人们对"情色"的追逐和喜爱，并将这种喜爱之情一览无余地表现在诗歌作品中，可以追溯到屈原、宋玉的楚辞作品中。在《招魂》一赋中，就有对"九侯淑女"① 俏丽的容颜、纤秀的弯眉、秋波流动的明眸、如脂如玉的肌肤的详细生动描摹。这位气质非凡、容貌姣好的"九侯淑女"虽然最终是为了"侍君之闲些"，但在对其容颜和神态的描述中，我们丝毫感受不到轻薄或猥亵的意味，她与《离骚》《九歌》中的"美人"和"湘夫人"一样，是超凡脱俗的"神女"形象代表。到了汉赋中，"神女"转变为歌舞声色场中以炫耀美色为主的"舞女"，② 虽然依据汉赋的体例，赋家在文章的结

① 见屈原《招魂》："九侯淑女，多迅众些。盛鬋不同制，实满宫些。容态好比，顺弥代些。弱颜固植，謇其有意些。姱容修态，絚洞房些。蛾眉曼睩，目腾光些。靡颜腻理，遗视矊些。离榭修幕，侍君之闲些。"

② 崔骃《七依》："于是置酒乎燕游之堂，张乐乎长娱之台。酒酣乐中，美人进以承宴，调欢欣以解容。回顾百万，一笑千金。振飞谷以舞长袖，袅细腰以务抑扬。纷屑屑以暖暖，昭灼烁而复明。当此之时，孔子倾于阿谷，柳下忽而更婚，老聃遗其虚静，扬雄失其太玄。此天下之逸豫、宴乐之至盘也！公子岂能兴乎？"

尾处总会"曲终奏雅",否定前面以女色为代表的种种人间乐事,但这种对美色的极尽铺排和华丽的描摹,实开启了后世描写女色和艳情的先河。

以女色和艳情入诗的第一个高潮发生在齐梁时期。南朝梁简文帝萧纲主张"立身先需谨慎,为文且需放荡",并且以帝王的身份带头进行艳诗的创作。但如果对齐梁时期的"艳诗"仔细观照的话就会发现,这一时期所谓的"艳",其实不过是用华丽的辞藻(艳语),来描写女性华美的服饰(艳服),或者更大胆一些,描写女性的"细腰"、姣好的面容(艳色),或者表达"夫婿恒相伴"的闺房心思,在创作方法上使用的还是隐喻、象征或侧面烘托的含蓄方式。文人们虽然垂涎美色,也可能在现实生活中有千姿百态的调情和猥亵行为,但当把这些写进诗歌时,总还是保持在一定的风度之内。正如陆时雍所说:"诗丽于宋,艳于齐。物有天艳,精神色泽,溢自气表。王融好为艳句,然多语不成章,则涂泽劳而神色隐矣。如卫之《硕人》,骚之《招魂》,艳极矣,而亦真极矣。柳碧桃红,梅清竹素,各有固然。浮薄之艳,枯槁之素,君子所弗取也。"①"浮薄之艳"是为正统文人所不齿的,更不会堂而皇之地写进诗歌之中。

中晚唐时期,冶游狎妓之风盛行,出现了艳诗创作的第二个高潮,很多著名诗人如元稹、白居易、杜牧、李商隐等人都创作了大量的艳诗。此时的文人与歌妓有着一种相互依存的关系,一方面,文人的诗歌往往需要歌妓的传唱才能得到更为广泛的传播,从而使自身获得更高的声誉;另一方面,歌妓的地位也有赖于诗人的抬举,如果能得到某一位知名诗人的赞赏诗,她们的身价也会倍增。在这种相互倚重中,文人与歌妓在频繁的交往中很容易产生一种惺惺相惜之情,于是艳诗创作中又融进了脉脉的温情。如刘禹锡的《怀妓》:"三山不见海沉沉,岂有仙踪更可寻。青鸟去时云路断,姐娥归处月宫深。纱窗遥想春相忆,书幌谁怜

---

① (明)陆时雍著,丁福保辑:《诗镜总论》,载《历代诗话续编》,中华书局1983年版,第1407页。

夜独吟。料得夜来天上镜，只应偏照两人心。"在这些别妓、忆妓诗中，诗人与妓女之间的相依相恋之情，显得凄美动人，"艳"的成分到是淡了很多。而在一些"戏妓"诗中，当涉及男女情爱之时，诗人也多通过巫山神女和楚襄王的故事，以一种暗示的方式表达出来，如"看看舞罢轻云起，却赴襄王梦里期"（张祜《观杨瑷柘枝》），"从教水溅罗裙湿，还道朝来行雨归"（裴虔馀《柳枝词咏篙水溅妓衣》）等。

到了明代，艳诗创作中"欲说还休""含蓄暗示"的原则被彻底打破了。明代文人已不仅仅是艳羡"美色"，而且是公然鼓吹"男女情欲"。李贽有这样一句话，"本心若明，一日享千金不为贪，一夜御十女不为淫"，虽然他还较为理智地为这个论点加了一个"本心若明"的前提，但何为"本心明"？何为"本心不明"？其实是一个很难界定清楚的问题。受李贽影响的明代文人，往往拿出他的后两句作为自己放纵情欲的借口，而对"本心若明"的前提就视若无睹了。例如袁宏道在《别石篑》一诗中就公然宣称"我好色"，在《李湘洲编修》一信中坦白承认"弟往时有青娥之癖"，在《顾升伯修撰》一信中说"生平浓习，无过粉黛"。而在他著名的"人生五乐"中，其中"三乐"——"目极世间之色""宾客满席，男女交舄""千金买一舟，舟中置鼓吹一部，妓妾数人""朝不谋夕，托钵歌妓之院"等，都离不开女色左右。小修对此也是有过之而无不及，"逢色则爱……嘲风弄月，花楼酒肆，消遣以渡日"（《心律》），"我病稍愈，即当刺一字臂上，戒纵饮，戒邪淫"（《游居柿录》），都表明了他对女色毫无抗拒能力的本性。

当袁宏道把这种大胆开放的情爱意识反映到诗歌中时，就出现了这样的作品：

> 朝入朱门大道，暮游绿水桥边。歌楼少醉十日，舞女一破千钱。
> 鹦鹉睡残欲语，花骢蹄健无鞭。愿为巫峰一夜，不愿缑

岭千年。

——《浪歌》

莺舌般般学人语，隔溪唤醒厌春女。宝枕花酣龙脑云，粉香晕透猩红雨。

花前顿步询鹦鹉，欢醉归来时几许？开妆重点圣檀心，夜明帘外金沙吐。

——《美人睡起词》

白面青髭美少年，朝投五水暮摊钱。百千一注不洗手，赢来赌取少娃眠。

男儿作事勿偓促，黄金博尽终当转。莫道腰间无一文，闺中少妇犹堪典。

——《江南子》其四

深束腰肢浅魇蛾，伴娘频促奈他何。白罗一尺宽如许，受得巫山雨几多。

——《广陵曲，戏赠黄昭质，时昭质校士归》

在这些作品中，不仅有诗人对女色和情欲毫无遮拦的推崇和喜爱，更有如"百千一注不洗手，赢来赌取少娃眠""宝枕花酣龙脑云，粉香晕透猩红雨""白罗一尺宽如许，受得巫山雨几多"等，这样对情爱和纵欲的赤裸裸描写。如此直白地把纵欲之乐和床第之欢写进诗歌之中，是正统的诗歌理念所不允许的。

有意思的是，对美色的喜爱，甚至成为他们的一种无意识，在描写其他事物时也总会不经意地就流露出来，如赞美山茶花之美，就把山茶花之红艳比作"女儿唇"，"山茶红似女儿唇"（《闲居杂题》）；欣赏梨花之洁白，也将之比作女人的肌肤，"皓质而丰肌，有似京城女"（《夜深同伯修月下观梨花》）；被雨摧残过的桃花，诗人也将之比作褪去胭脂的女人，"桃花若比杭州女，洗却胭脂不耐看"。当袁宏道辞去吴县县令之职，畅游山水之时，自然界的一草一木在他眼中都成为情色的对象："西陵桥，水长在。松叶细如针，不肯结罗带。莺如衫，燕如钗；油壁车，砍为柴"（《西陵桥》）。"柳腰似欲争游妓，莺舌分明唤醉人……
洛妃谩欲凌波出，曹植荒唐恐未真"（《踏堤曲》其一）。"湘湖旧
有名，敢道湖不好。辟彼如花人，必须眉黛姣"……诸如此类，不
一而足。山水田园本是文人逃避现世纷扰喧嚣的灵魂栖息地，虽说
在文人的山水景物诗中也多有美人香草的比喻，但在"美人"的背
后总有或多或少家国、穷愁、相思的寄托，而在宏道的笔下，"山
水风物却都成为色欲的载体与淫情的显现"，"摇荡于山光水态、春
花秋月之中的，只是一缕迁流无住的'性灵'，即本然的情欲，所
谓浮情浪意，它不属于高级精神层面的真正情感。"①

　　以艳情为诗情，不仅体现在艳诗的创作上，还表现在性灵文
人对艳诗地位的重新评价上。徐渭在建议许北口选诗时这样说：
"鄙本盲于诗，偶去取，无甚异同于公，然有异同，亦恃公之知，
不敢诡随也，不妨更尔。惟子安采莲长安等篇，涉艳者，愚意在
所必选。比之真西山文章正宗，附李斯逐客书可也。"② "诗庄"
"词媚"是传统诗论对文学体裁的限制，这就标志着词可以容纳
妩媚香艳之作，而诗则必须"一派正经"地代表官方和正统文人
士大夫的身份和体面。因而艳诗虽可以被创作出，但很少被收入
正统文人的诗集之中，徐渭在这一问题上则明显有着开放的态
度：即使不可能列入"正宗"，但比照李斯的《谏逐客书》的性
质，列在"正宗"之后，拥有一席之地，应该是正当的要求吧。
在徐渭之后，竟陵派的《古诗归》一书中收录了大量的艳情之
作，艳诗也开始慢慢地进入主流社会了。

　　以艳情入诗，并不是性灵文人的开创，但如前所述，明代以
前的艳诗，多是用"艳语"写"艳服"或"艳色"，其中的情感
成分，也多不出男女之间的爱慕和相思。明代则在这一诗情表达
上跌破了传统的底线，把赤裸裸的纵欲之乐和床笫之欢毫不遮掩
地写进诗歌之中。

　　这种诗情虽被指责为"不属于高级精神层面的真正情感"，

---

① 易闻晓：《公安派的文化阐释》，齐鲁书社2003年版，第240页。
② （明）徐渭：《答许北口》，载《徐渭集》卷17，中华书局1983年版，第482页。

显现出了"矫枉过正"的弊端，但不得不说的是，这种把"日常社会"和"个人私情私欲"坦白地、真实地写进诗歌的做法，是对忸怩作态的七子派的有力嘲讽。只是在"真实的卑下"和"虚伪的崇高"之间，应该如何恰当地把握好"度"，这不仅是性灵文人的难题，也是文学的难题。

小　结

　　把个人的私情私欲及日常琐事不厌其烦地写进诗歌，是性灵诗情的主要特色，我们可以把这种诗性之情暂且称之为"世情"。所谓"世情"者，其实就是俗世社会的人情世态，是以普通饮食男女的生活琐事、迎来送往、饮食大欲、婚丧嫁娶、情色淫欲等作为诗歌的诗意之情。

　　如果说"诗言志"把诗性之情定义为具有人文理性特色的情感类型，严格控制私情私欲进入诗歌的情感表现领域；"诗缘情"把诗性之情定义为具有社会普遍性的情感类型，把诗情辖制在正统文化尚能容忍的范围之内，不得越诗教传统而随心所欲以发之，那么性灵诗情则对诗情进行了人本性扩张，使可以诗意化之情更靠近人的本性之情的层面，并最终使俗世社会存在的所有自然人性欲望——如直白的贪图享乐之情、赤裸裸的纵欲之情、鲜明的物欲之情、无所追求的闲适之情、玩世不恭的戏谑之情等——都纳入了诗情审美的视域。

　　以"世情"为诗情，是性灵文人对诗情的表现领域所做的开拓。他们摒弃了在诗歌领域长久以来存在的伪崇高、伪神圣、伪雅正的自恋与自慰，将庸碌人生、琐碎生活、平常心情诗意化，正式确认了人的自然情感及日常情感的诗意价值。这种将日常生活诗意化、审美化的做法，为诗歌打开了一个广阔的表现空间，是对当时面临困境的明代诗歌探索出的另一条发展道路。

　　以"世情"为诗情，确实出现了一些清新活泼、意趣横生的诗歌作品，为明代的诗歌注入了一股新鲜的血液。但同时，直抒胸臆、随手拈来的作诗方法，也使其中充斥着大量肤浅化、庸俗化、粗鄙化之作。性灵文人试图超越传统的价值论的束缚，在诗性之情上做出人本性的开拓，但由于缺乏深沉的思考和人文性升华，因而在后世受到了"惟恃聪明""破律坏度""其弊又甚焉"的诟病。

第三章　性灵诗情的诗意拓展

诗歌是情感的艺术，也是修辞的艺术。古希腊人把诗歌称作"长了翅膀的语言"，把诗的真正魅力归属为美妙的语言带给人们的审美愉悦。香港中文大学黄维梁教授在《诗歌修辞学》一书的序言中这样写道："诗有情有采，有教有艺"①，其中的"情"和"教"属于我们先前所探讨的诗情内涵部分，而"采"和"艺"则属于诗歌的修辞技巧，是除却诗情之外，诗歌之所以呈现出诗意美感、带给人们诗美享受的另一重要因素。性灵文人摒弃了传统的诗性之情，以包含个体之私情私欲及日常琐事的"世情"为诗性之情，在诗意追求上，他们以"无法为法"，强调"句法、字法、调法——从自己胸中流出"，"不依傍半个古人"②，因而使性灵诗歌呈现出一种有别于传统的诗意表达和诗美追求。

第一节　脱其粘而释其缚：性灵诗情的自由本质

一　脱古人之缚

"见从己出，不曾依傍半个古人"是性灵文人针对当时文坛

---

① 古清远、孙光萱：《诗歌修辞学》，湖北教育出版社1995年版，第1页。
② （明）袁宏道：《张幼于》，载《袁宏道集笺校》卷11，上海古籍出版社2008年版，第502页。

上风行的复古运动而提出的。在当时"黄茅白茅，弥望如一"的诗文创作中，性灵文人试图用一己之性灵扶救文坛"缩缩焉循而无敢失"的状况，因此，击破复古派的理论根基，就成为性灵文人的首要任务。同时，对古人的脱离，也是他们坚持诗情的自然性、个体性、真实本性的自然选择，是使诗情的表达获得充分自由空间的有效保证之一。

"脱古人之缚"首先表现在对古之贤人、圣人的颠覆上。李贽《藏书》云：

> 人之是非，初无定质。人之是非人也，亦无定论。……后三代，汉、唐、宋是也。中间千百余年，而独无是非者，岂其人无是非哉？咸以孔子之是非为是非，故未尝有是非耳。然则予之是非人也，又安能已！夫是非之争也，如岁时然，昼夜更迭，不相一也。昨日是而今日非矣，今日非而后日又是矣，虽使孔夫子复生于今，又不知作如何是非也，而可遽以定本行罚赏哉！①

在李贽看来，即使是被拜在庙堂的孔子，也并不能成为天下之是非的评判者。是非标准因人而异，因时而变，而不应是僵化的、不可更易的固定标准。对"标准"的质疑，也就意味着对自我的重视。每一个人的"自然之性"，才是"自然之真道学"②。遵从自身的意愿、自我情感的要求，才是每一个人最真实的是非标准。

其次，"脱古人之缚"还表现在不盲目地崇尚经典。"六经《语》《孟》，乃道学之口实，假人之渊薮也"，③ 这句话对于道学之士来说，无异于晴天霹雳。在这里，李贽瓦解的不仅是千百年

① （明）李贽：《藏书·世纪列传总目前论》，载《李贽文集》第二卷，社会科学文献出版社2000年版，第7页。
② （明）李贽：《读史汇·孔融有自然之性》，《焚书·续焚书》卷3，《李贽文集》第一卷，社会科学文献出版社2000年版，第87页。
③ （明）李贽：《童心说》，《焚书·续焚书》卷3，《李贽文集》第一卷，社会科学文献出版社2000年版，第92页。

来流传下来的经典，更是对当时整个社会存在的颠覆。在以这些
圣贤文章为思想和行为标准而丧失了独立思考能力的时代，对其
思想的毁灭更甚于对人身的摧残。李贽的批判可谓大胆且具有很
强的冲击力，如果人们都能保持自己的童心，保持自己的真性
情，保持自己独立思考的能力，那么一个新世界的创造或许指日
可待。遗憾的是，李贽个人的力量终究没能担负起这历史的重
任，在他之后，虽然有汤显祖、公安"三袁"、竟陵派等人继承
其思想继续呐喊，但几千年的陈疾不可能在短时间内扭转，一直
到五四运动，李贽等人的思想才得到淋漓尽致的发挥，一个新的
世界才建立起来。

最后，"脱古人之缚"也要摆脱古语的束缚。这一思想主要
集中在袁宗道的《论文》（上）中，宗道认为："达不达，文不文
之辨也。"袁宏道认为，孔子论文，也讲究"辞达而已"，所以
"辞达"是古人作文的一个重要标准。但今天（明代）的文人在
"学古"时偏偏不学古人的思想精髓，而专注于古文中的古语。
况且，古人也并没有用古语来写文章的癖好。今人看来是"古文
奇奥"的，或许在古时也只是街谈巷语的大白话而已。再者，
"口舌代心者也，文章又代口舌者也。"[1] 在这三者之间，原本已
有多重障碍，纵使文章再写得显畅，也早已与"心"最初的意思有
了隔阂，所以，能明明白白地把心中所想表达出来已属不易，又何
必非要取秦、汉时期的名衔来装饰自己的诗文，使人读之，不翻阅
《一统志》就很难明白是哪个时期的地名、官名。这种做法无异于
"缀皮叶于衣袂之中，投毛血于肴核之内也"[2]，是历史的倒退。宗
道从语言上对复古者进行批判，可谓抓住了关键所在，郭绍虞也
说："伯修以摘古字句为王李之病，可谓一针见血之谈。"[3]

因此，在反对古人、古文、古语的基础上，性灵文人们建立

---

① （明）袁宗道：《论文》（上），载《白苏斋类集》卷 20，上海古籍出版社 2007 年版，
第 283 页。

② 同上书，第 284 页。

③ 郭绍虞：《中国文学批评史》，上海古籍出版社 1979 年版，第 417 页。

了一种比较进步的"诗文递进"观。明代屠隆认为，"天地有劫，沧桑有改"，既然这些先于人类的物质性存在都不可能一成不变，那么"诗之变随世递迁"就是自然的事情。所以"政不必区区以古绳今，各求其至可也。论汉、魏者，当就汉、魏求其至处，不必责其不如《三百篇》；论六朝者，当就六朝求其至处，不必责其不如汉、魏……宋诗河汉不入品裁，非谓其不如唐，谓其不至也。如必相袭而后为佳，诗止《三百篇》，而删后果无诗矣？至我明之诗，则不患其不雅，而患其太袭；不患其无辞采，而患其鲜自得也。夫鲜自得，而不至也。即文章亦然，操觚者不可不虑也。"① 相较于屠隆的温和，袁宏道的诗文进化观就显得更为激励。"世道既变，文亦因之"，"古何必高，今何必卑哉？"② 甚至直言"世人喜唐，仆则曰唐无诗；世人喜秦、汉，仆则曰秦、汉无文；世人卑宋黜元，仆则曰诗文在宋、元诸家。"③ 由于一味地强调不依傍古人，见从己出，袁宏道出现了矫枉过正的失误。其实，对于他的这种"矫枉过正"，我们应该报以历史的理解。在历史中，不管是社会改革还是文学改革，都是一个先"破"后"立"的过程。破得越粉碎、越彻底，才能重建得越迅速、越干净。袁宏道担当起了这个"彻底的粉碎者"，不管是偏激的文学进化观，还是作为武器的性灵，他的最终目的都在于还诗坛一个朗朗晴空。

　　推翻先前的所有，并不是袁宏道等性灵文人的本意。他们反对的并不是"古"本身，而是七子派所"复"的方法和形式。程序化、模板化的"复"使诗歌创作成为鹦鹉学舌，诗人的真个性、真性情消失殆尽，诗歌的生命也就无从言说了，这也是前后七子掌控的明代诗坛萎靡不振的原因所在。所以，性灵文人试图推翻以古之圣贤人为是非的标准，推翻经典的权威地位，摆脱古

---

① （明）屠隆：《论诗文》，载蔡景康编《明代文论选》，人民文学出版社 1991 年版，第 270—271 页。

② （明）袁宏道：《丘长孺》，载《袁宏道集笺校》卷 6，上海古籍出版社 2008 年版，第 285 页。

③ （明）袁宏道：《张幼于》，载《袁宏道集笺校》卷 11，上海古籍出版社 2008 年版，第 501 页。

语的束缚，把诗性之情重新回归为个体的自然性情。

二 脱成法之缚

为了使诗情的表达能够充分达到自由自在的状态，在清除了"古"的障碍后，性灵文人还提出诗文的创作应不受任何形式、成法的束缚。不管是声律、平仄、对偶还是诗体格式，这些外在的格套都会或多或少影响到诗情的表达，而性灵诗情的本质是自由，"信口而出""直抒胸臆"才是诗文理想的表达方式。

唐顺之首先表达了对声律的排斥。

> 即如以诗为喻，陶彭泽未尝较声律，雕句文，但信手写出，便是宇宙间第一等好诗要。何则？其本色高也。自有诗以来，其较声律、雕句文、用心最苦而立说最严者，无如沈约，苦却一生精力，使人读其诗，只见其捆缚龌龊，满卷累牍，竟不曾道出一两句好话。
>
> ——唐顺之：《答鹿门知县二》

在唐顺之看来，沈约处心积虑"竟不曾道出一两句好话"，最重要的原因，就在于太多外在的考虑限制了情感的真实和自由表达，而陶潜以手写心，真情而出，便是令人叫绝的天下奇文。所以，情感天生无拘无束，诗情的表达也理应忠实于自身。

汤显祖因在情理问题上所呈现的调和姿态而备受争议，但在"至情"与"形式"的问题上，汤氏却走了一条较为极端的道路。历史上有名的"沈汤之争"就是关于这一问题的争论。王骥德《曲律》记载：

> 临川之于吴江（沈璟），故自冰炭。吴江守法，斤斤三尺，不欲令一字乖律，而毫锋殊拙。临川尚趣，直是横行。组织之工，几与天孙争巧。而屈曲聱牙，多令歌者舌。吴江尝谓：宁协律而不工，读之不成句而讴之始协，是为中之

之巧。曾为临川改易《还魂》字句之不协者。吕吏部玉绳（郁蓝生尊人）以致临川，临川不择，复书吏部曰：彼恶知曲意哉！余意所至，不妨拗折天下人嗓子。其志趣不同如此。郁蓝生谓临川近狂而吴江近狷，信然哉。

按照汤氏的想法，情感应该不受拘束，自由自在地抒发，以固定的、机械的音律来限制人的情感，是一种不明智的做法。所以，宁可"拗折天下人嗓子"，也绝不为格律的工整而放弃情感的自由表达。

袁宏道则在充分认识到"法"对于诗情表达挟制作用的基础上，提出了其"无法之法"的思想。袁宏道认为复古派的主要弊端，就在于对"法"的过分提倡。

> 近代文人，始为复古之说以胜之。夫复古是已，然至以剿袭为复古，句比字拟，务为牵合，弃目前之景，撮腐滥之辞，有才者诎于法，而不敢自伸其才；无之者，拾一二浮泛之语，帮凑成诗。智者牵于习，而愚者乐其易，一唱亿和，优人驵子，皆谈雅道。吁，诗至此，抑可羞哉！夫即诗而文之为弊，盖可知矣。①

"法"给无识之人提供了可乘之机，限制了有识之人性情和才能的自由发挥，不仅造成了诗界的混乱，更是对诗歌创作的戕害。宏道在《答张东阿》一文中提出，唐诗之所以千岁而新，就在于它不跟随前人脚步，即使前面有六朝、汉、魏的诗歌成就，但"虽慕之，亦决不肯法"，"唐人之妙，正在无法耳"。② 他在《答李元善》中也说："文章新奇，无定格式，只要发人所不能

---

① （明）袁宏道：《雪涛阁集序》，载《袁宏道集笺校》卷18，上海古籍出版社2008年版，第710页。

② （明）袁宏道：《答张东阿》，载《袁宏道集笺校》卷21，上海古籍出版社2008年版，第753页。

发，句法字法调法——从自己胸中流出，此真新奇也。"① 但需要注意的是，宏道所讲的"无法"，并不是将人置于真空之中，不依凭任何事物，不汲取任何营养，而是反对只学习形式，而不领会其中内含的精髓。

> 善画者，师物不师人，善学者，师心不师道，善为诗者，师森罗万象，不师先辈。法李唐者，岂谓其机格与字句哉？法其不为汉、不为魏、不为六朝之心而已，是真法者也。②

综合来讲，宏道的"无法之法"主要包含三层意思：其一，"无法之法"要求与时俱进。"世道既变，文亦因之"，《周书》《大诰》《多方》等是古代的告示，今天却不能把它们做告示用了，《诗经》中的郑风、卫风等，相当于古代的淫词艳曲，也很难想象把其中的字句用在现在的民歌之中，所以，"人事物态有时而更，乡语方言有时而易，事今日之事，则亦文今日之文而已矣"。其二，"无法之法"要求不拘格套。"格套"是"性灵"的死敌，《叙梅子马王程稿》一文曰："诗道之秽，未有如今日者。其高者为格套所缚，如杀翮之鸟，欲飞不得；而其卑者剽窃影响，若老妪之傅粉；其能独抒己见，信心而言，寄口于腕者，余所见盖无几也。"③ 此处所讲的"格套"，是复古派所制定的"文必秦汉、诗必盛唐"的作文法则。此外，对于一些文人以宏道的创作作为模拟范本的做法，他也极力要求打破，"近日有一种新奇套子，似新实腐，恐一落此套，则尤可厌恶之甚。"④ "不拘格

---

① （明）袁宏道：《答李元善》，载《袁宏道集笺校》卷21，上海古籍出版社2008年版，第786页。
② （明）袁宏道：《叙竹林集》，载《袁宏道集笺校》卷18，上海古籍出版社2008年版，第700页。
③ （明）袁宏道：《叙梅子马王程稿》，载《袁宏道集笺校》卷18，上海古籍出版社2008年版，第699页。
④ （明）袁宏道：《答李元善》，载《袁宏道集笺校》卷22，上海古籍出版社2008年版，第786页。

套"，就是创作时要有自己独立的见解，情感、字词完全从胸臆间流出，所谓"见从己出，不曾依傍半个古人""机自己出，思从底抽"是也。其三，"无法之法"提倡扩大诗歌的表现范围。宏道认为江进之的诗穷新极变，物无遁情，"言今天所不能言，与其所不敢言者。"① 在评价欧、苏时，他认为两人"于物无所不收，于法无所不有，于情无所不畅，于境无所不取，滔滔莽莽，有若江湖。"② 在《丘长孺》一文中他也提道："古有不尽之情，今无不写之景。"③ 这些言语都表达了一个共同的意思：诗歌应挣脱外在"法"的约束，尽可能地拓展表现领域，求新、求奇、求变。

三　脱学问之缚

在对待"学问"的问题上，性灵文人们有着不同的见解。唐顺之主张用知识涵养本心和德性，在《与项瓯东郡守》一文云："夫弟所谓充拓者，亦非如由赤子之心扩而充之说。盖赤子之心，本自充扩得去，本自能大，有一分不能充拓，皆是未尽此心之量耳。中庸曰'致广大而尽精微，极高明而道中庸'，德性本自广大、本自精微、本自高明、本自中庸，人惟为私欲障隔，所以不能复然，故必须道问学以尊之耳。此千古学问之也。"④ "赤子之心"和"德性"本具有广大、高明等特性，但由于被私欲所迷惑，不复有本来之面目，所以荆川主张用学问来顺导人心，使之重归于本性。

徐渭的"真我"则摒弃经史学问。其《南词叙录》中云："夫曲本取于感发人心，歌之使奴、童、妇、女皆喻，乃为得体，经、子之谈，以之为诗且不可，况此等耶？直以才情欠少，未免

---

① （明）袁宏道：《〈雪涛阁集〉序》，载《袁宏道集笺校》卷18，上海古籍出版社2008年版，第710页。

② 同上。

③ （明）袁宏道：《丘长孺》，载《袁宏道集笺校》卷6，上海古籍出版社2008年版，第285页。

④ （明）唐顺之：《与项瓯东郡守》，载《荆川先生文集》卷5，四部丛刊。

辕补成篇，吾意：与其文而晦，曷若俗而鄙之易晓也？"① 徐渭认为，创作要从人心自然流出，"经子之谈"与创作无益，只有才情短缺的人，才会用学问来装点门面。

李贽在对待学问上存在矛盾的态度，在《童心说》中讲童心容易受到"闻见道理"的影响而丢失。而"闻见道理，皆自多读书识义理而来"。从这句话来看，李贽似乎表达了童心与学问的矛盾，人心受了"闻见道理"的蛊惑之后，则所行、所言不再是自身心性的真实呈现，而成为苟合于世俗的假人、假言、假事、假文。由此环环相扣，整个世界成为一个虚假的存在，人们不再思考何为优、何为劣，只是随人妍媸，随犬吠形。但他马上又笔锋逆转，在童心与"闻见道理"之间开辟了一项特例，即古之圣人是读书的，但读书之后依然能保持童心不灭，况且，如果读书会遮蔽学者的童心，那么圣人为何还要著书立言呢？② 可见，童心与读书之间并非没有可以调和的余地。李贽在这里提出了一个问题，但对于这个悖论并没有提出解决的方案，转而又去谈童心被遮蔽后给创作带来的不良后果，即"童心既障，于是发而为言语，则言语不由衷；见而为政事，则政事无根柢；著而为文辞，则文辞不能达。非内含于章美也，非笃实生辉光也，欲求一句有德之言，卒不可得，所以者何？"③ 可见对于学问，他还是有着防范心理的。

其实，在性灵文人看来，学问不过是被人所用的中性工具而已，"工具"是用来救人还是杀人，完全在于所用之人的倾向。或如荆川主张用文学来清洗情感中的私欲，或如徐渭认为人的先天才情就足以担当艺术创作的大任，学问的使用只是才情欠缺的表现，或如李贽的左右摇摆不定，都充分证明了学问的中立性，

---

① （明）徐渭原著，李复波、熊澄宇注释：《〈南词叙录〉注释》，中国戏剧出版社 1989年版，第 49 页。

② "古之圣人，曷尝不读书哉？然纵不读书，童心固自在也；纵多读书，亦以护此童心而使之勿失焉耳，非若学者反以多读书识义理而反障之也。夫学者既以多读书识义理障其童心矣，圣人又何用多著书立言以障学人为耶？"（李贽：《童心说》）

③ （明）李贽：《童心说》，《焚书·续焚书》卷 3，《李贽文集》第一卷，社会科学文献出版社 2000 年版，第 92 页。

关键在于使用者的立场和态度。

　　性灵文人要摆脱的"学问"之缚，是学习和使用做学问的僵化方法。学问切忌盲目的堆垛和填塞，而是要含英咀华，吐故纳新，如"蚕食桑而所吐者丝也，非桑也。蜂采花而所酿者蜜也，非花也。"① 在对待学问的态度上，袁宗道有着比较全面的认识。

　　宗道在其《论文》中首先犀利地指出，复古派的病源其实不在于模拟，而在于"无识"，这就明确了学问的不可或缺。

　　　　今之文士，浮浮泛泛，原不曾的然做一项学问，叩其胸中，亦茫然不曾具一丝意见，徒见古人有立言不朽之说，又见前辈有能诗能文之名，亦欲搦管伸纸，入此行市，连篇累牍，图人称扬。夫以茫昧之胸，而妄意鸿巨之裁，自非行乞左、马之侧，募缘残溺，盗窃遗矢，安能写满卷帙乎？试将诸公一编，抹去古语陈句，几不免于曳白矣。②

　　宗道这段文字可以说是点出了晚明时期整个社会的文化风气，当时众多的文士、山人之类，不专注于学问，妄图以投机取巧的方法获取名利，长此以往，造成了文化上的一个恶性循环，而"无识"是他们共同的病源。他们就如戏子一样，"心中本无可喜事，而欲强笑；亦无可哀事，而欲强哭。"③ 所以，盗窃古人的文字来表达自身虚假的情感，也就成了必然之事。

　　鉴于复古者的这个病源，宗道最后得出了《士先器识而后文艺》的结论。如果说《论文》（上、下）是宗道理论中的"破"，而《士先器识而后文艺》则是破坏之后的重新建"立"。

---

① （清）袁枚著，王英志批注：《随园诗话》卷13，凤凰出版传媒集团、凤凰出版社2009年版，第251页。
② （明）袁宗道：《论文》（下），载《白苏斋类集》卷20，上海古籍出版社2007年版，第285页。
③ 同上。

　　本不立者，何也？其器诚狭，其识诚卑也。故君子者，口不言文艺，而先植其本。凝神而敛志，回光而内鉴，锷敛而藏声。其器若万斛之舟，无所不载也；若乔岳之屹立，莫撼莫震也；若大海之吐纳百川，弗涸弗盈也。其识若登泰巅而瞭远，尺寸千里也；若镜明水止，纤芥眉须，无留形也；若龟卜著巫，今古得失，凶吉修短，无遗策也。①

　　宗道此处所讲的"本"，就是"器识"，就是学问，或者是其在《论文》中提到的"叩其胸中亦茫然不曾具一丝意见"的"意见"，它类似于树之"根"、室之"基"、山中之"良玉"、渊中之"明珠"，有此"器识"，才可发而为文而不朽。在公安派研究中，学者们对于"器识"内涵的阐释并不多，易闻晓在其《公安派的文化阐释》一书中首次对这一概念进行了较为深刻的研究，他认为，"器"具有虚、直、大的特点，"这种高出世表的'器识'就是一个毫无挂碍的无事心胸，一副绝去情识的虚廓胸怀，一个不生不灭的常寂之体，一片无死无生的本地风光。"② 易闻晓对"器识"的理解比较抽象，主要原因是他先入为主地认为宗道用于修养自身和向世人推广的，即宗道文论中所主张的学问，是佛禅之学，③ 这就使他顺理成章地把"器识"也理解为一个"虚空之器"。他的这种理解有待商榷之处，宗道所主张的是否是"佛禅之学"也待考究。其实，在春秋战国五彩缤纷的学说流传下来之后，我们已很难一锤定音确定某位学者的思想属于某家，很多时候儒、道、法、墨、阴阳等诸家学说已经沉淀在族人的集体无意识之中，互相交混，难舍难分。所以，说宗道主张的学问与其说是佛禅之学，不如说就是"学问"，是一种需要读书、识理、思考、沉淀、升华的知识和人类

---

① （明）袁宗道：《士先器识而后文艺》，载《白苏斋类集》卷7，上海古籍出版社 2007 年版，第 92 页。
② 易闻晓：《公安派的文化阐释》，齐鲁书社 2003 年版，第 120 页。
③ 同上书，第 121 页。

精神文化,① 并不狭隘地限于某家某派。再者, 如果我们再深入下去, 就会发现宗道所谓的"器识"并不是不分彼此之一物, "器识先矣, 而识尤要焉。盖识不宏远者, 其器必且浮浅; 而包罗一世之襟度, 固赖有昭晰六合之识见也。"② 《易·系辞》曰: "形乃谓之器。"因此, 笔者认为, "器"就是"形", 也就是人本身, 它包含人的器量、风度、气质、性情、品格等因素。"器"的某些成分天生而来, 很难变化, 而某些要质又可以因学问、环境、阅历的改变而改变。宗道口中的"器"和"识"是相互影响的关系, 因此需要两者互相拔高成全, 进而去成全创作。

第二节　真、趣、奇:性灵诗情的诗美追求

　　真、趣、奇的诗美追求并非性灵文人的首倡, 历代文人在进行诗歌创作时都强调真情真感的如实抒发、诗歌作品的意趣横生以及独特新异的审美创作。所不同的是: 在对"真"的强调上, 性灵文人远离了"诚"和"德", 而无限靠近"自然"和"本性"; 在"趣"上远离了"雅"和"正", 开辟了趣之"露"和"俗"的向下一路; 而"奇"的追求则使他们过分重视偏情、至情。所有的这些诗美追求, 其本质都在最大范围地扩大诗情的表现领域。

一　真

　　徐渭是这方面的代表人物。在他的思想体系中, 起着基础引领作用的是其"真我"说。"真我"出自嘉靖三十一年徐渭应试不中之后, 自述其悲所作的《涉江赋》中。

---

① 从"大其识者宜何如? 曰: 豁之以致知, 养之以无欲"一句也可印证笔者的观点。本句出自袁宗道的《士先器识而后文艺》。
② （明）袁宗道:《士先器识而后文艺》, 载《白苏斋类集》卷 7, 上海古籍出版社 2007年版, 第 92—93 页。

人生之处世兮，每大己而细蚁。视声利之所在兮，水趋鳖而赴之。量大块之无垠兮，旷荡荡其焉期，计四海之在天地兮，似礨空之在大泽，中国之在海内兮，太仓之取一稊。物以万数，而人处其一，则又似乎毫末之在于马脽。……物体纷立，伯仲无怪，目观空华，起灭天外。爰有一物，无罣无碍，在小匪细，在大匪泥，来不知始，往不知驰，得之者成，失之者败，得亦无携，失亦不脱，在方寸间，周天所地。勿谓觉灵，是为真我，觉有变迁，其体安处？体无不含，觉亦从出，觉固不离，觉亦不即。①

在徐渭看来，在茫茫的宇宙中有一物，它可大可小，来去无踪，得失成败，全系此物，它虽在方寸之间，却是立天下万物的根基，它不为声利所牢笼，不为天地所束缚，自由自在，无所羁绊。陈望衡在其《徐渭和他的“真我”说》一文中认为“真我”是独立的、无限的、永恒的、是生命的整体，它不同于一般意义上的“人”；“真我”是个体主体，“人”是群体主体，个体主体比群体主体更具有特殊性，是艺术创作中的重要因素。并认为“真我”与李贽的“童心”说以及汤显祖的“情至”说共同组成了明代浪漫主义的美学思潮。② 陈望衡点出了“真我”的核心，但他对这一理念的分析还不够全面。对“真我”细细分析我们可以发现，它与阳明的“良知”、龙溪的“无善无恶之心”、荆川的“天机”有着一些相似之处，例如都摆脱了外在权威的束缚，强调了自我的主体地位，使人可以做回自己，更自由地生活和表达情感。但是，它比前三者又向前迈进了很大一步。

首先，与阳明强调将良知中的“障碍窒塞一齐去尽”以及荆川主张“欲根洗尽”不同，徐渭正视人类的情欲，维护人的自然本性。在《论中》一文中，徐渭用“鱼与水、人与衣以及自童而老、自侏儒而长人”的关系来比喻人的自然本性，因此，对人性

---

①（明）徐渭：《涉江赋》，载《徐渭集》卷1，中华书局1983年版，第35—36页。
② 陈望衡：《徐渭与他的“真我”说》，《理论月刊》1997年第7期。

的违背，就是对自然本性的违背，"不为中、不之中者，非人之情也"，① 只要是人的自然情欲，都不应该压制和违背。正是在这一思想基础上，徐渭对正统文学家所不齿的艳情之作大力提倡，"鄙本盲于诗，偶去取无甚异同于公……惟子安采莲、长安等篇涉艳者，愚意在所必选。比之真西山文章正宗，附李斯逐客书可也。"② 在徐渭的思想中，虽然艳情还不能进入文学的"正宗"行列，但是像李斯的《谏逐客书》一样，附在正宗之后，是一件应当的事情。在当时思想依然不那么开放的明中期，这一观点已经相当具有冲击性，显得弥足珍贵。文长之后，谭元春、钱牧斋、袁枚等都开始大力提倡艳情之作。

其次，与龙溪和荆川提倡用知识学问涵养"良知"和"天机"不同，文长的"自我"则摒弃经史学问。《南词叙录》中云："夫曲本取于感发人心，歌之使奴、童、妇、女皆喻，乃为得体，经、子之谈，以之为诗且不可，况此等耶？直以才情欠少，未免辏补成篇，吾意：与其文而晦，曷若俗而鄙之易晓也？"③ 在徐渭看来，诗歌、戏曲的创作更多地依赖于人的先天禀赋，要从人心自然流出，"经子之谈"与创作无益，只有才情短缺的人，才会用学问来装点门面。

最后，"真我"拒绝成圣、拒绝崇高。在《论中》中，徐渭对"圣人"进行了重新定义，"自君四海、主亿兆、琐至治一曲之艺，凡利人者，皆圣人也"，④ 圣人不再是人们的道德楷模，而是日常生活中的"利人者"，所以，"马医、酱师、治尺棰、洒寸铁而初之者，皆圣人也"。在这里，圣人也不再具有神圣性，他就是围绕在你身边的日常百姓，带有鲜明的市民思想特征。圣人尚且如此，"真我"自不待言，不必刻意追求崇高，不必刻意追求成圣，如一切世人般真实的生活，利己同时利人，就自然成圣

① （明）徐渭：《论中》，载《徐渭集》卷17，中华书局1983年版，第488页。
② （明）徐渭：《答许北口》，载《徐渭集》卷17，中华书局1983年版，第482页。
③ （明）徐渭：《〈南词叙录〉注释》，中国戏剧出版社1989年版，第49页。
④ （明）徐渭：《论中》，载《徐渭集》卷17，中华书局1983年版，第489页。

成贤。

正视情欲、摒弃学问、拒绝崇高，这就是徐渭"自我"的精神特色。这些思想表现在文学理论中，就形成了重情、重本色、率性而为的特色。

可以说，徐渭的"真我"既不深刻，也不伟大，他不会学传统的卫道者，板起面孔，用一些言不由衷的语言，高高在上地对人进行道德说教。他就是一个活生生的人，有情欲、有爱恶、有喜怒，并且由心而发，毫不掩饰，这就是他的"本色"。我们不能盲目地评说徐渭的这些任情而发的作品在中国文学史上有着多么举足轻重的地位，但他的作品确实在当时开启了一种新的艺术趣味，历史地看也把中华民族的艺术长廊装扮得更为五光十色。

在中国的传统文学中，虽然也有很多重情的理论，有很多表达情感的文学作品，但人的真实感情总是被包裹在"道"或"德"的外衣之下，受到了诸多限制，而有宋以来"存天理，灭人欲"思想的提出，更是把"情"打入了地狱之中。徐渭却一反传统的说教，大声地喊出了"人生堕地，便为情使""情之所钟，宁独在我辈"①的振聋发聩之音。他认为，真情而发的文章，才能让人"喜而颐解，愤而眦裂，哀而鼻酸"，仿佛与其人相会于千载之上，也只有这样的作品，才能动人深、传世远。所以，他赞赏真情流露之文，反对"聚沙作戏，拈叶止啼"的假情假文，由此，他批判了当时文人为了取得诗人的名号而设情为文的现象：

> 古卜之诗本乎情，非设以为之者也，是以有诗而无诗人。迨于后世，则有诗人矣，乞诗之目多至不可胜应，而诗之格亦多至不可胜品。然其于诗，类皆本无是情，而设情以

---

① "人生堕地，便为情使。聚沙作戏，拈叶止啼，情昉此已。迨终身涉境触事，夷拂悲愉，发为诗文骚赋，璀璨伟丽，令人读之喜而颐解，愤而眦裂，哀而鼻酸，恍若与其人即席挥尘，嬉笑悼唁于数千百载之上者，无他，摩情弥真则动人弥易，传世亦弥远，而南北剧为甚。……情之所钟，宁独在我辈。"（《选古今南北剧序》载《徐渭集》补编，中华书局1983年版，第1296页）

为之。夫设情以为之者，其趋在于干诗之名，干诗之名，其势必至于袭诗之格而剿其华词，审如是，则诗之实亡矣，是之谓有诗人而无诗。①

"有诗人而无诗"，可谓对当时复古诗人群体的一个极形象的概括。前中期的明代诗坛，"不奉李、王之教，则若夷狄之不遵正朔"②，"王、李之学盛行，黄茅白苇，弥望皆是"，③当时的海内称诗者，莫不争先恐后投于李攀龙、王世贞门下，从者如此众多，但至今能流传于世的作品又有多少，且不论"黄茅白苇"们的诗作，作为他们精神领袖的李梦阳、何景明、李攀龙、王世贞等前后七子，脍炙人口的诗句又有多少？由此可见，真正的诗情，不仅是真诚的，还应是自然的、独立的，只有具备这些，诗歌才会具有鲜活的生命。徐渭在阳明、龙溪、荆川把诗人的主体性揭橥出来之后，又注意到了诗情之真诚性、独立性这一维度，这对于明代文学的发展，是一个不小的贡献。

李贽的"童心"与"真心"同一。"夫童心者，真心也；若以童心为不可，是以真心为不可也。"但需要注意的是，此处的"真"并不等于我们现代意义上所使用的"与客观事实相符"的"真"，它更类似于《庄子·秋水》"谨守而勿失，是谓反其真"之"真"，或嵇康《幽愤诗》"志在守朴，养素全真"之"真"，表达的是事物的"本性"或"本来面目"的意思。"夫童心者，绝假纯真，最初一念之本心也。""童子者，人之初也；童心者，心之初也。"由此可以看出，此处的"真"特指的是人刚出生时的"本然"状态，其实也就是人最初的"本来面目"和纯真本性。以"儿童"来寓意事物的纯粹和美好，是世界文化中的一个特色，如老子讲"常德不离，复归于婴儿"（《老子·二十八

① （明）徐渭：《肖甫诗序》，载《徐渭集》卷19，中华书局1983年版，第534页。
② （清）陈田辑撰：《明诗纪事》乙签卷，上海古籍出版社1993年版，第581页。
③ （清）钱谦益：《原稽勋宏道》，载《列朝诗集小传》丁集，上海古籍出版社2008年版，第567页。

章》)、"专气致柔,能婴儿乎"(《老子·十章》),代表的是生命之初的理想状态;孟子认为"大人者,不失其赤子之心者也"(《孟子·离娄下》),用"赤子之心"代表纯洁、善良的美德。国外也多有这种表述,如西方宗教中天使的形象总是带着翅膀的小男孩或小女孩;弥尔顿在《复乐园》也讲:"儿童引导成人,像晨光引导白昼。"再如安徒生童话《皇帝的新衣》里,敢于讲出真话的,依然是一个天真的孩子。由对儿童之心的倾慕可以看出,李贽所看重的诗情,应是如婴儿般纯洁无瑕的,而由李贽的整体思想来看,此"纯洁"又非不食人间烟火的无欲无求之情,而是一份坦坦荡荡之情,一份敢爱、敢恨、敢于承认自身之私情私欲之情。

汤显祖更强调诗情之真。"古人书,上云长相思,下云加餐饭,足矣。"① 这一简简单单的实例就是汤显祖对"真"的要求:浓浓的相思之情,也不过是叮嘱一句"加餐饭"而已,他观念中的"真"就是如此简单,不雕饰、不造作,把自己的感情化为自然的语句,明明白白地表达出来,就可以写出天下之至文。不仅作文,汤显祖更是以"真"作为自己一生的行事准则,"仆不敢自谓圣地中人,亦几乎真者也。"②

"真"也是袁宏道的生存理念、为文理念,更是其性灵思想的核心。清代袁铣《重刻梨云馆本叙》中说:"中郎公之论文若诗也,必曰真,故读公之文若诗者,亦皆曰真。夫真可袭乎?曰不可。公之真文真诗,实本其真性真情真才真识而出之。"③ 也就是说,要创作"真文真诗",必须首先具有"真性真情真才真识",这是袁宏道的创作之法,也是他对当时的文人们所极力提倡的。在为人和存在方式上,"真"表现为肆意地按照自己的性

---

① (明)汤显祖:《与刘君东》,载《汤显祖诗文集》卷48,上海古籍出版社1982年版,第1386页。

② (明)汤显祖:《答王宇泰外史》,载《汤显祖诗文集》卷44,上海古籍出版社1982年版,第1236页。

③ (清)袁铣:《重刻梨云馆本叙》,见《袁宏道集笺校》附录三,上海古籍出版社2008年版,第1725页。

情生活，在朝不为朝遣，在野不为野役，完全回归自我，不受世俗和法令的约束。他认为人的性情是不能刻意和强求的，如果让豪放的人行事小心周密，让谨慎的人强作奔放、无拘无束，就犹如把水鸟的脖子拉长，把野鹤的脖子截短，都是违反规律、得不偿失、可惜可叹之事。

同为公安派主将的江盈科对"真人"也有较多的表述。《雪涛诗评·贵真》中有言："试观我辈缙绅褒衣博带，纵然貌寝形陋，人必敬之，敬其真也。有优伶于此，貌俊形伟，加之褒衣博带，俨然贵客，而人贱之，贱其假也。"① 这句话有一个场合的问题，优伶在舞台上如何装扮都不为过，是其表演的需要，但是如果放在现实生活中，优伶像做官之人一样着宽袍，系阔带，即使形貌俊美，神态高贵，知道其真实身份的人都会轻视他，因为这不是他真实的自己。因此，只有真实之人才令人尊敬，"真人"在性灵文人的心目中，不是儒家所强调的具有道德修养或得道之人，它不需要此人完善自己、美化自己，凡是刻意之举，即使是为了"更好"的提高，在公安派成员心中都失掉了本性，是不值得提倡的。他们所要求的真实，就是一个人未经修饰的本来面目，生性豪放就无拘无束，生性谨慎就小心周密，爱财便追求财富，怕黑、怕痛、怕死、怕阎罗就不要假装决烈汉子。也就是说，你或为君子，或为小人，或甘刃若饴，或贪生畏死，是没有高低贵贱之分的，他们对人，只有"真""假"的区分，"真"便让人敬，"假"便惹人厌。

由"真人"到"真诗"，是性灵思想家们在创作过程中最为强调的部分，他们坚信"人"与"文"有着千丝万缕、割舍不断的联系。诗是否出自真性情，成为判断"真诗"的一个最为重要的标准。宏道提倡民歌，主要原因就在于《擘破玉》《打草竿》之类，是"无闻无识真人所作"，这些民歌"不效颦于汉、魏，不学步于盛唐"，完全是"任性而发"，因而为"真声"；这样的

①　（明）江盈科：《贵真》，载《雪涛诗评》，天都外史冰华生辑，民国铅印本，第 748 页。

作品表达的是真实情感，所以也能"通于人之喜怒哀乐嗜好情欲"。在宏道首次提出"独抒性灵"思想的《叙小修诗》一文中，他认为小修诗作可以传世的重要原因就是其作多为发自真性情的"真诗"。

> 盖弟既不得志于时，多感慨；又性喜豪华，不安贫窭；爱念光景，不受寂寞。百金到手，顷刻都尽，故尝贫；而沉湎嬉戏，不知樽节，故尝病；贫复不任贫，病复不任病，故多愁。愁极则吟，故尝以贫病无聊之苦，发之于诗，每每若哭若骂，不胜其哀生失路之感。予读而悲之。大概情至之语，自能感人，是谓真诗，可传也。①

"真"不仅成为公安派成员判断诗歌优劣的一项重要因素，②同时也是他们批判七子的一柄利器。"且夫天下之物，孤行则必不可无，必不可无，虽欲废焉而不能；雷同则可以不有，可以不有，则虽欲存焉而不能。故吾谓今之诗文不传矣。"③"孤行"就是"真则我面不能同君面"的唯一性，它的首要条件就是每个人的"真性情"，有千万人，便有千万种性情，每一个的性情都具有唯一性，源自其真性情的诗歌也便具有唯一性，这样的创作"虽欲废焉而不能"。与此相对，"模拟"掩盖和埋没了人的本来面目，如此创作的诗文必然和被模拟者以及其他模拟者相似，这样的雷同之作没有创作者的真实生命，也必然不能流传于世。所以，"流自性灵者，不期新而新；出自模拟者，力求脱旧而转

---

① （明）袁宏道：《叙小修诗》，载《袁宏道集笺校》卷4，上海古籍出版社2008年版，第188页。
② 袁宏道《行素园存稿引》："行世者必真，悦俗者必媚；真久必见，媚久必厌，自然之理也。"江盈科《雪涛诗评·贵真》："夫为诗者，若系真诗，虽不尽佳，亦必有趣。若出于假，非必不佳，即佳亦自无趣。"江盈科《雪涛诗评·求真》："善论诗者，问其诗真不真，不问其诗之唐不唐、盛不盛。"雷思霈："真者，精诚之至。不精不诚，不能动人。"
③ （明）袁宏道：《叙小修诗》，载《袁宏道集笺校》卷4，上海古籍出版社2008年版，第188页。

得旧"。① 复古派以是否像盛唐之诗为判断诗歌优劣的准绳，而宏道把是否真实作为诗歌优劣的标准，宏道在此，推翻的是整个复古派的批评标准。在袁宏道看来，正是这类作品才恰合人性本源。所以，他把咏唱这类作品者视为"真人"，称许这类作品为"真声"。由此可以看出，袁宏道所倡的"真"，就人而论，他强调和追寻的是人的个性，也就是人性本源。

　　"真"的审美追求，并非性灵文人的首倡，而是历代文人都强调的，或者说，是艺术创作的一个最基本的要求和标准。而性灵之"真"之所以在当时和后世都有着极大的影响，根本原因就在于：以前的文人以及复古文人所强调的"真"靠近"诚"、靠近"德"，而性灵文人所重视的"真"则更靠近"自然"、靠近"本性"，它们以"真"为中心点处于坐标轴的两端，代表的却是迥然不同的两种审美风格。"诚"和"德"有着明显的道德意味，这就使历代的文人在以此为"真"的核心去进行创作时，始终难以逃脱"志"情的掌控，很难在创作时做到完全忠实于自己的本真之心。于是，在这种日益严重的虚假使诗歌创作面临生存的困境时，性灵文人依然以这一具有广泛影响力的"真"为自己的改革"武器"。不同的是，性灵文人走向的是"真"更靠近"自然"和"本性"的一端，这就使他们不管在生活还是创作中，有着一种不合于常俗的狂放和叛逆。我们很难界定"真"的两端孰优孰劣，或许犹如哲学上的"质变量变"规律一样，如果两者都能保持在一定的范域内，问题的争论就只是限于更偏向于何种艺术风格这类"内部矛盾"上，并不会对诗歌的生命造成伤害。而"复古"和"性灵"都恰恰跃出了"量变"所能容忍的界限，双方都意图拯救诗歌，却最终又都伤害了诗歌。

二　趣

　　"趣"是中国古代文论中的一个核心范畴，在进入审美领域

---

① （明）江盈科：《〈敝箧集〉序》，见《袁宏道集笺校》附录三，上海古籍出版社2008年版，第1685页。

之前，"趣"主要有疾走、追逐、催促、赶快、取舍、趋向等
义①。进入审美领域之后，则演化为旨趣、意味，情趣、情致、
风致、情态、兴致、兴趣，志趣、趣尚等义。在先秦文献中，
"趣"字大多还作为动词使用，不具有审美的意味。北魏时期郦
道元的《水经注·江水》中"清荣峻茂，良多趣味"一语，用
"趣"来表达长江三峡的自然风光带给人的快乐情趣，开始使之
含有审美体验的意味。南北朝刘勰的《文心雕龙》已开始正式用
"趣"来论文。② 唐代的王昌龄在"趣"进入诗学范畴的演变中
有着重要的作用，他在《诗中密旨》中把诗分为"得趣""得
理""得势"三格，使"趣"和"理""势"一起，成为诗作的
重要审美要素。宋人开始大量地使用"趣"来论诗、论文，严羽
《沧浪诗话·诗辨》有言："诗者，吟咏情性也。盛唐诸人惟在兴
趣，羚羊挂角，无迹可求。"以"兴趣"一词来概括他所推崇的
盛唐诗的审美特征，代表着诗歌一种很高的理想境界。元人虞集
《虞侍书诗法》中，将"趣"列为"十科"之一，使之在诗歌审
美构成中占有一个很重要的位置。明代可以说是"趣"在审美领
域发展的"盛兴期"，③ 高棅、杨士奇、李东阳、徐桢卿、杨慎、
王世贞、屠隆、袁宏道、胡应麟等众多文人都用"趣"来评点诗
歌，将以"趣"评诗的批评实践推向了顶峰。在这些评论家中，
袁宏道是其中的佼佼者，这不仅因为他把"趣"作为评判诗歌是
否具有"性灵"的一个最重要的标准，还在于他将"趣"由
"雅"转"俗"，由"正"转"谐"，开辟了以"趣"审美的

---

① 在这些含义中，"趣"读为【qū】。如《战国策·秦策五》："遇司空马门，趣甚疾，
出詘门也。"意为（李牧）快步走出司马门；《列子·力命》："（农赴时）商趣利。"
意为商人追求利益；《周易》："变通者，趣时者也。"此处"趣"同"趋"，等等。

② 如：《明诗》"江左篇制，溺乎玄风，嗤笑徇务之志，崇盛亡机之谈，袁、孙已下，虽
各有雕采，而辞趣一揆，莫与争雄，所以景纯《仙篇》，挺拔而为俊矣"。《颂赞》
"挚虞品藻，颇为精核，至云杂以风雅，而不变旨趣，徒张虚论，有似黄白之伪说
矣"。《体性》言："故辞理庸俊，莫能翻其才；风趣刚柔，宁或改其气。"《章句》
言："搜句忌于颠倒，裁章贵于顺序，斯固情趣之指归，文笔之同致也。"《丽辞》
"反对者，理殊趣合者也；正对者，事异义同者也"。等等。

③ 胡建次：《中国古代文论"趣"范畴研究》，博士学位论文，上海师范大学，2004 年。

"向下"一路。

《叙陈正甫会心集》是宏道万历二十五年为其好友陈所学的《会心集》所作的一篇序言，在这篇小文中，他集中阐述了重"趣"的艺术审美理念。

> 世人所难得者唯趣。趣如山上之色，水中之味，花中之光，女中之态，虽善说者不能下一语，唯会心者知之。今之人慕趣之名，求趣之似，于是有辨说书画，涉猎古董以为清；寄意玄虚，脱迹尘纷以为远；又其下则有如苏州之烧香煮茶者。此等皆趣之皮毛，何关神情。
>
> 夫趣得之自然者深，得之学问者浅。当其为童子也，不知有趣，然无往而非趣也。面无端容，目无定睛，口喃喃而欲语，足跳跃而不定，人生之至乐，真无逾于此时者。孟子所谓不失赤子，老子所谓能婴儿，盖指此也。趣之正等正觉最上乘也。山林之人，无拘无缚，得自在度日，故虽不求趣而趣近之。愚不肖之近趣也，以无品也，品愈卑故所求愈下，或为酒肉，或为声伎，率心而行，无所忌惮，自以为绝望于世，故举世非笑之不顾也，此又一趣也。迨夫年渐长，官渐高，品渐大，有身如梏，有心如棘，毛孔骨节俱为闻见知识所缚，入理愈深，然其去趣愈远矣。①

我们可以把宏道对于"趣"的论说，概括为下列三层含义；首先，"趣"不是一种看得见、摸得着、说得清的实体，它是一种需要细细品味的只可意会而不可言传的审美感受。其次，有意为之者，如烧香煮茶之文人，只能得"趣"之皮毛，而没有得到"趣"之真谛。这是因为"趣"源自人的真性情，只要带有刻意求取的心态，就远离了真实，而缺少真精神、真情感，也就不是真"趣"。最后，真"趣"无限趋向自然，无限背离学问。如童

---

① （明）袁宏道：《叙陈正甫会心集》，载《袁宏道集笺校》卷10，上海古籍出版社2008年版，第463—464页。

子，所言所行纯洁、干净，完全出于自然本性，所以占据"趣"之最上乘。山林之人自由自在、不受拘束，无意求"趣"但已得"趣"。而醉心酒色、无所忌惮，完全任性而发之人，充满朴拙的生命力，虽或粗野俚俗，也算一"趣"。从以上几点可以看出，"趣"是生命本真的自然流露，是心灵自由的体现，也是率性任情的写照。这一理念与他的"人之性灵"和"为文之性灵"是一脉相承的。可以说，为了强调为人、为文之"真"，宏道甚至有意忽略了人依本性"率心而行""无所忌惮"时可能带来的丑陋和邪恶。

这篇序言虽是宏道因"《会心集》若干卷，趣居其多"的有感而发，但其实在上述的大量篇幅中，并没有提及文之"趣"，而更多地讲述了以"趣"为美的人生态度和人格之美。诗文与"趣"的关系在其《瓶嗜录叙》中有较为具体的阐述。

　　谈艺家所争重者，百千万亿不可穷。总之，不出兼情与法以为的。予独谓不如并情与法而化之于趣也。非趣能化情与法，必情与法化而趣始生也。岂止此也，即神识玄旨亦必尽化而趣始生也。中庸曰："夫焉有所倚"，惟作文亦然，予尝谓作文无他法，抽笔时精神肤发尽脱之笔端而不自知，则善矣。政言乎无所倚也。长公曰："初无定质，姿态横生。"又曰："行乎不得不行，止乎不得不止。"亦俱言乎无所倚也。夫趣，生于无所倚，则圣人一生，亦不外乎趣。夫趣，其天地间至妙至妙者与。①

宏道指出，"趣"是艺术创作的最高审美境界，是"天地间至妙至妙者"。而要达"趣"，一方面，创作者需要将思想情感和艺术技巧完美地融合，使之丝毫没有人工雕饰的痕迹，才能"情与法化而趣始生"。另一方面，作者内在的知识、学问、思想、

---

① （明）袁宏道：《狂言·瓶嗜录叙》，载《袁中郎全集·随笔》，中国图书馆出版部中华民国二十四年版，第65页。

精神、为文之意图等，也必须完美地消融在作品中，所谓"抽笔时精神肤发尽脱之笔端而不自知"，作品也才能得"趣"。

结合这两篇文字，我们还可以解决宏道思想中一个较为矛盾的问题，即学问与性灵、真、趣的关系。众所周知，在人类文明层层积累的历史长河里，个体根本无法脱离既成的习俗、文化、制度等外在的社会结构，我们也根本无法想象一个人完全不受知识学问的影响可以立不朽之言。但以宏道为代表的性灵思想家们，如徐渭等人，却坚持学问与性灵、与天下之至文的扞格不入。宏道一再提倡民歌，就是因为是"无识无闻真人"所作，在谈"趣"时，也认为当"毛孔骨节俱为闻见知识所缚"时也就"去趣愈远矣"。但同时又认为"天下之趣，未有不自慧生也"。所以，我们该如何理解性灵思想家们对于"学问"的这一矛盾态度呢？其实，宏道并不是一味地否定学识和技巧，主张本然的性情和原始本能，而是主张超越技巧、超越学识。"必情与法化而趣始生"，"神识玄旨亦必尽化而趣始生也"，就是融技巧、学问、精神于无形之中，使一切外在的装饰和内在的灵魂与作品达到高度和谐的境界，只有这样，才能达到艺术创作的最高境界。他在《行素园存稿引》中对这一创作过程也有形象的描述："一变而去辞，再变而去理，三变而吾为文之意忽尽，如水之极于澹，而芭蕉之极于空，机境偶触，文忽生焉。"[1]

在探讨"趣"论时，宏道之"趣"与前人所论之"趣"的不同之处，也是一个值得注意的问题。大体来讲，大多数学者们所谈论的"趣"更多是一种风雅之"趣"或古雅之"趣"，侧重于从文学作品中呈现出的新异形式、奇异思想、昂扬生机中感受到一种"别样的乐趣"。一些文人，如苏轼、黄庭坚、杨万里等人的诗作，或谐或谑，异于常道，给人一种意趣洋溢之感。但在他们的创作中，"谐趣"或"谑趣"只是其作品中的一小部分。而宏道则不遗余力地将"趣"俗化、谐化，在"趣"美"向下"

---

[1] （明）袁宏道：《行素园存稿引》，载《袁宏道集笺校》卷54，上海古籍出版社2008年版，第1570—1571页。

发展的历史中发挥了重要作用。

宏道对于"趣"美的向下开拓，主要表现在他对"露""俗"等审美趣味的提倡上。

"露"作为宏道诗学理念中的一个重要范畴，侧重于对作品表现方式的言说。《叙小修诗》中曰："大概情至之语，自能感人，是谓真诗，可传也。而或者犹以太露病之，曾不知情随境变，字逐情生，但恐不达，何露之有？"宏道认为，当人穷愁困顿、痛哭流涕之时，情感脱口而出，哪有时间去考虑"哀而不伤"的问题呢？诗人们最为担忧的，应是创作出的诗歌不能完整地表达出真实的内心，所以对于弟子小修"若哭若骂""不胜其哀"、让人读而悲之的情感充实饱满的淋漓尽致之作，有什么值得指责的呢？如《离骚》者，全篇唾骂之语毫不掩饰，仇恨之情到了极点，不也被奉为经典之作吗？小修对这一观点也颇为赞同，在《淡成集序》他说："楚人之文，发挥有徐，蕴藉不足。然直摅胸臆处，奇奇怪怪，几与潇湘、九派同其吞吐。大丈夫意所欲言，尚患口门狭，手腕迟，而不能尽抒其胸中之奇，安能嗫嗫嚅嚅，如三日新妇为也？不为中行，则为狂狷；效颦学步，是为乡愿耳。"①

秉承这一理念，宏道作诗常直抒情怀，毫不修饰。如《别无念》："五年一会面，一别一惨然。只消三回别，便是十五年。"《双题飞来峰》其一："试问飞来峰，未飞在何处？人世多少尘，何事不飞去？"中道更有《别李龙谭》一诗，对以"露"为美的追求显现无疑，其诗曰："湖上暂徘徊，明从此地回。今年君不死，十月我再来。"想到说到，直白如话，这些诗歌可谓真正实践了宏道"开口见喉咙者"的理念。这些以"露"为美的诗歌给当时"正襟危坐"的文化氛围以有力的冲击，使文人们犹如在陈腐、压抑的空气中突然嗅到了新鲜的气息，因而在当时备受推崇。然而客观来说，宏道和中道的这些"直露"诗作究竟具有多大的审美价值，却还是一个值得探讨的问题。或者我们可以说，

———————

① （明）袁中道：《淡成集序》，载《珂雪斋集》卷10，上海古籍出版社1989年版，第486页。

"露"并不是宏道所提倡和主张的一种文学审美特色，只是当情不可遏，需要冲口而发，而导致作品呈现出过于直露的特质时，他并不会贬低这类作品的美学价值。"露"这一审美特点之所以会引起后来公安派研究者们的注意，其实并不在于它具有多大的美学价值，而在于它对传统儒家"乐而不淫，哀而不伤"、要求情感的抒发必须节制、必须合乎礼仪这类正统美学观的突破而已。

提倡"俗"是其"趣"论向下发展的另外一种表现。

在宏道《冯琢庵师》一信中有言："宏实不才，无能供役作者。独谬谓古人诗文，各出己见，决不肯从人脚跟转，以故宁今宁俗，不肯拾人一字。"① 客观来说，宏道对于"俗"的提倡含有一种矫枉过正的过激和负气。概而言之，"俗"主要表现在内容和语言两个方面。如在内容上，他对《金瓶梅》这样的艳情之作表现出毫不掩饰的喜爱之情，② 同时还把《水浒传》这样的通俗作品抬高到超越"六经"和《史记》的至高地位。③ 在语言上，则"不肖诗文质率，如田家父老语农桑，土音而已"④，"野语街谈随意取，懒将文字拟先秦"⑤。模仿民歌进行创作是宏道对以"俗"为美的具体实践，如《横塘渡》："横塘渡，临水步，郎西来，妾东去。妾非倡家女，红楼大姓妇。吹花误唾郎，感郎千金顾。妾家住虹桥，朱门十字路。认取辛夷花，莫过杨梅树。"⑥ 这

---

① （明）袁宏道：《冯琢庵师》，载《袁宏道集笺校》卷22，上海古籍出版社2008年版，第781—782页。

② 宏道在写给董思白的尺牍中说道："《金瓶梅》从何得来？伏枕略观，云霞满纸，胜于枚生《七发》多矣！后段在何处？抄竟当于何处倒换？幸一的示。"又在《与谢在杭》中说："《金瓶梅》料已成诵，何久不见还。"

③ 《听朱先生说〈水浒传〉》中写道："少年工谐谑，颇溺滑稽传。后来听《水浒》，文字益奇变。'六经'非至文，马迁失组练。一雨快西风，听君酣舌战。"

④ （明）袁宏道：《答钱云门邑侯》，载《袁宏道集笺校》卷42，上海古籍出版社2008年版，第1275页。

⑤ （明）袁宏道：《斋中偶题》，载《袁宏道集笺校》卷14，上海古籍出版社2008年版，第609页。

⑥ （明）袁宏道：《横塘渡》，载《袁宏道集笺校》卷8，上海古籍出版社2008年版，第327页。

首诗在内容和语言上，都带着明显的民歌式通俗、轻佻意味，但读来意趣横生。

有些学者把"真""趣""露""俗"等并列作为宏道性灵文学思想的审美旨趣，① 但笔者认为，"露""俗"其实并不能单独算作"性灵"的审美内涵，它们与"奇""谐"等一样，只是"趣"的具体表现而已。

对于宏道的"趣"论，学者们大致有两种态度：一种是否定的观念，如在清朝被认为是士大夫的闲情逸致，是落后的观念，因而多受诟病。在 20 世纪的七八十年代也有很多学者持这种观点。另一种则是积极肯定的观点，如张少康在《中国文学理论批评史教程》中说："袁宏道所提倡的'趣'，是和李贽的'童心'一样，具有反理学、反传统的鲜明的时代精神，是反映了当时要求思想解放、个性自由的新的启蒙思潮的，是一种有积极意义的健康的审美趣味。"②

其实，彻底的否定和完全的肯定，对袁宏道的"趣"论都不是一种尊重的态度。思想或理论的产生，往往与当时的时代背景有着重要的关系，所以，放在时代背景中考察其理论意义，而不是以论说者的社会需求对其抑扬褒贬，应该是一种学术研究的正确态度。综合来说，"趣"在袁宏道的理念中，不仅仅是一种艺术审美内涵，更是一种人生态度和生活情致。他开拓了"趣"论的言说领域，挖掘了文"趣"产生的深层内涵，同时，还丰富了"趣"的种类，为之增添了"向下一路"的审美旨趣，对于"趣"这一审美范畴的丰富和发展起到了重要的作用。更重要的是，对于当时被复古风气弥漫着的僵化的明代诗坛，"趣"的提出和推崇无疑为诗坛注入了新鲜的生命，增添了蓬勃的活力。

田素兰曾评价中郎文论说，"是性情的，也是文学的，是中

---

① 范嘉晨、段慧冬：《晚明公安派性灵文学思想研究》一书中专列一章探讨公安派"性灵说"的审美旨趣，包括了"真""露""俗""趣"四个方面。

② 张少康：《中国文学理论批评史教程》，北京大学出版社 1999 年版，第 305 页。

郎其人的风格，也是其文的风格"①。这句话精辟地概括了宏道"性灵"思想的特点。"真人""真心"和"真趣"是创作趣文的必备和前提条件，"在本然性情的伸扬下，一切求取诗文之美的主体意识、一切构思修辞的主观努力、一切模拟借鉴的有意作为、一切规矩法度的执着追求，都失去了任何意义。"② 所以我们说，"性灵"不仅是一个美学概念，更是一个注重人的生存方式、生活态度、人生价值的人学概念。

三　奇

性灵文人对"奇"的推崇，是与对"真"和"趣"的推崇一脉相承的。不管是"真"还是"趣"，其本质都在于对最大表现范围的诗性之情的极力保护——因引一切欲望和本性之情入诗而强调"真"，因引一切闲适、享乐、放荡之情入诗而强调"趣"。而对"奇"的极力强调和重视，可以说是将不平、愤、苦、幽独之情诗意化的必然结果，我们可以把这些情感，暂称为"偏至之情"。

"偏至之情"受启发于陶望龄的"偏嗜必奇"说。在《马曹稿序》一文中，陶望龄提出："惟人就其偏而后诗之大全出焉"，他首先从人之"材"谈起，认为"人之性有所蔽，材有所短"，这是难以避免的事情，关键在于自身如何选择对待性之"蔽"和才之"短"。若选择一味地逃避、遮掩自身之"短"，则"穷于此"，而若恰当地利用这一"短"处，则很有可能转劣为优，"短"反而会成为促成自身成功的关键因素。诗歌创作也含有同样的道理。他以盛唐诗歌为例，阐述了自己"偏嗜必奇"的思想。

> 吾观唐之诗，至开元盛矣，李、杜、高、岑、王、孟之徒，其飞沉舒促，浓淡悲愉，固已若苍素之殊色，而其流也，抑又甚焉。元、白之浅也，患其入也；而郊、岛则惟患其不

---

① 田素兰：《袁中郎文学研究》，（台北）文史哲出版社1981年版，第141页。
② 易闻晓：《公安派的文化阐释》，齐鲁书社2003年版，第219页。

入也。韦、柳之冲也,患其尽也,而籍、建则惟患其不尽也。温、许之冶也,患其椎也;而卢、刘则惟患其不椎也。韩退之氏,抗之以为诘崛;李长吉氏,探之以为幽险。子于是叹曰:诗之大至是乎!偏师必捷,偏嗜必奇。诸君子者殆以偏而至,以至而传者与!众偏之所凑,夫是之谓富有,独至之所造,夫是之谓日新。①

由此段来看,陶望龄认为把"偏"发挥到极致就会产生诸多益处,陈玉强将之概括为"尽性、达道、独造、传世"四点。首先,"偏"能尽性。如"火炎则弥扬之,水下则弥浚之",诗人将自身所"偏"之材进一步弥扬之、弥浚之,使之发挥到登峰造极之势,由此才能显现出自身鲜明之个性,由此也才能创作出个性鲜明之诗歌。其次,"偏"能达道。因为"偏"可尽性,所以能通于"神理",达于"天道"。再次,"偏"能独造。盛唐文人的诗歌"飞沉舒促""浓淡悲愉",呈现出"苍素之殊色"的特点,就是因为他们都能各自尽兴地发挥自身之情性,所以每位诗人的诗歌作品都是其性情展露的、自出机杼的"这一个"。最后,"偏"能"传世"。盛唐文人诗歌之长盛不衰,正是因为"君子者殆以偏而至,以至而传者与"②。

所谓"偏嗜必奇",即对"偏至之情"的推崇,使追求"奇"的诗美效果成为顺理成章之事,而对"奇"的推崇,实源于对人之偏情、至情的诗意美感的发现和承认。在《书王世韬》一文中,陶望龄对这一观念有着更为明了的阐述。他说:"人不患不醒,而但患不魇;不患不乐,而但患其不愤不苦不战。苟愤矣,苦矣,战矣,安有不能转而乐者。至是方为真乐、常乐、永绝苦因之乐,而非睡梦之乐也。"所谓"愤"情、"苦"情、"战"

---

① (明)陶望龄:《马曹稿序》,载《歇庵集》卷3,(台北)伟文图书出版有限公司1976年版,第374—375页。

② 陈玉强:《陶望龄"偏嗜必奇"说及其心学语境》,《清华大学学报》(哲学社会科学版)2012年第3期。

情，都属于"偏"情一类，这些诗情类型在以"志"情占统治地位的诗情文化史上是不受重视甚至被贬抑的，但陶望龄却充分肯定它们的价值，认为将这些"偏情"转化到极致之后，反而可以成为"大乐"之作。

细究一下，陶望龄的"偏嗜必奇"理论所强调的重点，不仅在于对各类五花八门的嗜好、情欲所呈现出来的奇异性的肯定，更在于对这些情感激烈的表现强度所带给人的奇妙感觉的强调，他认为越是把这些情感发挥到极致，越接近"诗之大至"，越是可以不朽的作品。如果说陶望龄是从理论上对"奇"提供了富有说服力的思想支撑，那么以钟惺和谭元春为代表的竟陵派，则对以"奇"为美的诗学追求做出了积极的诗学实践。

"同调"和"创调"是谭元春提出的一对诗学概念。谭元春在《万茂先诗序》中云："盖吾辈论诗，止有同志，原无同调。"① 又于《诗归序》中说："有教春者曰：公等所为创调也，夫变化尽在古矣。……夫真有性灵之言，常浮于纸上，决不与众言伍。而自出眼光之人，专其力，壹其思，以达于古人；觉古人亦有炯炯双眸从纸上还瞩人，想亦非苟然而已。"② 由此可以看出，所谓"同调"，就是无个人之真精神的创作。一些诗人只是盲目地从古人的诗句中学得其滞者、熟者、木者、陋者，以为理长味深、可为大家，其实全无可取之处，只能沦为"束之高阁"的无用之物。而所谓"创调"，则是出自性灵，不同于众人的诗歌作品，它最明显的一个特征既是"以奇趣别理，取异于途径"，而他们所追求的"奇趣"，也就是被后人所经常提起的"察其幽情单绪，孤行静寄于喧杂之中，而乃以其虚怀定力，独往冥游于寥廓之外"③ 的艺术境界。以"奇"为趣为美的"创调"成为他们的一个主要诗学思想，因此在选编《诗归》时，我们可

① （明）谭元春：《万茂先诗序》，载《谭友夏合集》卷9，上海杂志公司1935年版，第142页。
② （明）谭元春：《诗归序》，载《谭友夏合集》卷8，上海杂志公司1935年版，第119页。
③ （明）钟惺：《诗归序》，载《隐秀轩集》，上海古籍出版社1992年版，第236页。

以看出他们对表现出奇异之风格特色的诗作的极度喜爱。如，评陈子昂的《感遇》诗为"奇奥变化，莫可端倪"；评王勃《别薛华》诗曰"此始成律，陈、隋之习变尽"等。此外，在具体的诗歌创作上，他们往往选择一些异于常人的题材、字眼，去"极无烟火处"寻找诗歌的奇异之美。在钟、谭二人的诗歌创作中，他们一般都会选择不被常人所重视的自然玄妙之景，如谭元春《游玄岳记》中记叙，在攀登武当山山顶时，有三条道路，第一条是"磴道"，即砌石的蹬级之道，第二条是"官道"，即盘山大道，第三条是"樵人道"，即樵夫砍柴所走的险陡之道。寻常游人都会自然选择前两条道路，但谭元春却独独选择"行枳棘中"，去领略很少被人领略过的风景，在这种游行中所创作出的诗歌，自然也就不同于平常诗人对寻常景色的平实描写。即使对一些日常事物如风、雨、雷、电、日、月、星空等的描写，在他们的诗歌中也通常有着一种不同于寻常的幽冷孤清之意。

陶望龄的"偏嗜必奇"和竟陵派的"创调"，两者一重理论，一重实践；一重情感的表现程度，一重情感的表现内容，表述不同却殊途同归，其实质都在追求一种以"奇"为贵、为美的诗歌审美理想。

如果说陶望龄和钟、谭"以奇为美"的诗学阐述，侧重的是从诗歌创作的内部探讨"奇"的合理性和审美性，是就文学而谈文学的话，那么在性灵文人的诗学理论中，还有很多言论谈到了"奇"与诗人及"奇"与自然的关系。这些理论侧重"奇"的外部研究，为"以奇为美"的诗学追求提供了更高意义上的理论支撑。

汤显祖从"奇文"与"奇士"的关系谈起，论述了"奇"的审美效果的产生对诗人这一创作主体的要求。汤显祖十分欣赏"合奇"之文，《合奇序》记载：

予谓文章之妙不在步趋形似之间。自然灵气，恍惚而来，不思而至。怪怪奇奇，莫可名状。非物寻常得以合之。苏子瞻画枯株竹石，绝异古今画格。乃愈奇妙。若以画格程之，几不入格。米家山水人物，不多用意。略施数笔，形像宛然。正使有意为之，亦复不佳。故夫笔墨小技，可以入神而证圣。自非通人，谁与解此。①

因此，他十分喜爱丘毛伯的"合奇"之诗，赞之为："奇无所不合。或片纸短幅，寸人豆马；或长河巨浪，汹汹崩屋；或流水孤村，寒鸦古木；或岚烟草树，苍狗白衣；或彝鼎商周，丘索坟典。凡天地间奇伟灵异高朗古宕之气，犹及见于斯编。"② 其实对于"灵气"之文和"合奇之文"的赞赏，与他对于"奇士"的看重是一致的。他认为，创作者首先要敢于大胆地想象，上下天地、来去古今、纵横捭阖，不"蠕蠕"③ 于生活，一旦可以摆脱庸俗生活的拘束，就可以创作出奇异之文。由此可以看出，奇文的创作并不是一件唾手可得的事情，它对创作主体的素质有着极高的要求，也就是说，想要创作出"奇文"，诗人必须首先是"奇士"。

从这一点上来讲，徐渭很符合汤显祖对创作主体的要求。徐渭的书法被"称为奇绝，谓有明一人"④；他创作的杂剧《四声猿》被赞为"明曲之第一"⑤ "天地间一种奇绝文字"；他的诗文"夺工部之骨，挟子瞻之辨"⑥，袁宏道读后慨然叹曰："欲起文长

---

① （明）汤显祖：《合奇序》，载《汤显祖诗文集》卷 32，上海古籍出版社 1982 年版，第 1078 页。
② 同上。
③ "蛾，伏也。伏而飞焉，可以无所不至。当其蠕蠕时，不知其能至此极也。"（明）汤显祖：《序丘毛伯稿》，载《汤显祖诗文集》卷 32，上海古籍出版社 1982 年版，第 1080 页。
④ （明）陶望龄：《论文长传》，载《徐渭集》附录，中华书局 1983 年版，第 1341 页。
⑤ （明）澂道人：《四声猿引》，载《徐渭集》附录，中华书局 1983 年版，第 1357 页。
⑥ （明）袁宏道：《徐文长传》，载《袁宏道集笺校》卷 19，上海古籍出版社 2008 年版，第 716 页。

地下，与之把臂，恨相见晚也。"① 他本人更被称为"行奇，遇奇，诗奇，文奇，画奇，书奇，而词曲尤为奇"。② 可以说，正是有了徐渭的特立独行的人格，才有了他被人所惊觉的作品，这与汤显祖的"奇士"与"奇文"的思想颇为契合。

汤显祖对"奇"的阐释和理解虽然已经跃出了诗文内部，注意到了"奇"与诗人人格之间的相互影响关系，但遗憾的是，他的理论还只是停留在现象的描述，在理论的深度上还有所欠缺。李贽在这一问题上有更为深入的阐述。

"发乎情性，由乎自然"是李贽诗学思想的一个核心阐述，他在这一思想下所提出的"古怪者自然奇绝"③ 说，把"以奇为美"的合理性上升到了"自然"的高度。在李贽的观念中，诗人有怎样的风格，便抒发怎样的情怀，都是自然而然的事情。正如性情舒徐者所抒发的情感自然也是舒缓的；性格古怪、异于常人之人，所抒发的情感也自然是与众不同的，因而所呈现的"奇绝"的诗文风格，与其自身所具有的性格一样，万万不可"矫强乃失之"。在他的观念中，只要"自然"的，就是"美"的，而"非于情性之外复有所谓自然而然也"，也就是说，只要是真性情的表现，便是美的。这一等式置换，不仅肯定了诗人个体的感性力量，同时还把这种感性力量的呈现形式也捧到了至高的位置。从这一意义上来说，"奇"在李贽的理论中，便成为最原始的生命力的代名词。

在《八物》一文中，李贽对此有着相似的论述。"《书》称麟凤，称其出类也。夫麟凤之希奇，实出鸟兽之类，亦犹芝草之秀异，实出草木之类也。虽曰希奇秀异，然亦何益于人世哉！意者天地之间，本自有一种无益于世而可贵者，如世之所称古董是

---

① （明）徐渭：《刻徐文长佚书序》，载《徐渭集》附录，中华书局1983年版，第1348页。
② （明）徐渭：《四声猿跋》（磊砢居士），载《徐渭集》附录，中华书局1983年版，第1359页。
③ "惟矫强乃失之，故以自然之为美耳，又非于情性之外复有所谓自然而然也。性格清澈者，音调自然宣畅；性情舒徐者，音调自然疏缓；旷达者自然浩荡，雄迈者自然壮烈；沈郁者自然悲酸；古怪者自然奇绝。"（李贽《读律肤说》）

耶！今观古董之为物，于世何益也?"① 在这段文字中，李贽虽然想要着重阐述的是"物无益于世但可贵"的思想，但我们其实可以从中窥见"奇"所具有的无可阻挡的审美独立性。与"麟凤""芝草"一样，"奇"可能在正统的儒家审美理想中并不占据主流的位置，但因为它所表现出来的是最真实的生命本相，因而虽无益于世但却丝毫不影响其所具有的无可替代的价值和意义。这也是"以奇为美"的诗学合法性根源。

总之，在 17 世纪的中国，以"奇"为美不仅是艺术世界的审美追求，更是绵延到了文人的日常生活之中，几乎囊括了生存的方方面面：它既是文人所追求的一种理想人格、一种异于世俗的生活方式，也是社会精英们用以标识自身与众不同的符号；既可以是一个诗学概念，也可以表示新异的物品，或是书商用来招徕客户的卖点（如《拍案惊奇》《古今奇观》称"奇"等)②；凡此种种都表示，"奇"是明代社会的一种普遍追求。不得不说的是，在这一过程中，性灵文人们起着巨大的鼓动和参与作用。

第三节　"迫而呼者不择声":性灵诗情的表达特点

一　信腕直寄

诗歌是语言的艺术，抽象的情感转化为有形的语言，从而被人所共享，并在历史的长河中占有一席之地。正如"性灵"本不假文字，然舍弃文字，则无从瞥见"性灵"。

然而一个恒久存在的悖论就是：情意是无限的，语言是有限的；情意是曲折的，语言是直接的；情意是深远的，语言是点到为止的……语言天然不能尽情，但情意的表达必须通过语言才能最终

① （明）李贽：《八物》，《焚书·续焚书》卷4，《李贽文集》第一卷，社会科学文献出版社 2000 年版，第 151 页。
② 白谦慎：《傅山的世界：十七世纪中国书法的嬗变》，生活·读书·新知三联书店2006 年版，第 25 页。

实现。于是，历朝历代在语言的困境中挣扎的文人，都试图通过增加一些外在的技巧，以丰富诗歌语言的表现能力。从"托物言志"到"借景抒情"，从"比兴"到"用典"，从"联想"到"象征"，从"声律"到"对偶"，语言被加上了重重的包袱，然而情意如何才能"尽兴"的表达，却依旧是个没有完满答案的问题。

性灵文人以世俗生活为诗歌的主要表现内容，在诗情审美追求上尚真、尚趣、尚奇。他们这种自由的"性灵"诗情，必然要求一种自由的语言，才足以体现出其灵动的情思。可以说，"性灵"诗情表达的是人类最本我、真实、自然的情感，展现的是千姿百态的世俗生活和奇妙多彩的心灵世界，冲口而出、率性自然、不假修饰、冲破现存的一切条条框框的诗歌语言和表达方式便成为性灵文人的自然选择。

袁宏道在《叙曾太史集》一文中，对比了曾退如与自己作诗作文的异同：

> 退如诗清新微婉，不以儳伤其气，不以法挠其才；而余诗多刻露之病。其为文高古秀逸，力追作者。馆阁之体主严，退如则为刁斗，为楼阁；叙记之作主放，退如则为江海，为云烟，余文信腕直寄而已。以余诗文视退如，百未当一，而退如过引，若以为同调者，此其气味必有合也。昔人谓茶与墨有三反，而德实同，余与退如所同者真而已。其为诗异甘苦，其直写性情则一；其为文异雅朴，其不为浮词滥语则一。此余与退如之气类也。①

在这篇序文中，袁宏道虽对于曾退如"清新微婉""高古秀逸"的诗文风格表现出了赞赏和自愧不如的态度，但其实对于自己"多刻露之病""信腕直寄而已""真而已""直写性情""不为浮词滥语"的诗歌特点更有着一种自得其乐的骄傲。

---

① （明）袁宏道：《叙曾太史集》，载《袁宏道集笺校》卷35，上海古籍出版社2008年版，第1106页。

"信腕直寄"可以说是袁宏道"不拘格套"理论在诗歌表达上的具体化，它保留着"以无法为法"的基本理念，主张把从胸臆中流出的情感如实地呈现出来，不需要刻意考虑类似结构、对偶、用典、照应、声律、虚实等形式技巧。同时，他也摒弃传统诗歌"含蓄蕴藉"的审美特征，而认为只要可以真实贴切地把内心的情感传达出来，即使走向"露"也未免不可。① "信心而出，信口而谈""意兴所至，随事直书""独抒己见，信心而言，寄口于腕"等，都是对"信腕直寄"这一诗学理念的反复申述。

在具体的诗歌创作上，"信腕直寄"的主要表现为以口语俗语入诗、用散文形式写诗两大特征。

首先，以口语俗语入诗。

袁宏道在给江盈科《敝箧集》所做的序中曾说，只要能真实地反映出内心的情思，"蝼蚁蜂虿"都可以作为自己的情感寄托，不一定非要雎鸠、驺虞（白虎）才可以；只要能如实地呈现出心中的感受，"谐词谑语"都可以拿来入诗，不一定"法言庄什"才可以。这就使他们摆脱了传统诗学理念对诗歌语言的要求，把一向不被正统诗歌所接受的口语、俗语等都毫无保留地融入诗歌写作之中。在袁宏道的诗歌中，有许多类似口语化的表述。如"今日无念来，添一故事矣"（《同无念过二圣寺》其一），"不问南和北，都成故与新。放开双眼孔，阅尽一时人"（《丘长孺》），"去矣莫徘徊，无官谁想敬"（《别黄道元，信笔题扇上》），"与其官作病，宁可活无官"（《病痊》）"刚得在家三日好，明朝行李又杭州"（《小妇别诗》），"不看碑头字，那知是禹穴"（《禹穴》），"鸭不能飞，蚓不能跃"（《别石篑》其九），"雀飞无劲毛，不若蚊有翼"（《送梅子马督木北上》），等等。这些语言简单、直白，没有经过丝毫的后天修饰，完全是日常的口语化表达，即使今天的人们读来也没有丝毫的障碍。

---

① "予读而悲之。大概情至之语，自能感人，是谓真诗，可传也。而或者犹以太露病之，曾不知情随境变，字逐情生，但恐不达，何露之有?"（明）袁宏道：《叙小修诗》，载《袁宏道集笺校》卷4，上海古籍出版社2008年版，第188页。

以口语入诗的另一表现，是在袁宏道的诗歌中有大量的问句，可以说是直接把日常生活中主客双方的问答或自己头脑中的疑问挪用到了诗歌之中。如"金陵居可买，是否作佳邻?"（《丘长孺》），"歌喉络飞珠，谁家佳姊妹?"（《雪夜感怀，同黄道元作》），"万人齐敬仰，菩萨今何在?"（《仲春十八日宿上天竺》），"西家有个如花女，可得将来有缘人?"（《湖上迟陶石篑戏题》），"溪深六七寻，山高四五里。纵有百尺钩，岂能到潭底?"（《严陵》其一），等等。这些诗歌没有"奇字奥句"，不会像复古文人的诗歌一样，用"霸岸"代替"杨柳"，用"蟾魄"指代月亮，用"雁字"指代信函，更不会"嫌时制不文，取秦、汉名衔以文之，观者若不检《一统志》，几不识为何乡贯矣。"① 这些诗歌更像是"街谈巷语"，通俗易懂，明白如话，朗朗上口，诵之于野夫村妇，也即刻通晓。

在以俗语口语入诗的实践上，袁宏道是积极力行者。而在袁宏道之前，如徐渭、李贽等性灵文人，也都积极地倡导在进行文学创作时，着重表现事物的真相、本色，不能因为追求形式和词藻而舍本逐末。如徐渭在论述戏曲创作时说，"语入要紧处，不可着一毫脂粉，越俗越家常，越警醒。此者是好水碓，不杂一毫糠衣，真本色。"② 李贽也极力赞赏在写作时要使用"上人所不道，君子所不闻""至鄙至俗，极浅极近"的"街谈巷语，俚言野语"，认为这样的语言出自"童心"，是个人性情的真实、自然流露，也只有这样的语言，才能真正地实现"辞达"。③

其次，以散文形式写诗。

---

① （明）袁宗道：《论文》（上），载《白苏斋类集》卷20，上海古籍出版社2007年版，第284页。

② （明）徐渭：《题昆仑奴杂剧后》，载《徐渭集》第4册，中华书局1983年版，第1093页。

③ "童心既障，于是发而为言语，则言语不由衷；见而为政事，则政事无根柢；著而为文辞，则文辞不能达。"（明）李贽：《李贽文集》，《焚书·续焚书》卷3，《童心说》，社会科学文献出版社2000年版，第92页。

"一变而去辞，再变而去理，三变而吾为文之意忽尽。"① 过多的酝酿斟酌，反而不利于诗情的流畅表达，因此在诗情勃发，"涨水思决""冲口而出"之时，不仅诗歌的语词要信手写出，"如谚语所谓开口见喉咙者"（唐顺之《又与洪方洲书》），诗歌的呈现形式，如"句法、字法、调法"之类，也如涨水般"一一从胸中流出"②。这就使性灵文人的诗歌创作不仅使用口语俗语等本色的语言，同时在表现形式上，也随意地选择适合自己情绪的表达方式，而不拘于固定的诗体、律度等规则，一切都以真性情的抒发为最终目的。这一诗学理念，使性灵文人的诗作中，出现了散文化表达的倾向。试举几例：

　　朝看一瓶花，暮看一瓶花，花枝虽浅淡，幸可托贫家。一枝两枝正，三枝四枝斜；宜直不宜曲，斗清不斗奢。傍拂杨枝水，入碗酪奴茶。以此颜君斋，一倍添妍华。

　　　　　　　　　　　　　　　　——《戏题黄道元瓶花斋》③

　　云缕缕，山絮絮。寒欲来，暖先据。洗山山骨新，洗花花色故。寄言行雨儿，莫下山头去。

　　　　　　　　　　　　　　　　——《祝雨》④

　　西施山，一片土。不惜金作城，贮此如花女。越王跪进衣，夫人亲蹑鼓。买死倾城心，教出迷天舞。一舞金闾崩，再舞苏台坼。槌山作馆娃，舞袖犹嫌窄。舞到人差愁破时，越兵潜渡越来溪。

　　　　　　　　　　　　　　　　——《西施山》⑤

---

① （明）袁宏道：《行素园存稿引》，载《袁宏道集笺校》卷54，上海古籍出版社2008年版，第1570页。
② （明）袁宏道：《答李元善》，载《袁宏道集笺校》卷22，上海古籍出版社2008年版，第763页。
③ （明）袁宏道：《戏题黄道元瓶花斋》，载《袁宏道集笺校》卷3，上海古籍出版社2008年版，第140页。
④ （明）袁宏道：《祝雨》，载《袁宏道集笺校》卷8，上海古籍出版社2008年版，第353页。
⑤ （明）袁宏道：《西施山》，载《袁宏道集笺校》卷8，上海古籍出版社2008年版，第363页。

　　这些诗歌的句式平白流畅，变化多样，不拘于格套，以流动的语言表现灵动的心思，体现出了明显的散文化特点。性灵文人不以格套束缚真情，而大胆地"言人所欲言""言人所不能言""言人所不敢言"①。除了在表现内容及语词上的开拓外，性灵文人积极地尝试不同的诗歌体裁，以袁宏道为例，在其文集中，不仅有拟古乐府、五古、七古等古体诗，有五律、七律、绝句等近体诗，此外还有大量的二言、四言、六言、九言相交叉的杂体诗。这些灵活多变的诗歌形式，可以说都是"信腕直寄"思想的产物。

　　"信腕直寄"的写诗方式确实给当时走投无路的明代诗坛吹来了一股清新之风，正如《四库全书总目提要》所言："变板重为轻巧，变粉饰为本色，致天下耳目一新。"但不得不说的是，以"信腕直寄"的方式进行诗歌创作，则难免出现"露"及"疵处"，对于这两点潜在的缺陷，性灵文人有着一种"敝帚自珍"的袒护。例如，江盈科把内含自我之真精神但在表达上有所欠缺的诗歌比作"鸡之羽""雀之尾"，他认为："山鸡自爱其羽，孔雀自爱其尾，少或摧残，不胜怜恤"（《雪涛阁集自序》）。袁宏道也认为情至之语是诗歌可以流传的必备条件，对于别人"太露"的指责，他认为"但恐不达，何露之有"，反而极喜其"本色独造语"的疵处。② 这种对于"本色之言"及"信腕直寄"的表达方式的极端偏爱，其本源还来自对人之"真性情"的极端推崇。

二　发之于诗，若哭若骂

　　"迫而呼者不择声"的诗情表达方式，在性灵诗人不仅表现在当"涨水思决"之时，诗人"野语街谈随意取"，不拘于旧

---

① "真者，识地绝高，才情既富，言人所欲言，言人所不能言，言人所不敢言。"见（明）袁宏道《潇碧堂集序》，载《袁宏道集笺校》附录 2，上海古籍出版社 2008 年版，第 1695 页。

② （明）袁宏道：《叙小修诗》，载《袁宏道集笺校》卷 4，上海古籍出版社 2008 年版，第 187—189 页。

有格套的束缚，更不会刻意去模仿古人，考虑某篇似某，某体似某，而完全跟随自身的情绪调动诗歌的语词、句法、调法等形式。同时，"迫而呼者不择声"的诗情表达方式，还表现在当诗人情不可遏之时，任性而发，不暇择音，喜便大喜，哀便大哀，怒便大怒，不以礼制情，不以理节情，从而使诗歌呈现出一种情感激荡的鲜明特色。

袁宏道在《叙小修诗》中评价其弟袁小修的诗歌作品时说：

> 盖弟既不得志于时，多感慨；又性喜豪华，不安贫窭；爱念光景，不受寂寞。百金到手，顷刻都尽，故尝贫；而沉湎嬉戏，不知樽节，故尝病；贫复不任贫，病复不任病，故多愁。愁极则吟，故尝以贫病无聊之苦，发之于诗，每每若哭若骂，不胜其哀生失路之感。予读而悲之。大概情至之语，自能感人，是谓真诗，可传也。①

在袁宏道看来，小修诗歌之"真"，正表现在其以性情写诗，用生命写诗。小修把生活中"贫复不任贫""病复不任病"的情感体验如实地反映到诗歌之中，使其诗歌如其人一般"若哭若骂"，读之令人悲伤、让人动容。这些"感人"的"真诗"，虽是直露的、任性的、无所顾忌的，与传统温柔敦厚的诗教和含蓄蕴藉的审美风格大不相同，但因为其是"性灵"之真实表现，所以可贵、可传。

袁宏道对于这种情感激荡的诗歌表达方式，有着一种特殊的偏爱，他对于徐渭的欣赏，很重要的一个原因就是徐渭诗歌中所呈现出来的那股"不可磨灭之气"。虽然袁宏道在徐渭去世二十年之后才偶然读到其诗集，两人素昧平生，相识于文字之后，但徐渭诗歌中的生命力量让袁宏道"读复叫，叫复读"，直至"童仆睡者皆惊起"，恨相识之晚，恨不能把臂相见。在《徐文长传》中袁宏道这样写道：

---

① （明）袁宏道：《叙小修诗》，载《袁宏道集笺校》卷4，上海古籍出版社2008年版，第188页。

　　　　其胸中又有勃然不可磨灭之气,英雄失路托足无门之
　　悲,故其为诗,如嗔如笑,如水鸣峡,如种出土,如寡妇之
　　夜哭,羁人之寒起。①

　　这种"如咳如笑""如水鸣峡""如种出土""如寡妇之夜
哭""羁人之寒起"的诗歌风格,与小修"若哭若骂,不胜其哀
生失路之感"的风格有着异曲同工之妙。他们两人的情感表现都
是敞亮、奔放、激荡的,而非隐曲、压抑、含蓄的。对理想的狂
热、对现实的悲愤以及生活中"一切可惊可愕之状",皆可达之于
诗。如朋友遭难,则边哭边击木而歌:"泪尽南天哭不回,李生真
是可怜才"②;送别朋友则"不能偕我飞,一顾一悲呖";③ 思念亡
妻则"怜羁雄,嗤恶侣,两意茫茫坠晓烟,门外乌啼泪如雨";④
相遇知己则"无人理,向予道,今夜逢君好欢笑";⑤ 自我表白则
"饥肠宁自断,强项可教低"⑥;赞赏朋友的高傲倔强则"掷槌不
肯让渔阳,猛气犹能骂曹操"⑦。可以说,世道的不平和生命的激

---

① (明)袁宏道:《徐文长传》,载《袁宏道集笺校》卷19,上海古籍出版社2008年版,
第716页。
② "泪尽南天哭不回,李生真是可怜才。生刍解识徐家物,死梦应寻范式来。紫气镆干
埋不得,青枫刺绣任成灰。知君去证金环果,戏取杨花李上开。"(明)徐渭:《李子
遂死,予设位哭之,遂击木而歌此》,载《徐渭集》第一册,中华书局1983年版,第
251页。
③ "高垣沼我驱,棘刺长如荻,松柏年十寸,至今长五尺。一朝锤笼藩,小鸥决蓬翼,忽
逢东来鸿,相煦以双翼。逝焉渺长江,别子当几日,不能偕我飞,一顾一悲呖。"(明)
徐渭:《答和公旦二首》,载《徐渭集》第一册,中华书局1983年版,第77页。
④ "伯劳打始开,燕子留不住,今夕梦中来,何似当初不飞去? 怜羁雄,嗤恶侣,两意
茫茫坠晓烟,门外乌啼泪如雨。"(明)徐渭:《述梦二首》,载《徐渭集》第一册,
中华书局1983年版,第120页。
⑤ "少年定是风流辈,龙泉山下鞲鹰睡。今来老矣恋胡狲,五金一岁无人理。无人理,
向予道,今夜逢君好欢笑。为君一鼓姚江调,鼓声忽作霹雳叫。掷槌不肯让渔阳,猛
气犹能骂曹操。"(明)徐渭:《少年》,载《徐渭集》第一册,中华书局1983年版,
第138页。
⑥ "难免是栖栖,惟君不乞醯。饥肠宁自断,强项可教低。小警闻古北,高谈到日西。
无知信天道,伯道竟无兄。"(明)徐渭:《哭王丈道中》,载《徐渭集》第三册,中
华书局1983年版,第745页。
⑦ (明)徐渭:《少年》,载《徐渭集》第一册,中华书局1983年版,第138页。

情，交融在徐渭的诗歌之中，使他的诗歌作品带着明显的宣泄意味，同时也给人以悲慨淋漓的切身之感。

在"迫而呼者不择声"的诗情表达上，性灵文人们的观点如出一辙。除袁宏道以外，李贽、徐渭、袁宗道、袁小修、钟惺、谭元春都有类似的表述。如李贽认为世间"真能文者"，绝对不是"有意为文者"，而是"胸中有如许无状可怪之事，其喉间有如许欲吐而不敢吐之物，其口头又时有许多欲语而莫可所以告语之处"，① 这些情感积聚在诗人的内心之中，一旦被触动，就"夺他人之酒杯，浇自己之块垒。"情到深处则"发狂大叫，流涕恸哭，不能自止。"② 而对于自己的著作，李贽在《答焦漪园》中自言："《李氏焚书》，大抵多因缘语、忿激语，不比寻常套语。"③ 显示了他对于这一观点从理论到实践的一以贯之。徐渭则从接受的角度认为，真正兴观群怨的作品是"果能如冷水浇背，陡然一惊"，其实强调的也是文学作品震撼人心的激情生命力。袁宗道在《论文》中也强调情感淋漓尽致的抒发："故大喜者必绝倒，大哀者必号痛，大怒者必叫吼动地，发上指冠。"④ 袁中道把自己的诗集命名为《楚狂之歌》，其中对屈原"忿忍之极""劲质而多怼，峭急而多"的诗文风格的喜爱已是不言而喻。钟惺和谭元春更是特别看重诗歌中的"清响哭语"，他们认为悲伤哀怨的诗作实是"彼皆愿在愁苦疾痛中求为一快"。他们的诗歌也被后人评为"故隐其抑郁激切之旨，发为幽微凄苦之音"⑤。在他们看似冲淡的"幽情单绪"背后，其实隐藏着一股强烈的发愤不平之气。

众所周知，文学是人学，其实诗学理念的背后，也同样有着

---

① （明）李贽：《杂说》，《焚书·续焚书》卷3，《李贽文集》，社会科学文献出版社2000年版，第91页。
② 同上。
③ （明）李贽：《答焦漪园》，《焚书·续焚书》卷1，《李贽文集》，社会科学文献出版社2000年版，第7页。
④ （明）袁宗道：《论文》，载《白苏斋类集》卷20，上海古籍出版社2007年版，第285页。
⑤ 道光元年《天门县志》卷22。

个体生命精神的支撑和体现。正如小修"若哭若骂"的诗歌背后，是其无法宣泄的"哀生失路之感"，徐渭"如咳如笑"的诗歌背后，隐藏着其无以排遣的"托足无门之悲"。在性灵文人自由奔放、激流澎湃的诗歌情感表现背后，伫立着的正是一个个桀骜不驯的生命个体。他们高标自我、恣肆情欲、高扬个性、睥睨成法，用一种"狂者"的姿态生活，用一种"狂者"的生命写诗，其诗歌自然就呈现出一种与众不同的或悲或喜、或哭或骂的"狂者"气象。这也从另一侧面反映了性灵文人"人文合一"的鲜明特点。

小　结

对性灵文人的诗歌创作评价在历史上褒贬不一，差异很大。誉之者称其为"王、李之云雾一扫，天下之文人才士始知疏沦心灵，搜剔慧性，以荡涤摹拟涂泽之病，其功伟矣"；贬之者批之为"惟恃聪明""矜其小慧，破律而坏度，名为救七子之弊，而弊又甚焉"。从这些语言表面来看，性灵诗歌的得与失，存在于与王、李等复古文人的诗歌比较中，是"性灵"与"复古"之间的矛盾。确实，任何艺术家或思想流派的存在意义，并不能单独拿来定位，其意义和重要性，存在于与其他艺术家或思想流派的对照比较中。但需要注意的是，这一对照和比较，并不仅仅是同时代之间的，它的更为重要的改革或开创意义，更应该是在整个历史传统中所扮演的与众不同的角色。

如果我们把"复古"和"性灵"同时放进历史的长河中就会发现，它们之间所存在的矛盾和纠纷，其实也是文学的历史上一直存在的"斯芬克斯之谜"。这个难解的谜题就是：一个作家是应该如艾略特所说，随时不断地放弃当前的自己，去归附更有价值的东西，还是应该始终保持自己的独立个性，永远彻底地做最本真的自我？① 与之相对应的，在审美效果的追求上，我们是要真实的卑下还是虚伪的崇高？是要本色的粗陋还是粉饰的华丽？

性灵文人的立根之本，就在其对"真我"毫无保留的推崇。人即为万物之灵，那么"人之喜怒哀乐嗜好情欲"都应得到合理的表达，所以诗文的优劣不在古今，而在是否如实地表达了自己的情感——即使这种感情不被外界所承认。从这一层面来说，性灵文人可被称为"个性派"。确实，不管在艺术创作还是在日常生活中，我们都应该尊重自己自然而自由的天性，这是无可置疑的。如果没有来自灵魂深处那镌刻着自我独立而深邃天性的创作愿望或创作冲动，任何艺术的独创性与创造力都无从谈起。追求一种特立独行的审美效果和精神面貌，是大多数艺术家孜孜以求的，这也是判断艺术家及其艺术作品是否成功的标志之一。

但同时，很多学人又秉持着这样一种观点："艺术的感情是非个人的"，"诗不是放纵感情，而是逃避感情，不是表现个性，而是逃避个性。"② 这种观点认为，艺术创作想要获得成功，必须不断地锻造自己，去传统中汲取营养，去传统中汲取力量。特别是如艾略特所说，一个诗人如果 25 岁以后仍想继续诗歌创作的话，他就必须有强烈的历史意识，他"不但要理解过去的过去性，而且还要理解过去的现存性"，他有责任使一国的文学保持一种从源头开始的整体的"统一性"。所以优秀的作品"不仅最好的部分，就是最个人的部分也是他前辈诗人最有力地表明他们的不朽的地方"。③ 虽然使用的是不同的语言，但明代的复古文人们的诗歌创作观点，与之显然有着极为相通的地方。不管是他们所主张的"文必秦汉"还是"诗必盛唐"，都是希望延续传统、恢复传统。从这一层面来讲，复古文人可被称为"传统派"。

_____

① （艺术家）"就得随时不断地放弃当前的自己，归附更有价值的东西，一个艺术家的前进是不断地牺牲自己，不断地消灭自己的个性。"［英］艾略特：《艾略特诗学文集》，王恩衷编译，国际文化出版公司 1989 年版，第 4 页。

② ［英］艾略特：《艾略特诗学文集》，王恩衷编译，国际文化出版公司 1989 年版，第 8 页。

③ ［英］艾略特：《艾略特诗学文集》，王恩衷编译，国际文化出版公司 1989 年版，第 2 页。

　　于是，历代的评论者对于"性灵"和"复古"褒贬不一的态度，归根结底是对于创作应该保持"个性"还是继承"传统"的看法有别。忠实地拥护某一方都会被视为偏激或极端，而各取一长又会被认为是艺术的"投机者"，这也正是难题诞生的过程。很显然，人虽为万物之灵，但"人生风土不同，禀受则有殊异，是有贤愚不等"。因此并非任何人的任何情感都可以如实地写进诗歌之中，稍不留神，诗歌就可能会沦为"卑劣"的帮凶或无人能懂的呓语，性灵文人正是在某种程度上犯了这一毛病。但同时，如复古文人般，试图违背自己的人文本性去模仿、伪装、矫饰前人曾经有过的高尚和真诚，其创作只会显得拙劣、虚华、没有价值和生命力，这正是复古文人存在的弊端。

　　其实，个体的真诚之本性永远值得尊重，而有价值的传统也永远值得归附，两者之间并不存在必然的冲突和矛盾。我们所要做的是出于本心本性的自然归附，而非有违于本性的虚假附和。或许，我们所要做的，不是要求创作者如何规范自己的创作过程，而是追求一种"共享性"的审美效果。只要创作者所奉献出的是读者能分享、能参与其中、能带来阅读的愉悦，进而能超越现存的自我、一步一步迈向更为自由和广阔的精神空间，这就是一部成功的作品。

第四章　性灵诗情形成的历史和现实原因

　　任何思想的存在，都绝不是一个孤立的文化现象，更不会是历史的偶然事件，它的发生和发展，是诸多因素在融合、反思、综合、沉淀过程中由量变引起质变的飞跃，是传统与当下、文化与经济政治，包括时代精神和人们思想心态的综合反映。可以说，任何新的思想中都流淌着古老、淳厚的传统文化血液，但同时又是凤凰涅槃后不可替代的唯一性存在。因而，在对某一种思想或思潮进行探索时，我们应尽量避免直线型的单向思维，而应该采用具有广阔包容性的"圆形"思维模式，只有如此，才可以较为全面和深刻地了解这一思想的真正内涵。"性灵"诗情，作为中国诗学史上的一种特殊的精神文化现象，它的产生和发展，不仅有着历史的渊源，也有着现实的推动，不仅有着哲学的影响，也有着文学的渗透。可以说，各种因素的相互影响和成全，才最终促成了性灵文人及性灵诗情的历史登场。因而，对影响性灵诗情产生的历史和现实成因进行分析，不仅有助于对性灵诗情的意义和内涵有一个完整的把握，同时也有助于了解性灵诗情背后的文化生态，窥见性灵诗情在中国诗情史上的共通性和特殊性。

第一节　文治文化背景下的"重情"诗学理念

文治文化背景下的"重情"思想有着鲜明的特殊性，它一方面极为重视情感在人们的生活中所扮演的重要角色，将之无限拔高，上升为世界和艺术存在的本源。但同时，统治者们又深刻了解"情"所具有的对人心不可控制的煽动和蛊惑能力，于是又不敢有丝毫懈怠地以"理"节之，以"礼"治之。于是，在中国的传统文化中，"情"就遭遇着无限"重情"而又无限"节情""治情"的冰火两重天的待遇。而这种分裂，正是孕育"性灵"诗情的历史土壤。

一　"重情"诗学理念与"抒情传统"说辨析

之所以用"重情"诗学理念而不用"抒情传统"，是因为在中国文学史上，并不存在纯粹的、类似于西方的"抒情传统"。在最古老的诗歌里，存在"母也天只，不谅人只"的抒情直白，屈原也可以算作一位地道的抒情诗人，但"发乎情，止乎礼义"的中国正统诗学理念阻断了曾经自发形成过的抒情诗歌创作。在此后的诗歌发展中，虽然"情"一次次地突围，在中国的诗歌创作里逐渐获得了"主体性"和"本体性"的地位，但这种情感的表达，与现代意义上所说的"抒情"其实有着巨大的差别。

"抒情传统"这一概念，在20世纪50年代，由美籍华裔汉学家陈世骧率先提出后，先是风靡于港台地区，稍后在大陆学界也产生了较大的影响。"从20世纪60年代至90年代，抒情美学传统成为台湾和北美中国文学研究中理论化程度最高的学术话语，成为中国文学研究最有成果的研究取向。"① "抒情传统"这一概念之所以能得到这样广泛的接受和推崇，是因为它道出了中

① 刘毅青：《作为文化认同的抒情美学传统》，《中国文学研究》2011年第4期。

国文学和文化内在的连续性和传承性。正如张淑香所说："中国抒情传统是源自本身文化中，一种强固的集体共同存在的感通意识。"① "抒情传统"因此得以与西方以史诗和戏剧为代表的叙事传统区别开来，具有了与西方文学相比独立、平等的地位。这让当时沉迷在西方话语中的中国文人重新找到了文化认同感和文化自信心，并由此开启了中国古典诗学研究的新路向。所以，陈世骧在《中国的抒情传统》这一"宣言书"中宣称："中国文学的荣耀并不在史诗；它的光荣在别处，在抒情的传统里。"② 把诗歌作为中国文学的主体，并将之称为"抒情传统"以区别于以叙事为特征的史诗和戏剧，确实在文体学上具有一定的合理性。这种分类方法适用于不同国别不同文体的比较，有益于我们了解中国文学自身的总体特色。但不得不说的是，把不同国家的不同文体进行比较研究，只能算是一种"粗枝大叶"的比较方法，在这种大略的比较之后，需要进一步走向细化和深化，即相同文体间的差异性比较，只有这样，才更能精确认识各国文学的特色。因此，不仅对中西诗歌的共相进行研究，更对两者之间的差异性进行探寻，是更好地认识我国诗歌特色的方法。从这一基础上来讲，如果仍把我国古代诗歌的特征用"抒情"这一西方理论术语来概括，就显得不是那么的精当了。

谢林在其《艺术哲学》中这样概括抒情诗："抒情诗是最富主观性的诗歌，自由在其中必然居于主导地位。这是一种强制性最小的诗歌。它可以最无所顾忌地背离习见的思维连贯性，而且只是要求诗人或听者心灵中的关联，而并非要求具有客观性（即外在性）的关联。"③ 从这一角度来讲，中国的传统诗歌并不符合这些特征。"自由"对于传统诗人来说几乎是不可想象的事情，传统的诗歌也总是背负着太多外在的包袱，这种"不自由"一方

---

① 张淑香：《抒情传统统的本体意识——从理论的"演"解读〈兰亭集序〉》，载《抒情传统的省思与探索》，（台北）大安出版社 1992 年版，第 41 页。
② 陈世骧：《中国的抒情传统》，载《陈世骧文存》，辽宁教育出版社 1998 年版，第 2 页。
③ ［德］谢林：《艺术哲学》，魏庆征译，中国社会出版社 1996 年版，第 313 页。

面是社会的外在强制，另一方面，很多的文人也自动接受甚至主动追随这种"强制"，而"最无所顾忌"的表达，在中国传统诗歌史上，更是无从谈起。在西方文学中，对诗歌的自由抒情特征认识，是大多数学者的共识，如歌德认为诗歌是"情绪激昂的形式"①，赫尔德说诗歌是充满热情的语言：

> 诗，它是感官上的最富有表现力的语言，它是充满热情的并且是能唤起这种热情的一切东西的语言，是人们经历过、观察过、享受过、创造过、得到过的想象、行动、欢乐或痛苦的语言，也是人们对未来抱有希望或心存忧虑的语言——这样的语言怎么可以是不感人肺腑的呢？……如同磁石吸铁，如同是电火花渗透，无所不在，不可阻挡地一往直前，或者如同柔和的火红的阳光，所有的一切在这里变成光，在那里变成热，于是，到处充满着美，光辉，色彩，春天，生命，真正的、纯粹的、朴素的、神奇的诗的艺术正是这样来影响每一个人和民族。②

如果用这段描述比照中国的传统诗歌，就会看到中西抒情方式的明显不同。如同"光"或"热"一样的震撼人心的力量在中国传统诗歌整齐的句式、固定的声律和审慎的用语中是很难感受到的。但这种力量并非不存在于中国传统诗歌中，而是必须经过读者细细地品味、深沉地思索，透过"风平浪静"的语言和形式表层，才能窥见海洋底层的波涛汹涌。

总之，如果说西方的抒情诗是一把"燃烧的火焰"，耀眼、炽烈，那中国的抒情诗更像一条"缓缓流淌的小溪"，绝美、孤独。在情感的表达上，中国文人的主观性、个体性情感从没有做

---

① ［德］歌德：《论文学艺术》，范大灿等译，《歌德文集》第10册，上海人民出版社2005年版，第249页。

② ［德］赫尔德：《论诗的艺术在古代和现代对民族道德的作用》，载《欧美古典作家论现实主义和浪漫主义》，中国社会科学出版社1983年版，第272—275页。

到真正自由的抒发，并不符合"抒情诗"的定义，因此，与其称之为"抒情传统"，不如称之为"重情"诗学理念更为合适。

二 文治文化背景下的"重情"诗学理念

在中国的文学传统里，诗歌从来就不只是它自己。

首先，诗歌是"天下之政事"。孔颖达在疏解《毛诗序》时有这样一段话：

> 一国之政事善恶，皆系属于一人之本意，如此而作诗者，谓之风。言道天下之政事，发见四方之风俗，如此而作诗者，谓之雅。言风、雅之别，其大意如此也。"一人"者，作诗之人。其作诗者，道己一人之心耳。要所言一人心，乃是一国之心。诗人览一国之意，以为己心，故一国之事系此一人，使言之也。但所言者，直是诸侯之政，行风化于一国，故谓之风，以其狭故也。言天下之事，亦谓一人言之。诗人总天下之心，四方风俗，以为己意，而咏歌王政，故作诗道说天下之事，发见四方之风。所言者，乃是天子之政，施齐正於天下，故谓之雅，以其广故也。风之与雅，各是一人所为，风言一国之事系一人，雅亦天下之事系一人。①

"一国之事系一人""天下之事系一人"，这是诗人的责任，也是诗歌的使命。诗歌从诞生之初，就与政治有着割舍不清的关系，这是中国诗歌的一个最鲜明的特色。这种特色成就了中国的传统诗歌，也在一定程度上限制了它可能会有的无限发展可能。"诗言志"这一最悠久的诗学概念，就是在这种理念背景下的产物。古代的文人们虽然力图为"志"注入尽可能多的情感要素，但这种情感绝不是纯粹的个人情感或自然的审美情感，而是必须在本质上体现出统治阶级的正统意志和主体精神的情感。

---

① （唐）孔颖达疏：《毛诗正义》（上），李学勤主编，北京大学出版社 1999 年版，第 19 页。

其次，诗歌是"敷德教于下"的工具载体。魏徵在《隋书·文学传序》中说："文之为用，其大矣哉！上所以敷德教于下，下所以达情志于上；大则经纬天地，作训垂范；次则风谣歌颂，匡主民和。"① 诗歌"敷德教于下"的道德教化功能，是诗歌的另一使命，它与诗歌"言天下之政事"的政治功能，有着同样悠久的历史。《毛诗序》中曰："风，风也，教也；风以动之，教以化之。"用诗歌来对上进行讽，对下进行教，进而使国民"温柔敦厚而不愚"，是与诗歌的政治功能并重的另一重要使命。正如韩经太所说："理学家所予文学主体的告诫，并不是作文的方法和文章风格的规范，也不是选材设题的标准和运思构想的规律。而实在是教给他怎样实现对人生和世界的终极关怀——道德的终极关怀。"② 鉴于此，中国的传统文人在进行诗歌创作时，总是主动为其情感做一番道德的装饰，使其呈现出圣人的光辉。

最后，诗歌还是文人"声名自传于后"的价值证明。曹丕《典论·论文》有言："寄身于翰墨。见意于篇籍，不假良史之辞，不托飞鸿之势，而声名自传于后。"在文治文化的传统中，诗歌不仅是文人进入仕途的晋升阶梯、光宗耀祖的终南捷径，更是其存在价值的最好证明，是继"立德、立功"之后生命不朽的最佳方式。在这种意识主导下，文人之间相互切磋诗艺时，一些文人逐渐开始注重诗歌的美感追求，这为诗歌的审美和独立开拓出了广阔的空间，是对诗歌回归自身的贡献。但另一方面，由于存在对"声名自传于后"的自觉认识，在抒发情感之时，诗人们总会刻意去除可能会影响到自身形象的因素，而尽可能地塑造出一个理想的完美人格，这种情感表现虽然相较于前两种已经呈现出自我的影子，但仍然经过了包装，显得不是那么纯粹。

总之，"夫诗以道性情，感志意，关风教，通鬼神，伦常物

---

① 王筱云、韦凤娟：《中国古典文学名著分类集成：文论卷》(1)，百花文艺出版社1994年版，第134页。
② 韩经太：《理学文化和文学思潮》，中华书局1997年版，第53页。

理，无不毕具"。① 在古代社会里，诗可以是一切，却唯独不是它自己。也由于这个原因，"中国诗文美感形态的追求，自古就不是纯粹的美学风格问题，而是一种道德形态、人格境界乃至本体意蕴的呈现与'言说'方式。追求何种美感形态，是个政治上、道德上、意识形态上和人生境界的修炼上'正确'与否的问题"②。

因此，虽然我们可以看到一条从先秦到清末的"重情"线索，但这种情绝不是可以自由言说的情，而是经过了种种的限制或装饰。如儒家着重讲情之"正"，孔子说"《诗三百》，一言以蔽之曰：思无邪"（《论语·为政》），无邪之情，是一种纯正之情，它可以包括孔子所强调的"仁、义、礼、智、信"或"恭、宽、信、敏、惠"，但绝不是可以依本性言说的个体自然之情。道家则强调情之"真"，庄子说："真者，精诚之至也。不精不诚，不能动人。故强哭者虽悲不哀，强怒者虽严不威，强亲者虽笑不和。真悲无声而哀，真怒未发而威，真亲未笑而和"（《庄子·渔父》），庄子强调情感之"真"，似乎比儒家的情感之"正"更为接近情感的本质，但他又把这种情感放到了一种虚无之中，所谓"事亲以适，不论所以矣；饮酒以乐，不选其具矣；处丧以哀，无问其礼矣"（《庄子·渔父》），其实是否定了除情感本身以外的一切形式，诗歌作为情感的外在呈现形式，自然与饮酒的器具、处丧的礼仪一样，是一种"世俗之所为"。因此，不管是儒家的"情"之"正"，还是道家的"情"之"真"，在实际中都不利于情感在诗歌中的自由言说。

所以，在传统文学中，诗歌可以是"天下之政事"的表述，是"敷德教于下"的教化工具，是文人"声名自传于后"的价值证明，甚至上可通神通鬼，下可修身养性，但诗歌从来没有真正做到过自己。或者说，在中国这个国度里，诗本身就是政事，就

① 叶燮、薛雪、沈德潜：《原诗·一瓢诗话·说诗晬语》，郭绍虞主编，人民文学出版社1979年版，第90页。

② 彭亚非：《中国正统文学观念》，社会科学文献出版社2007年版，第293页。

是道德，就是教化，就是真、善、美的言说载体。因此，情感在诗歌中也就从没有实现可以自由"抒"发的目的，像西方一样直白的"抒情传统"在中国诗歌史上并不真正存在。

三　中国传统文学"重情"诗学理念的表达特点

情感的性质不同，决定了中西诗歌有着不同的表达特性。首先，中国诗人的情感表达方式是一种"呈现"，"不是使情感表达自白化，而是使情感表达对象化"。① 在文治文化的影响下，中国诗歌中的情感不适于直接的表达，而总是受到节制，或通过隐喻的方式呈现出来。比如声律、对偶、诗体（五言、七言、绝句）等，都在一定程度上压制了情感抒发的直接性、自然性和随意性等特点，在实践上对诗歌的情感表达起着一种控制的作用。如李白很少写律诗，并且他经常突破五七言的诗体形式，就是试图把自身的情感通过更为自由的诗歌形式表达出来。但很少有诗人能具备李白的天才诗情，在这样的情况之下，多数文人选择把诗歌通过一系列"文构化"之后委婉地"呈现"出来。这本是文人在诗情表达上寻求的突破，却无意探索出了诗歌的审美之路。正如彭亚非所说："诗歌史由言志辅政、到抒情泄愤、到铺排藻绘、到绮丽动人、到天然清新的发展过程。就其美学性质而言，是从文治政用写作、到主体审美性表达、到只重文构的文艺性美感和娱乐性美感、到讲究艺术效果和文体美感形态的过程。因为文学写作的叙事性追求已经为文治政教文化所给定，缺乏自由拓展的人文理由与文化空间，所以审美文学观最终的关注重点，便只剩下了审美形态的高低上下之争了。"②

其次，西方的优秀抒情诗涉及的题材范围很广，特别是关于自由和爱情的题材居多，甚至可以说，西方优秀的抒情诗歌多是爱情诗。而这两种题材在中国的诗歌史上却是不可以"登堂入室"的，超越王权制度的"自由"情感自然不可想象，即

① 彭亚非：《中国正统文学观念》，社会科学文献出版社 2007 年版，第 347 页。
② 同上书，第 287 页。

使爱情——人类最重要的情感之一，也是不可以大大方方言说的。爱情诗创作只是作为文人的娱乐方式之一，是一种供文人闲暇玩赏的玩物而已。所以，中国很少有像白朗宁夫人的《我怎样爱你》①那样的"如果上帝让我去死，我会接受，但死后我会更加爱你"的深情告白，而大多只是"辗转反侧"的浅吟低唱。不仅是在表达的方式，在内容上中西方之间也有着很大的差别，西方爱情诗多为自由恋爱的直率告白、大胆追求和浓烈相思，情感较为纯粹。而中国的爱情诗虽然也有婚前的追求和思恋之诗，但大多是离别的痛苦或被抛弃的愁怨，并且爱情总是与功名事业和家庭伦理联系在一起，显得不是那么纯粹。

　　总体说来，西方的"抒情"重在以直白的方式抒发"一己之情"，这种情感是关乎诗人个体喜怒哀乐、爱恨情欲的真切歌唱，有个体性、有特殊性；而中国的抒情诗中表达出的大多是人类的一般性的普遍情感——离别的相思、难以把握的流逝光阴、家国的爱、战争的痛、对生存和死亡的迷惑……诗人不是为自己而歌，而是"替人歌唱"者。

　　这种"重情"诗学理念一直延续了几千年，概而言之，它的特点一方面表现为以情感为自然、生命、文学等的本体，认为"情"是万物的本源、生命的本质、艺术的源泉，但在另一方面，却又为情加上一层层的外衣，不允许其暴露出最真实的面貌，以理节情，以礼治情。具有这种特征的"重情"理念，可以说是孕育出明代性灵诗情的历史文化之因。这种影响表现为传承和反叛两个方面。从传承的角度来讲，明代性灵文人对情的无限张扬，是有着其深厚的历史原因的，流传了几千年的"重情"理念，为

---

① ［英］伊丽莎白·巴莱特·白朗宁（Elizabeth Barrett Browning）：《我怎样爱你》（阮一峰译）。我怎样爱你？让我来告诉你。/我用我灵魂所能达到的极限来爱你，/就像在黑暗中感受/生命的尽头和上帝的恩惠。/我爱你，是日光和烛光下/最基本的需要。/我不拘无束的爱你，就像人们为权利而斗争。/我无比纯洁的爱你，就像人们不为赞美而陶醉。/我爱你，我的深情不再留给往日的悲伤，/我爱你，用我童年的信念，/我爱你，就像爱那些天上的圣人，/我爱你，用我生命中所有的呼吸、微笑和泪水，/如果上帝让我去死，我会接受，/但死后我会更加爱你。

他们高举"世总为情"的大旗奠定了坚实的理论基础和群众基础。而从反叛的角度来讲，"重情"而不能自由地"抒情"的限制压抑了中国文人几千年，这期间虽有着从"言志"到"缘情"的突破，但始终没能真正打破这个牢笼。于是，历史的传统与转折在这里交汇，性灵文人有幸处于这个新旧交替期，并不负众望地把握住了时代的命脉。

第二节 特殊社会环境下的"生逢其时"

除了上一节谈到的割而不断的重情传统外，催生性灵诗情产生的另一重要原因，就是明代文人的身份地位、价值观念所发生的重大变化。这些变化影响着诗歌的功能和诗歌在社会文化结构中的位置，并进而影响了诗学理念，最终促使了"性灵"诗情观念的产生。

一 政治夹缝中正统身份意识的消解

政治地位的变化，是明代文人身份所发生的改变之一。明太祖朱元璋在制度上的严刑峻法和对于官吏的苛刻态度，虽然多受历史学家的指责，但不得不说它在一定程度上保证了天下初定时的安稳和百姓的安居生活。[①] 按现代的思维来讲，不管是君臣之争还是党派斗争，这些都是政治事件，对文学艺术等可能会有影响，但大多是作为文学创作的故事背景或者历史小说的写作题材而出现。文人和文学创作在当代社会具有相对的独立性，作家若不刻意攀附政治，就可以在相对宽广的空间自由言语。但遗憾的

---

① "洪武以来，吏治澄清者百余年，当英宗、武宗之际，内外多故，而民心无土崩之虞，由吏鲜贪残故也。嘉隆以后，吏部考察之法徒为具文，而人皆不字顾惜。后人徒见中叶以来，官方隳裂，吏治窳敝，动谓衰朝秕政，而岂知其先崇尚循吏，小廉大法，几有两汉遗风，且驾唐宋而上哉！"（清）赵翼：《明初吏治》条，《廿二史劄记》卷33，曹光甫校点，凤凰出版传媒集团凤凰出版社 2008 年版，第 509 页。

是，中国古代的文人并没有如此幸运。诗人或作家并不是一种独立的社会身份，而只是文人政治身份的附属。古代的大多数文人都首先是一个臣子，其次才是诗人、书法家或画家。所以，朱元璋对于朝廷官吏的专制、侮辱和屠杀，其实也就是对于明代大多数文人的毁灭。《皇明祖训》记载：

> 自古国家建立法制，皆在始受命之君，以后子孙不过遵守成法，以安天下。盖创业之君，起自侧微，倍历世故艰难，周知人情善恶，恐后世守成之君，生长深官，未谙世故；山林初出之士，自矜己长；至有奸贼之臣，徇权力，作聪明，上不能察而信任之，变更祖法以败坏国家、贻害天下，故日夜精思，立法垂后，永为不刊之典。

从这段文字中可以看出，明太祖对于文人有着十足的忌惮。不管是"山林初出之士"还是"奸贼之臣"，他们的自作聪明都很可能把他辛辛苦苦建立的大明王朝毁于一旦。因此，为他的子孙后代立下"不刊之典"，使天下文人臣子尽归于制度的管束之下，是太祖政治制度的一个重要部分。所以，从读书、考试到做官，明朝廷都对文人士子施行着严格的控制。他们要培养的不是"天下之道"的承载者、文化的创造者，甚至不是知识的传播者，而是不许有独立思想、独立人格，只能老老实实为朝廷工作的行政机器。如果说制度的苛严限制了文人的思想，那么明太祖对臣子的赏罚无常则对明代文人的心理造成了深层的创伤。不管是身居要位者，如开国功臣宋濂、刘基、张孟兼等，还是一般的文人臣子，如"吴中四杰""北郭十子""广州五先生"等，或被贬，或受酷刑，或遭屠杀，都是不得善终的后果。以"吴中四杰"为例：高启、杨基、张羽、徐贲四人由元入明，以诗文著称于世，是明开国时期的诗人代表。高启诗名最高，纪晓岚在《四库全书总目提要》中赞誉高启"天才高逸，实据明一代诗人之上，其于诗，拟汉魏似汉魏，拟六朝似六朝，拟唐似唐，拟宋似宋，凡古人之所长无不兼之。振元末纤秾缛丽之习而返之于正，启实有力"。就是这样一代文豪，因受邀为朋友魏观写了《郡治上梁文》而受连坐之罪，被腰斩于市，时年仅39岁。杨基时任按察使，被谗夺官，罚服劳役，在工所被折磨致死。张羽任太丞，坐事被流放岭南，半道召还，因自知不保，遂投龙江而死。徐贲官至河南左布政使，因大军征洮、岷，以军队过境、犒劳失时，被处死。总之，当时的朝廷弥漫着一种恐怖的气息，大臣们战战兢兢，朝不保夕，赵翼在《廿二史劄记》中说："京官每旦入朝，必与妻子决，及暮无事，则又相庆以为又活一日。"① 近人梁启超也总结道："明太祖以刻鸷之性，摧锄民气，戮辱臣僚，其定律至立不为君用之条，令士民勿得以名节自保，以此等专制力所挫抑，宜其恶果更烈于西汉。"②

在这样恐怖的气氛中，文人对于仕途都唯恐避之不及，传统的"为天地立心，为生民立命，为往圣继绝学，为万世开太平"的责任感和使命感也就自动让位于苟延性命。保命尚且不易，还谈何地位和尊严。虽然在仁宣两朝和孝宗时期，曾出现过短暂的政治清明气象，文人在一定程度上重新获得了话语权，出现了艺术、思想复兴的局面。但从整个明朝的大局势来讲，为官者要么拉帮结伙排斥异己，要么回避时事谈论风月，很多正直、有担当的文人只能沉居下潦、苟且度日。明朝的一个僧人曾把明朝的政局形象地称之为"还债的"和"讨债的"，"洪武年间，秀才做官，吃多少苦，受多少惊怕，与朝廷出多少力，到头来小有过犯，轻则充军，重则刑戮，能终善者不过十之二三，当时是士大夫没有负国家的，而国家负士大夫的很多。这就是还债的。明中后期，朝政宽大，法网疏阔，秀才做官，饮食、衣服、舆马、子女、妻妾，多好受用，干得几许事，到头来全无一些罪过。国家无负

---

① （清）赵翼：《明祖晚年去严刑》，载《廿二史劄记》卷32，凤凰出版传媒集团凤凰出版社2008年版，第500页。
② 梁启超：《论私德》，载《梁启超选集》，上海人民出版社1984年版，第251页。

士大夫，但士大夫负国家的甚多，这便是讨债的"。①

总之，不管是前期的过于苛严还是后期的过于宽大，都是一种非正常状态。在这种非正常的政治环境中，明代文人从曾经引以为豪的政治舞台上跌落下来，不再乐于仕进，"行义以达其道"已经不可能实现，很多文人便选择了"隐居以求其志"或"求乐以度余生"。屠隆这样表述自己初入仕途时的豪情壮志和此后的灰心失意："俺少时，也有偌大的志量：秉精忠，立庙廊，奋雄威，出战场，去擎天捧日，做玉柱金梁……今日里，是天涯风波饱尝，心儿灰冷鬓儿苍。因此上撒漫文章，卷起锋芒，结束田庄。急收回一斗英雄泪，打叠起千秋烈士肠……"② 在政治失意中，文人们开始回归自身，重新思考存在的价值，而此时经济的繁荣发展，似乎在无形中为他们指明了方向。

二　经济繁荣中人生道路的重新选择

一方面是政治、思想上的高压，另一方面，明代的经济生活却获得了高度的发展。明代著名文学家、书法家陆深这样描述明孝宗弘治年间江南的繁荣盛况："江南佳且丽，沃野多良田，道旁采桑女，湖中木兰船……东通沧海波，西接阖城烟。既饶鱼稻利，复当大有年。登眺何郁郁，井市互纠缠。商贾竞启关，道流愿受廛。"③（《江南行》）当时，以江南为中心的经济区域向全国发展，整个明代社会呈现出一幅欣欣向荣的景象。"成、弘以后农村产业结构调整步伐加快，农业资源配置日趋合理。……民营手工业、商业日为发达，城乡贸易交流更加紧密，全国性市场网络开始形成。社会分工日益细密，各地农副产品专业生产基地、专业市镇成批涌现。长江三角洲、珠江三角洲、福建东南沿海三地区域经济，已经初具规模。"④ 与经济发展相伴随的，是人们对

---

① 陈宝良：《明代社会生活史》，中国社会科学出版社 2004 年版，第 72 页。
② （明）屠隆：《渔阳鼓》，《娑罗馆逸稿》卷 1。
③ （明）陆深：《俨山集》卷 4，钦定四库全书集部。
④ 张显清、林金树：《明代政治史》上册，广西师范大学出版社 2003 年版，第 33—34 页。

金钱意识的觉醒。此时,"四业皆本"的思想得到广泛认同,商人已不再是社会的底层人物。"今庶几惟所欲为,奚仆仆风尘以商贾自秽?"① "业儒服贾各随其距,而事道亦相为通。"② 很多商人腰缠万贯,物质的充足为他们挣得了前所未有的社会地位,他们成了文人的座上宾,诗歌酬唱往来的对象,文学创作中的主角……新型的士农工商关系,③ 促使文人重新思考自己的人生选择。一方面是仕途的艰难,刑典最重,俸禄最低④,文人们受着朝廷严重的压制和剥削;另一方面是商人地位的提升和物质的充裕,强烈的对比,促使很多文人弃政从商。

即使一些依然留恋在政途上的文人,虽然还没有足够的勇气完全抛弃传统文人的"正统"地位,但在当时的世风之下,他们对金钱的追逐也不再表现得羞羞答答。所谓"一箪食,一瓢饮,在陋巷,人不堪其忧,回也不改其乐"的生活状态不再值得骄傲。文人们已充分认识到经济的保障是立身之本,是保持文人之高雅姿态的保证。钟惺说:"士苟欲自遂其高,则其于衣食之计,当先使稍足于己,乃可无求于世。今人动作名士面孔向人,见人营治生计,即目之为俗。及至窘迫,或有干请乞丐,得与不得,俱丧其守,其可耻又岂止于俗而已乎?"⑤ 对于金钱的重视,暗示着明代文人生活态度和价值观念的重大改变,苦心求道、为社稷献身、建功立业、光宗耀祖、不朽于世已经不是生存的最高目标,生活的安逸、感官的享受、物质的追求成为新的存在价值。

明代文人地位和价值观念的改变,是在严酷的政治环境和经济发展的繁荣双重激荡之下的结果。在生活上,文人们开始

---

① 婺源:《墩煌洪氏通宗谱》卷 58,嘉庆刊本。

② 张海鹏、王廷元主编:《明清徽商资料选编》,黄山书社 1985 年版,第 439 页。

③ "古者四民异业,至于后世,而士与农、商常相混。"(明)归有光:《白庵程翁八十寿序》,载《震川先生集》卷 13,周本淳校点,上海古籍出版社 2007 年版,第 319 页。

④ 《明史·食货志》:"自古官俸之薄,未有若此者。"(清)张廷玉等撰:《明史》卷 82,中华书局 1974 年版,第 2003 页。

⑤ (明)钟惺:《阮裕》,载《隐秀轩集》卷 3,上海古籍出版社 1992 年版,第 4320 页。

认识自我、回归自我、高扬自我，生活的舒适成为首要的追求
目标。除了为大多数人所知的袁宏道的"人生五乐"外，袁中
道也曾描述过自己所企慕的生活："山村松树里，欲建三层楼。
上层以静息，焚香学熏修。中层贮书籍，松风鸣嗖嗖。右手持
《净名》，左手持《庄周》。下层贮妓乐，置酒召冶游。四角散
名香，中央发清讴。闻歌心以醉，欲去辖先投。"① 优雅的环境、
读书之乐、狎妓之快活，这种惬意舒畅的生活，成为当时大多数
文人的追求。

　　与明代文人地位和价值观念的改变相伴随的，是在文学上，他
们也开始走向艺术、走向审美、走向娱乐。文人的正统地位都被消
解了，那么文学作品的"神圣性"也就随之被解构了，文章不再是
承载道德理想、生前身后名的"大业"，而只是诗人日常生活情趣
的表述或发泄自身情绪的工具而已。徐渭在《曲序》中如是说：
"睹貌相悦，人之情也。悦则慕，慕则郁，郁而有所宣，则情散而
事已。无所宣或结而疹，否则或潜而必行其幽，是故声之者宣之
也。"② 由此可见，创作无他，表达爱慕之情的工具而已。其《东
方朔窃桃图》题曰："窃攘匪污，谐射相角。无所不可，道在戏
谑。"由此可见，创作无他，自得其乐的工具而已。而其《四声
猿》之一的《渔阳弄》中，祢衡对曹操开口便骂："俺这骂一句
句锋芒飞剑戟，俺这鼓一声声霹雳卷风沙。曹操这皮是你身上躯
壳，这槌是你肘儿下肋巴，这钉孔儿是你心窝里毛窍，这板杖儿
是你嘴儿上獠牙，两头蒙总打得你泼皮穿，一时间也酽不尽你亏
心大。且从头数起，洗耳听咱。"③ 这一串酣畅淋漓的叫骂，更是
证明，作品无他，嬉笑怒骂的工具而已。

　　"性灵"诗情的产生，正是文人的正统地位被消解、文学的
神圣性被解构的必然结果。既然诗歌等文学作品已从高高的殿堂

---

① （明）袁中道：《感怀诗五首》，载《珂雪斋集》卷5，上海古籍出版社1989年版，第
　192页。
② （明）徐渭：《曲序》，载《徐渭集》第一册卷19，中华书局1983年版，第531页。
③ （明）徐渭：《四声猿》，载《徐渭集》第四册，中华书局1983年版，第1178—1179页。

走了下来，就必然要换下曾经"华丽"的衣裳，融入最日常的民众生活中去。此时再去抒发任何的"雅情""高情"都会显得做作和虚伪，直率地描写日常的喜怒哀乐和嬉笑怒骂，就成为诗歌最自然的选择。因此可以说，"性灵"诗情其实是当时的历史环境下的必然选择。

第三节 "心学"的直接影响

吴兆路在其《中国性灵文学思想研究》一书中，把性灵思想的萌芽追溯到了庄子，认为《庄子·山木》篇中的"形莫若缘，情莫若率"一语，就是性灵思想中"缘情"理论的滥觞，而其"法天贵真"的思想，更对明清以来个性解放思潮的形成有着直接的关系。① 吴先生的这一观点是正确的，并且符合一贯的学术研究方法。先秦典籍中蕴含着我们当代社会文化中所有重要的思想因子，或者正如海德格尔的存在理论中所提到的，它们是我们民族文化的"前结构"②，当我们试图去解释某一事物或某一对象时，我们的思维和理解已经先在地陷入历史和传统的圈中，任何时候都无法挣脱这种影响，所以我们也总是习惯性地把一切思想的源头追溯到先秦，算是为之找到一个合理并合法的解释依据。这种研究方式确实有助于我们理清某一思想的来龙去脉，但同时也常把我们带入"周而复始"的陷阱之中。任何一个文化现象的背后都缠绕着无数或悠远或现实的思想精灵，它们都对这一文化现象的产生起着或多或少的影响。但在这些思想影响因素中，最直接的影响往往只是少数的。而在从先秦到明代的搜寻之后可以发现，在思想上对"性灵"诗情产生最直接影响的，就是比其稍早一个时期的王阳明心学。

---

① 吴兆路：《中国性灵文学思想研究》，（台北）文津出版社1995年版，第37—41页。
② ［德］海德格尔：《存在与时间》，陈嘉映、王庆节译，生活·读书·新知三联书店1987年版，第183页。

一　王阳明与"良知"

　　王阳明的心学思想，是产生"性灵"诗情最直接的思想影响。比王阳明稍前或同时代的人，也有很多蕴含着性灵思想的论述。如南宋的陆九渊就曾提出过"宇宙便是吾心，吾心便是宇宙"的观点；元代的吴澄也提出"道之为道，具于心，岂有外心而求道者"①的思想。到了明代，这种以"心"为主体的思想更是层出不穷。明初北方大儒曹端，虽然其主要思想仍以程朱学说为指导，但在一些言语中已透露出对"心性"的思考，如《明儒学案·师说》中记载："先生（曹端）之学……深有悟于造化之理，而以'月川'体其传，反而求之吾心，即心是极，即心之动静是阴阳，即心之日用酬酢是五行变合，而一以事心为入道之路，故其见虽彻而不玄，学愈精而不杂，虽谓先生为今之濂溪可也。"②"人之所以可与天地参为三才者，唯在此心，非是躯壳中一块血气。"③曹端吸收周敦颐《太极图说》中的观点，由太极、理气进而谈到心性，可谓对程朱理学的一大突破，所以黄宗羲赞其为："其言事事都于心上做功夫，是入孔门底大路。"④江门学派的创始人陈白沙先生，在三次科举失败后，专心读书和悟道，在静坐中体悟出万事应"求之本心"的心学修养法，而其"宇宙在我"的心学世界观，更是突出了主体之心的能动作用，标志着明代心学思潮的真正开始。这些人的思想虽然都仍以程朱理学为本，但已经不再把抽象的"理"作为唯一的世界本源和最高法则，转而去思考"心"的存在价值，这些都对王阳明"心学"理论的形成，有着或多或少的影响。

---

① （清）黄宗羲:《草庐学案》，载《宋元学案》卷92，《黄宗羲全集》第六册，浙江古籍出版社1992年版，第583—584页。
② （清）黄宗羲:《师说》，《明儒学案》（一），载《黄宗羲全集》第七册，浙江古籍出版社1992年版，第9页。
③ （清）黄宗羲:《诸儒学案》上二，《明儒学案》卷44，载《黄宗羲全集》第八册，浙江古籍出版社1992年版，第356页。
④ 同上。

　　由此来看,阳明"心学"思想的形成并不是无源之水,而是在吸取了前人理论成果的基础上做了更深层次发挥的集体性智慧成果。然而,王阳明与众不同之处就在于,与前人相比,他对程朱理学并不仅仅是反叛,更多的是"对理学施行救活的手术"①。同时,他的"心学"理论也自成体系,更为完备,这也是他不仅在当时产生了重要影响,至今仍备受各国学人关注的主要原因之一。

　　与明初大多数文人一样,王阳明最初对朱熹的理学也曾经有过一段痴迷时期,自述"平生于朱子之说如神明蓍龟"②,"仆于晦庵亦有罔极之恩"③。然而,也就是这份过度的喜爱,才有机缘使他发现了朱熹理论中的缺陷和矛盾,这就是历史上有名的"亭前格竹"的典故。在"格竹"事件失败后,王阳明发现了朱熹学说中的内在矛盾:"朱子所谓格物云者,在即物而穷其理也。即物穷理,是就事事物物上求其所谓定理者也,是以吾心而求理于事事物物之中,析心与理而为二矣。"④"析理与心而为二",即客观伦理与主体意愿的疏离,这是阳明指出的朱熹理论中的矛盾之一。为了使"心""理"融合起来,王阳明继承了陆九渊"心即理"的思想,提出了:"夫物理不外于吾心,外吾心而求物理,无物理矣"⑤ 以及"心外无理,心外无物,心外无事,心外无义,心外无善"⑥ 的思想,将朱熹一分为二的二元论,改变为"心""理"一体的一元论。王阳明对朱熹思想的改造并不止步于此,针对朱熹学说中"心"与"理"的分隔,导致人们"知"与

---

① (明)王守仁著,张立文整理:《王阳明全集》,红旗出版社1996年版,前言第13页。

② (明)王守仁撰:《答罗整庵少宰书》,《传习录》(中),载《王阳明全集》卷2,上海古籍出版社1992年版,第78页。

③ (明)王守仁撰:《答徐成之》(二),载《王阳明全集》卷21,上海古籍出版社1992年版,第809页。

④ (明)王守仁撰:《答顾东桥书》,《传习录》(中),载《王阳明全集》卷2,上海古籍出版社1992年版,第44—45页。

⑤ 同上书,第42页。

⑥ (明)王守仁撰:《与王文纯甫》(二),载《王阳明全集》卷4,上海古籍出版社1992年版,第156页。

"行"分离的现象，他又提出了"知行合一"的思想。他认为古人把知、行分离，导致两种极端的现象：一种人只知道懵懵懂懂地任意去做，全然不考虑事情背后的真正意义；另一种人则整天凭空思索，全不肯着实躬行。所以他主张"知行合一，正是对病的药"①。王阳明的"知行合一"说，批判了一味专注于学习或思索而迟迟不付诸实践的"空洞口水派"和一味矻矻于行动而不注重学识修养的"盲目行动派"，这两种都是生活中的极端者，都没有把握住"知""行"的核心所在，或者说，是根本没有寻找到如克尔凯郭尔所说的："对我而言是真理的真理"，"一个我愿意为它而活，为它而死的理念。"一个你所信仰的真理，而你又不去积极的践行，即使是真理，对你又有什么用呢？对此，阳明的"知行合一"提倡学中做，做中学，边学边做，边做边学，把自身所信仰的与自己的行动结合起来，这样真理才能被人所真正拥有。

　　"心外无理"与"知行合一"是阳明较为早期的思想，而在经历"龙场悟道"后，阳明终于悟到了其理论中的核心思想——良知。

　　　　三年戊辰，先生三十七岁，在贵阳。春，至龙场。先生始悟格物致知。龙场在贵州西北万山丛棘中，蛇虺魍魉，蛊毒瘴疠，与居夷人鴂舌难语，可通语者，皆中土亡命。旧无居，始教之范土架木以居。时瑾憾未已，自计得失荣辱皆能超脱，惟生死一念尚觉未化，乃为石墩自誓曰："吾惟俟命而已！"日夜端居澄默，以求静一；久之，胸中洒洒。而从者皆病，自析薪取水作糜饲之；又恐其怀抑郁，则与歌诗；又不悦，复调越曲，杂以诙笑，始能忘其为疾病夷狄患难也。因念："圣人处此，更有何道？"忽中夜大悟格物致知之旨，寤寐中若有人语之者，不觉呼跃，从者皆惊。始知圣人之道，吾性自足，向之求理于事物者误也。乃以默记《五

---

① （明）王守仁撰：《传习录》（上），载《王阳明全集》卷1，上海古籍出版社1992年版，第1页。

经》之言证之，莫不吻合，因著《五经憶说》。①

龙场悟道后，阳明虽然还没有正式地提出"良知"二字，但他此后的思想已主要以此为指导②。对于良知的内涵，杨国荣提出了以下看法：从心物关系看，良知是意义世界存在的根据；从成圣过程看，良知表现为先天的道德本原；就心之条理来说，良知又表现为先天的理性原则；良知是这三个方面的综合统一。③ 与杨国荣稍有不同，潘立勇注意到了良知的审美意义："良知为心之本体（本然境界），也即世界之本体（存在依据）。良知作为本体具有三重意义：良知作为造化的精灵，天地万物因本心良知而存在，呈现为意义世界；良知作为是非的准则，道德人生因本心良知而明辨，呈现为道德世界；良知作为真诚恻怛的灵觉，妍媸美恶因本心良知而照觉，呈现为审美世界。良知作为本体所蕴含的个体性、情感性、直觉性、当下呈现性特征，为审美境界的呈现提供了直接的契机和本体的依据。"④ 潘立勇注意到了"良知"中审美的一维，给这一学说注入了另一新的生命。

虽然阳明的学说大多属于哲学范畴，并且他对文学有着一种类似柏拉图式的排斥，⑤ 但他的"良知"思想不仅仅适用于解释世界的存在或规范个人道德，对于文学艺术，也有很多可供借鉴之处。

---

① （明）王守仁撰：《年谱一》，载《王阳明全集》卷33，上海古籍出版社1992年版，第1228页。

② 先生尝曰："吾'良知'二字，自龙场以后，便已不出此意，只是点此二字不出，与学者言，费却多少辞说。今幸见出此意，一语之下，洞见全体，真是痛快！"（明）钱德洪：《刻文录叙说》，见《王阳明全集》卷41，上海古籍出版社1992年版，第1575页。

③ 杨国荣：《心学之思——王阳明哲学的阐释》，中国人民大学出版社2009年版，第120—125页。

④ 潘立勇：《一体万化——阳明心学的美学智慧》，北京大学出版社2010年版，第94—95页。

⑤ （清）秦朝釪撰《消寒诗话》卷3："阳明先生无所不高明，无所不真切，盖代豪杰。然见门人留意诗文者，辄规之，犹是道学气。"（世揩堂藏版）

（一）"良知"对心本体的重视

阳明的良知思想，虽然主要讲的是现实世界中人的道德之心，但用之于文学世界，也可类比于艺术家的创作之心。中国传统的"载道"思想把艺术的源头悬置在抽象的"道"或"理"之上，这就不可避免地造成创作主体对"道"或"理"的趋附，从而遮蔽了创作主体自身的真实意愿。阳明的"良知"思想则重新重视个体之心的主动权，将美的本体交回了具有自觉意志的心体上。其实，在阳明的学说中，"良知"与"心"本是一物，"心者，身之主也。而心之虚灵明觉，即所谓本然之良知也。"① "盖良知之在人心，亘万古、塞宇宙而无不同；不虑而知，恒易以知险；不学而能，恒简以知阻；"② "良知之在人心，无间于圣愚，天下古今之所同也。"③ 所以，"心"作为"良知"的存在主体，对"良知"的高扬其实就是对澄明之"心体"的高扬。明代中后期性灵诸家强调个体内心真实情感的抒发，强调"著我""写我""独抒性灵""诗无我不作""画无我不立"等美学主张，不能不说"良知"对其有着深刻的影响。

个体之心自由自在，不受外在杂念和欲望的牵绊，这样才能达到心物融合无间的"洒落"境界。王阳明说"君子之所谓洒落者，非旷荡放逸，纵情肆意之谓也，乃其心体不累于欲，无入而不自得之谓耳。"④ 因为不受外在欲望的干扰和牵绊，所以心体可以自由自在，应对一切恐惧忧患、好乐忿懥都周旋自如，所谓"从心所欲而不逾矩"是其理想境界。这种无拘无束，逍遥遨游于人世间的"洒落"境界，移植到文学世界，就是一种我手写我

---

① （明）王守仁撰：《答顾东桥书》，《传习录》（中），载《王阳明全集》卷2，上海古籍出版社1992年版，第47页。
② （明）王守仁撰：《答欧阳崇一》，《传习录》（中），载《王阳明全集》卷2，上海古籍出版社1992年版，第74页。
③ （明）王守仁撰：《答聂文蔚》，《传习录》（中），载《王阳明全集》卷2，上海古籍出版社1992年版，第79页。
④ （明）王守仁撰：《答舒国用》，载《王阳明全集》卷5，上海古籍出版社1992年版，第190页。

心、不假外物的"化工"境界。

总之，王阳明对"心"本体的重视，可谓是扭转了此后明代的文学创作格局。这种影响主要可以概括为三个方面：一是"心"对"理"的突破使诗歌创作的本体由不可触摸的"道"转变为可以自作主宰的个体之心，文学创作的主动权又重新掌握在了创作主体手中；二是文学的反映对象，从"客观异在之物"转变为由心而感、而生的"缘在"之物，扩大了文学的表现空间；三是与前两者相对，当创作的本体和标准都发生改变后，审美的标准也从是否符合高高在上的"道"和"理"转变成为自在内心之感受，读者对审美有了自身的选择权。不得不说，这些转变，在整个文学史上都有着极其重要的意义。①

（二）"良知"对审美主体意识的高扬

王阳明的"良知"并不像孔子口中的"圣人"，只是一个可望而不可即的人生理想。"良知"具有普遍性，它存在于人世间一切人，甚或一切事物的身上，不仅人人平等地拥有良知，就连"草木瓦石"也具有良知。"良知之在人心，不但圣贤，虽常人亦无不如此。"② 良知人人皆有，稍有不同的是，圣人的"良知"没有受到外在世界的"障蔽"，犹如"明镜"，是一个"虚灵明觉"的自在之体。而常人的"良知"由于被私欲阻碍，已经不是本然的存在，但只要将"障碍窒塞一齐去尽"，便可恢复良知的本来面目，便能为尧舜，便能成圣。"愚不肖者，虽其蔽昧之极，良知又未尝不存也。苟能致之，即与圣人无异矣。此良知所以为圣愚之同具，而人皆可以为尧舜者，以此也。"③

良知，作为一个最高意义的存在本体，在每一个人身上都本

① 潘立勇：《一体万化：阳明心学的美学智慧》，北京大学出版社 2010 年版，第 58 页。
② （明）王守仁撰：《答陆原静书》，《传习录》（中），载《王阳明全集》卷 2，上海古籍出版社 1992 年版，第 69 页。
③ （明）王守仁撰：《书魏师孟卷》，载《王阳明全集》卷 8，上海古籍出版社 1992 年版，第 280 页。

然存在，人人生来都是圣人，或者说，人们可以通过对"良知"的澄明，使自己成贤、成圣。在王阳明的理念中，"满街人都是圣人"①是一个很正常的存在。从这些论述中，我们可以清晰地看到阳明对万事万物的平等观念：每个人都平等地拥有良知，每个人的良知都无优劣高下之别。从这个意义上来说，人们做事只要求合于自身的良知即可，每个人都是一个独立的个体，每个人对于世界的价值和意义是不相同的，我们所能做的就是听从自己的良知，自由地表达自己的意愿，无须屈服于外在的权威。

由此看来，创作何必非要有固定的"典范"？文又何必秦汉？诗又何必盛唐？今人又何必非要亦步亦趋地跟在古人的身后？我与"圣人"同样拥有良知，圣人的良知不见得高过我，我的良知也可能有圣人无法超越之处。古人之诗文有其典雅之美，我的创作也有灵巧之秀，所以，诚心实意地抒发内心的真实感受，这才是真正的作文之道。对于早期曾沉溺于"比拟仿像、章句假借"的作为，阳明晚期表达了深深的追悔之意："若某之不肖，盖亦尝陷溺于其间者几年，伥伥然既自以为是矣。赖天之灵，偶有悟于良知之学，然后悔其向之所为者，固包藏祸机，作伪于外，而心劳日拙者也。"②阳明的这段话，可谓道出了此后很多性灵家的心声。

（三）良知之"变"

良知虽客观存在，但并不是一成不变的"固定物"，而是随时随地、随人随物灵活变化的"活物"。阳明说："良知即是易，'其为道也屡迁，变动不居，周流六虚，上下无常，刚柔相易，

① 先生锻炼人处，一言之下，感人最深。一日，王汝止出游归，先生问曰："游何见？"对曰："见满街人都是圣人。"先生曰："你看满街人是圣人，满街人倒看你是圣人在"又一日，董萝石出游而归，见先生曰："今日见一异事。"先生曰："何异？"对曰："见满街人都是圣人。"先生曰："此亦常事耳，何足为异？"《传习录》（下），载《王阳明全集》卷3，上海古籍出版社1992年版，第116页。

② （明）王守仁撰：《寄邹谦之》之四，载《王阳明全集》卷6，上海古籍出版社1992年版，第206页。

不可为典要，惟变所适'。此知如何捉摸得？见得透时便是圣人。"① 阳明借用孔子解《易》的原话来阐明自己对"良知"多样变化的理解，可谓抓住了良知之"变"的核心。良知是一个普遍的客观存在，但是当它落实到个体时，便不可避免地带上了个体心性的烙印，成为具有个性特征的"多样态综合体"。"夫良知之于节目时变，犹规矩尺度之于方圆长短也。节目时变之不可预定，犹方圆长短之不可胜穷也。故规矩诚立，则不可欺以方圆，而天下之方圆不可胜用矣；尺度诚陈，则不可欺以长短，而天下之长短不可胜用矣；良知诚致，则不可欺以节目时变，而天下之节目时变不可胜应矣。"② 在阳明看来，良知最终的目的也是为人而服务的，因此应该随着人性的需要而多样变化，而不应该由活的人性去适应死的"良知"。

良知虽然具有多样性，但并不意味着没有丝毫定性或规矩可以把握，必须先培养良知，在拥有良知的前提下，再融入个性，寻求变化。有门人向阳明讨教："良知一而已，文王作象，周公系爻，孔子赞《易》，同以各自看理不同？"阳明回答说：

> 圣人何能拘得死格？大要出于良知同，便名为说何害？且如一园竹，只要同此枝节，便是大同。若拘定枝枝节节，都要高下大小一样，便非造化妙手矣。汝辈只要去培养良知。良知同，更不妨有异处。汝辈若不肯用功，连笋也不曾抽得，何处去论枝节？③

由此可看出阳明对待"变"与"不变"的态度，一方面，阳明主张以良知为主，形随意转，不拘泥于死法，强调时代和个人

---

① （明）王守仁撰：《传习录》（下），载《王阳明全集》卷3，上海古籍出版社1992年版，第125页。
② （明）王守仁撰：《答顾东桥书》，《传习录》（中），载《王阳明全集》卷2，上海古籍出版社1992年版，第50页。
③ （明）王守仁撰：《传习录》（下），载《王阳明全集》卷3，上海古籍出版社1992年版，第112页。

的特色；另一方面，"变"也并不是为所欲为，无法无天，而是必须在遵守"良知"的前提下，去发展自己的"枝枝叶叶"。可以说，在"变"与"不变"之间，阳明找到了一个合适的尺度，这对于当时的复古派和此后的性灵诸家都是一个值得借鉴的思想。复古者尺尺寸寸去模仿古人，犯了过于"不变"的毛病，因之而起的性灵家讲究"不拘格套"，废弃一切法则，又犯了"变"过的错误。

（四）阳明的叛逆精神对性灵诸家的影响

我们说"良知"对"心"本体的重视，使后来的性灵思想家以"心"为创作的本源，重视创作中自我情感的抒发；"良知"对审美主体意识的高扬，使性灵诸家摆脱了外在权威的约束，开始专注于真情实意的书写。这些思想对中晚明的学人们产生了不可估量的影响。但不得不说的是，这些虽然都是阳明对学界的贡献，但他对学人影响最深远的，却是他的"狂者胸次"和"叛逆精神"。

> 我今信得这良知真是真非，信手行去，更不着些覆藏。我今才做得个狂者的胸次，使天下之人都说我行不掩言也罢。（《传习录》下）
>
> 狂者志存古人，一切纷嚣俗染不足以累其心，真有凤凰千仞之意，一克念，即圣人矣。（《传习录拾遗》）
>
> 影响尚疑朱仲晦，支离羞作郑康成；铿然舍瑟春风里，点也虽狂得我情。（《月夜二首》）

从孔子提倡"克己复礼"，追慕周王朝的盛世礼仪之后，中国的传统文化中，就纠缠着一种深深的"崇古"的思维惯性。对远古"圣人气象"的追慕，使人们不自觉地信仰圣言圣语，将之视为颠扑不破的绝对真理。由此造成的，就是人们依附心理的生成，缺少自主的思考，没有怀疑精神，而反映在文学创作上，就产生了历史上一次次的复古思潮。人们被"格套"紧紧地束缚着，没有独立精神和创新精神。这个特点，在明代的"复古"运动中达到了高峰。而阳明的出现，无疑具有划时代的意义。此后，唐荆川提倡"狂狷精神"，李贽以"异端"自居，徐渭评价自己为"疏纵不为儒缚"。① 可以说，这些异端风格都从阳明的"狂者胸次"及其胆识中获得了精神的鼓舞。

阳明心学经其后学的进一步发挥，在中晚明形成一股汹涌澎湃的时代浪潮。以李贽、徐渭、唐顺之、汤显祖、公安"三袁"、钟惺、谭元春等为代表的性灵诸子吸取了其中重个体自然心性、尊重个性、情感解放的思想，并将之应用于文学理论，形成了与复古派甚至整个正统文学相抗衡的性灵思想体系。从这些方面来说，王阳明可谓性灵诸家的思想导师，而其"良知"学说，就是"性灵"的思想来源。

二 王龙溪与"无善无恶之心"

王阳明的心学对中晚明的学人有着重大的影响，但是在王学到性灵之间，还有个承前启后的人物。首先，他与唐顺之、徐渭、李贽等这些中期的性灵诸家或师或友，有着较为密切的关系，通过他的现身说法，阳明的思想得以在这些较为开放的学人之间得到广泛的传播。其次，阳明所讨论的心学问题大多不出哲学范围，而他则首次将这些哲学问题转移到了文学领域，明确表达了对一些文学问题的看法。他就是阳明最为得意的弟子——王畿。

王畿，字汝中，号龙溪，时人尊称其为龙溪先生。因被当时内阁首辅夏言不容而官运不畅，遂称病辞官，致力于讲学，足迹半天下。

"天泉证道"是明代阳明学的一桩重要公案，龙溪的主要思想特征也在这次争论中得以表露。阳明的弟子钱绪山论学，谨守老师的四句教法："无善无恶是心之体，有善有恶是意之动，知善知恶是良知，为善去恶是格物。"② 而龙溪则认为这四句并未点

---

① （明）徐渭：《自为墓志铭》，载《徐渭集》卷26，中华书局1983年版，第639页。
② （明）王守仁撰：《传习录》（中），载《王文成公全书》卷2，上海古籍出版社1992年版，第117页。

破究竟，提出了"四无"之说，即"心是无善无恶之心，意亦是无善无恶之意，知亦是无善无恶之知，物亦是无善无恶之物"。善和恶都是世俗社会的道德、是非标准，先天地带有一定的习俗和成见，若落入善、恶的标准之中，就难免失却天然的本性，随人妍媸，没有定见。相比之下，"无善无恶"将心、知、意、物引向了"虚"和"无"，因"虚"而无物不容，因"无"而没有约束，然后再"无而为有，虚而为盈"，便能至大、至极、至自由，便能上下宇宙，周流六虚，无往而不及。可以说，"四无"将阳明的心学引向了更为广大的天地，而"虚"和"无"也成为此后龙溪思想的核心特征。

龙溪说："良知者，人心之灵体，平坦虚明之气也。"[1] "心最虚灵，虚谓大公，灵为顺应，良知者即此虚灵之发见。"[2] 在这两句话里，龙溪不仅点出了良知与性灵的关联，同时也着重说明了良知虚灵变化的特征。良知作为人心之灵体，需要与时变迁，切忌顽固不化，因为"虚始能运，实则不能运"，龙溪举例说明了"实"的局限：

> 昔有求工画者，众皆吮墨伸纸，奔走以待用，一人独解衣盘礴而坐，此真工画者也。夫知工画者不在吮墨伸纸，而在于解衣盘礴之人，则知夫子与点之意矣！……主于道者以无为用，无所待而不足，入者为主，出者为奴，见使然也。惟见有小大，故有无之迹乘之，见之小者泥于有，见之大者超于无，斯固点之所以为狂而异于三子者之撰也。[3]

吮墨伸纸者刻意于画之形，是为实，是装模作样之东郭；解

① （明）王畿：《册付养真收受后语》，载《王畿集》卷15，吴震编校，凤凰出版社2007年版，第438页。
② （明）王畿：《跋徐存斋师相教言》，载《王畿集》卷15，凤凰出版社2007年版，第412页。
③ （明）王畿：《赠梅宛溪擢山东宪副序》，载《王畿集》卷14，凤凰出版社2007年版，第374页。

衣盘礴者得画之意，是为虚，是聚精会神之真画者。孰优孰劣，一眼可辨。这个例子，可谓当时一大批复古文人的真实写照。他们认定秦汉文、盛唐诗之外形，拘泥于死法，刻意模仿，追求形似，而不考虑其创作是否为出自己意的真情流露之作，可谓只看到有限之"实"而放弃了无限之"虚"，因而根本没有找到真正的作文之道。

也正是这个原因，使龙溪主张作文直抒胸臆，轻视形式和技巧。

> 尝闻之，古文之与时文，其体裁相去若甚远，而其间同异之机，不能以寸。要皆于虚明一窍发之，非明者莫能辨也。故曰师其意不师其辞，吾有取焉尔。读者悟夫作者之意，而不失其用虚稽实、纡徐纵闭变化之态，时文犹古文也。不得其意而徒辞之狗，句句而研之，字字而校之，模拟摘实，如优人之学孙叔敖，适足以来明者之一噱而已。①

> 作文时，直写胸中所得，务去陈言，不为浮辞异说，自然有张本、有照应、有开阖，变化成章而达，不以一毫得失介于其中，方是善作文。②

在这两段话里，龙溪清楚地表达了自己的为文态度，"直写胸中所得""不为浮辞异说""不以一毫得失介于其中"，这些观点，与公安派的"独抒性灵""不拘格套"以及"瑕疵说"有着诸多相同之处。龙溪不仅提出作文的观点，在写作时也能摆脱了时式文章的限制，依照自己的心性作文，他的弟弟王宗沐曾说："龙溪先生非有意于文者也，其与人论议，或有所著述，援笔直书，罔事思索，繁而不加裁，复而不为厌，非世文章家轨则。要

---

① （明）王畿：《精选史书汉书序》，载《王畿集》卷13，凤凰出版社2007年版，第346—347页。
② （明）王畿：《北行训语付应吉儿》，载《王畿集》卷15，凤凰出版社2007年版，第441页。

其发挥性真，阐明心要，剔精抉髓，透入玄微，其一段精光，有必不可得而泯灭者也。"① "性灵"一词虽然一直到公安"三袁"才正式提了出来，但不得不说，在龙溪的文学理念里，"性灵"的要素已经凸显了。

黄宗羲说："象山之后不能无慈湖，文成之后不能无龙溪，以为学术之盛衰因之，慈湖决象山之澜，而先生疏河导源，于文成之学，固多所发明也。"② "文成之后不能无龙溪"可谓道出了龙溪对心学的继承和发展。龙溪一方面继承了"良知"说重个体自然心性的特质，强调人的自由和真性流露，另一方面，龙溪开拓出了"良知"的"虚""无"特征，把阳明的"良知"说引向了更为广阔的天地。更为重要的是，龙溪还将阳明的哲学问题带入了文学领域，批判了复古者的弊端，提出了一些颇具建设性的文学理念，给此后的性灵论者提供了理论支撑，从这个意义上来说，龙溪可谓从"良知"到"性灵"的过渡者。

第四节 俗文学的兴盛

有明一代，大行其道的俗文学，是促使性灵诗情产生的另一重要原因。

胡适先生在其《白话文学史》中曾说道："中国文学史上何尝没有代表时代的文学？但我们不应向那'古文传统史'里去寻，应该向那旁行斜出的'不肖'文学里去寻。因为不肖古人，所以能代表当世。"③ 如果从"不肖古人"这一特征来看待明代文学史的话，那么一向为正统文学代表的诗歌和散文则不得不自动退避三舍，一向居于下等地位的以戏曲、小说、民歌为代表的俗

---

① （明）王畿：《龙溪先生文集序》，载《王畿集》卷首，凤凰出版社2007年版，第1页。
② （清）黄宗羲：《郎中王龙溪先生畿》，《浙中王门学案》（二），《明儒学案》卷12，中华书局1985年，第270页。
③ 胡适：《白话文学史·引子》，百花文艺出版社2001年版，第3页。

文学则可以登堂入室，舒畅一下几千年来被轻视的压抑之气，赚得一个"为我明一绝耳"的最高赞誉。

一　传统文学中的"俗文学"辨析

要探讨有明一代的俗文学状况，不得不对"俗文学"的概念稍加辨析。中国传统文学史中并没有准确的"俗文学"的称法。"俗文学"这一概念是由日本学者狩野直喜博士首次使用的。[①] 国内"俗文学"一词的使用则与敦煌文献的发现有关，胡适在《白话文学史·自序》中讲到敦煌石室中的唐五代写本时使用了"俗文学"一词。[②] 到 1938 年郑振铎的《中国俗文学史》出版，"俗文学"则已经成为一个独立的学科了。我国的俗文学研究在 20 世纪有过一个辉煌时期，而这一个时期的辉煌或许恰好可以从反面证明其在先前所受到的冷落。虽然郑振铎为俗文学所下的定义在此后颇多争议，[③] 但他对"凡不登大雅之堂，凡为学士大夫所鄙夷，所不屑注意的文体都是'俗文学'"[④] 的认识还是具有相当的合理性，是对俗文学在传统文学史上所受到的待遇的贴切概括。在《中国雅俗文学思想论集》一书中，谭帆对"俗"的丰富含义进行了总结和概括，[⑤] 他认为"俗"在传统文献中具体有

---

① 狩野直喜 1916 年在《艺文》上发表的《中国俗文学史研究的材料》一文中首次使用了"俗文学"一词。见严绍璗《狩野直喜和中国俗文学的研究》，载《学林漫录》第 7 集，中华书局 1983 年版。

② 胡适：《白话文学史·自序》，百花文艺出版社 2001 年版，第 5 页。

③ 在《中国俗文学史》中，郑振铎把俗文学的特质概括为以下几点：1. 是大众的。她出生于民间，为民众所写作，且为民众而生存的。2. 是无名的集体的创作。我们不知道其作家是什么人。他们是从这一个人传到那一个人；从这一个地方传到那一个地方。3. 是口传的。她从这个人的口里，传到那个人的口里，她不曾被写了下来。4. 是新鲜的，但是粗鄙的。她未经过学士大夫们的手所触动，所以还保持其鲜妍的色彩，但也因为这所以还是未经雕琢的东西，相当的粗鄙俗气。5. 其想象力往往是很奔放的，非一般正统文学所能梦见，其作者的气魄往往是很伟大的，也非一般正统文学的作者所能比肩。6. 勇于引进新的东西。郑先生的这一概括有其历史局限性，如"无名的集体创作""口传"等特质，显然是与"民间文学"的概念混淆的。很多学人，如谭帆等，都对这一定义提出过质疑。

④ 郑振铎：《中国俗文学史》，商务印书馆 2010 年版，第 1 页。

⑤ 谭帆：《中国雅俗文学思想论集》，中华书局 2006 年版，第 5—8 页。

"风俗"之"俗"①，"世俗"之"俗"②，"雅俗"之"俗"③，"通俗"之"俗"④ 四种含义，并认为："'俗'在古代文献中大体都以下层性为依归，体现了浓重的俗世内涵。"⑤ 固然，以"世俗性"内容为作品的表现主旨，确实是俗文学的最大特色，但不得不说的是，中国传统文学中所谓的"俗文学"，并不主要是在表现内容上所做的区分。很多正统文人如李白、杜甫、苏轼等所创作的诗歌中，有很大一部分是对于日常世俗生活的描摹或有感而发，但这些作品仍属于正统或主流文学，并不能说是俗文学；而先秦的楚歌通常被认为是俗文学，但其表现的内容大多是关于祭天祀神的巫乐歌，并不关涉日常生活。所以，以表现内容来认定是否是俗文学，并不完全符合中国传统文学的实际。

　　其实，中国传统文学中的雅、俗之分，更侧重于作品所呈现出的形式是否符合正统的"雅正"文学规范。先秦时期出现的诗和散文文体被自然地定义为"雅文"，而此后在各个历史时期所诞生的新文体——虽然在此后经过文人学子的"雅化"进入了主流文学的行列，在其诞生之初，都是为正统文人所不屑和受统治者所打压的。所以，传统文学的雅、正之分，并不主要取决于是否表现了世俗性的内容，而主要是由创作者的身份和作品的文体所决定的。例如，同为表现爱情和相思主题的作品，李白以诗的形式创作出的《清平调》和《长相思》就被认为是雅文学，而柳永以词的形式创作出的《雨霖铃》和《凤栖梧》则被认为是"俗文学"，由此也可证明所谓"雅""俗"之分，并不完全取决于文学的表现内容。可以说，中国文学的发

---

① 如《荀子·强国篇》："入境观其风俗。"《汉书·地理志》："凡民秉五常之性，而有刚柔缓急音声不同，系水土之风气，故谓之风；好恶取舍动静无常，随君上之情欲，故谓之俗。"
② 如《庄子·天地》："明白太素，无为复朴，体性抱神，以游世俗之间者。"《庄子·在宥篇》："世俗之人，皆喜人之同乎己而恶人之异于己。"
③ 如《文心雕龙·定式》："是以绘事图色，文辞尽情，色糅而犬马殊形，情交而雅俗异势。"
④ 如袁宏道《东西汉通俗演义序》："兹《演义》一书，胡为而刻？又胡为而评？中郎氏曰：'是未明于通俗之义者也。'……文不能通而俗可通，则又通俗演义之所由名也。"
⑤ 谭帆：《中国雅俗文学思想论集》，中华书局2006年版，第9页。

展史，在很大程度上就是一部俗文学不断上升为雅文学的发展
演变史。

二　全民性的"由雅而俗"运动

　　把中国的文学发展史概括为一部"俗文学不断上升为雅文
学的发展演变史"并不是无端之说。中国最早的文学作品，远
古歌谣和《诗经》中的"国风"都是民间创作，不仅出自民间
文人之手，而且其表现出来的内容也都是朴实的民风民情。这
一时期可以称为我国文学历史上第一个俗文学创作高潮。但在
经过了最初的"观民风、正得失"阶段之后，"国风"的表现
形式——四言诗被统治阶层接纳，由此，这一来自底层人民的
文体跻身"雅文学"的行列，成为封建文治文化的重要部分，
成为最为高贵、最为"雅正"的文体。这一变化，充分表明了
"'俗'文艺对于'雅'文艺的基元性，表明了它在艺术生命上
的原发性、创生性。"①

　　俗文艺对雅文艺的基元性，在此后的文学发展史上一遍遍地
重复播演着。楚人善讴，春秋战国之交的楚歌最初也是一种流行
于民间的朴素创作；而经过屈原、宋玉等贵族文人的发展、演
绎、规范化之后，褪去了最初的粗鄙色彩，成为上层文人所喜爱
的雅文体。后来的乐府歌辞、五七言诗以及唐、宋词，都大致经
历过这样一种"由俗而雅"的发展演变过程。如唐、宋词原本是
源自民间的歌曲，发展到了北宋，已经成为贵族的雅歌。但它发
展到了南宋时期，由于文人的过度"雅化"，词走向了僵化状态，
于是到了元代，散曲取而代之。散曲原本也是产自民间，带有灵
气、生机勃勃，后来同样经过文人的接受和修饰，成为足以代表
一个时代的正统文学体裁。

　　总体来说，民间不断地产生出新的文学样式，这些文学样式
最初是不被上层文人所重视的俗文学，渐渐地进入正统文人手

---

① 赵士林：《从雅到俗——明代美学札记》，《中国社会科学院研究生院学报》1991 年第
3 期。

中，经过一定程度的雅化和改进之后，跻身正统文学的行列，成为一个时代的代表文学。这可以说是中国古代文学史上的一个规律性现象。

而明代的俗文学发展却一反这一"由俗而雅"的规律，选择了一条"由雅而俗"的道路。"由雅而俗"主要有两个方面的表现，一方面是大力宣扬戏曲、小说、民歌等俗文学俚俗、质朴、真实、灵动的原始本色，主张尽量强化、保持这种原始本色；另一方面，对于已经走向末路、毫无生机的正统雅文学，提倡去学习俗文学自然、率真的特色，把"俗化"作为传统诗文的一条复兴之路。例如，李梦阳作为前七子的元老，虽然力主向代表诗之最高理想的盛唐去追寻诗歌创作的正统之路，但在当时时代热潮的激荡之下，在他晚年时，也清醒地看到了俗文学的可爱可取之处，提出了"今真诗乃在民间"的口号。在其《诗集自序》中，李梦阳发出了这样的感慨：

> 李子曰：曹县盖有王叔武云，其言曰：夫诗者，天地自然之音也。今途咢而巷讴，劳呻而康吟，一唱而群和，其真也，斯之谓风也。孔子曰："礼失而求之野。"今真诗乃在民间。而文人学士，顾往往为韵言，谓之诗。夫孟子谓《诗》亡然后《春秋》作者，雅也。而风者亦遂弃而不采，不列之乐官，悲夫！李子曰：嗟！异哉！有是乎？予尝聆民间音矣，其曲胡，其思淫，其声哀，其调靡靡，是金、元之乐也，奚其真？王子曰：真者，音之发而情之原也。古者国异风，即其俗成声。今之俗既历胡，乃其曲乌得而不胡也？故真者，音之发而情之原也，非雅俗之辩也。[①]

在这篇小序中，李梦阳不仅认识到了代表民间自然之音的"风"比"雅""颂"在情感上更为真实，更具有审美的价值；

---

① （明）李梦阳：《诗集自序》，载《空同集》卷50，钦定四库全书集部。

同时，更提出了情感的真实是诗歌创作的真正动因，所以，如金、元之乐，因异风、异俗，"其曲胡"是自然的事情，只要表现出的是真实自然的感情，就不应该作雅、俗的区分。"今真诗乃在民间"的提出，虽然是李梦阳对此前自身模拟创作的反思，却在无意间推动了明代俗文学的萌动和兴盛。

可以说，明代俗文学的发展是一场自上而下的"全民运动"，沈德符在描述当时的民歌流行范围之广时曾有这样的话语："不问南北，不问男女，不问老幼良贱，人人习之，亦人人喜听之，以至刊布成帙，举世传诵，沁人心腑，其谱不知从何而来，真可骇叹！"① 其实，值得骇叹的不只有民歌，"人人观之，皆能通晓，尤宜感动人心，诗人手舞足蹈，亦不自觉"② 的戏曲，"士大夫农工商贾无不习闻之，以至儿童妇女不识字者，亦皆闻而如见之，是其教之儒、释、道而更广也"③ 的小说，都在明代社会中具有相当广的接受群体。而文人们也已不似前代学子们一样孜孜于把这些"俗文学"雅化后据为己有，他们真心欣赏这种艺术、醉心于这种艺术，甚至试图引进这种艺术中的优良因子改造一直坚守的正统雅文学。"耻留心辞曲"的观念已成过眼云烟，明代自上而下的文人们，欣赏着、提倡着、从事着俗文学创作。

三　戏曲、小说、民歌等俗文学的登堂入室

明代俗文学的兴盛，是与一向被视之为雅文学的传统诗歌的危机相伴而生的。在明朝建立之初，传统的文人，如"吴中四杰""三杨"等，还都坚守着传统诗文的审美原则，他们雄心勃勃，试图在一个新的王朝里，为诗歌打下一片新的天地。创作伊始，他们各自进行着自己的尝试，对于传统诗文已无力回天的困境，还没有十分真切的认识。而随后太祖对文人的残酷和无情打

---

① （明）沈德符：《时尚小令》，载《万历野获编》卷25，中华书局1959年版，第647页。
② （明）邱浚：《伍伦全备记》，商务印书馆1954年版，第1页。（古本戏曲丛刊影印本）
③ （清）钱大昕：《潜研堂文集》卷7，《嘉定钱大昕全集》，江苏古籍出版社1997年版，第272页。

压，文人们苟延残喘已属不易，哪里还有心思和工夫去思考文学
该何去何从。到前后七子占据文坛，文学秦汉、诗学盛唐成为文
人学子们争相追捧的圭臬。针对七子所制定的规则，以唐顺之、
归有光为代表的"唐宋派"发出异响，用"唐宋古文"来反拨七
子"文必秦汉"的主张。随后，性灵文人们蜂拥而起，以"独抒
性灵，不拘格套"攻击"诗必盛唐"，诗坛呈现出了一派轻松活
泼的生机，但同时又走向了俚浅，于是竟陵派又试图以深、厚救
之⋯⋯反观明代的文学史，就是一部不断地探索、尝试、否定之
否定的历史。

　　在明建朝之初，传统诗文的地位还处于不可撼动之时，俗文
学是不被重视甚至受到打压的。当时的戏曲创作者、表演者还被
当作下层人看待，据徐复祚《三家村老委谈》记载："国初之制，
伶人常戴绿头巾，腰系红褡膊，足穿布毛猪皮靴，不容街中走，
止于道旁左右行。乐妇布皂冠，不许金银首饰；身穿皂背子，不
许锦绣衣服。"①《大明律》甚至明文规定："凡乐人搬做杂剧戏
文，不许妆扮历代帝王后妃、忠臣节烈、先圣先贤像。违者仗一
百。官民之家容扮者与同罪。"②创作者、表演者的地位如此，我
们也可以想见俗文学受到的待遇了。"祖宗开国，尊崇儒术，士
大夫耻留心辞曲。"③但尽管有统治者和上层文人的阻挠，在社会
经济蓬勃兴起的时代背景下，市民们对于戏曲、小说、民歌等俗
文学有着急切的需要。再加上当时印刷业、出版业的发达以及商
人对于书籍买卖的介入，俗文学的发展和兴盛已不是官方的意识
形态所能控制住的。此外，促使俗文学兴起的另一重要原因，就
是上层文人士子们在复兴传统诗文的道路上屡战屡败之后，他们
把目光转向了鲜活的民间文艺，企图用俗文学的生机来拯救传统

---

① 中国戏曲研究院编：《中国古典戏曲论著集成》（四），中国戏剧出版社 1959 年版，第
　243 页。
② 大明律集解附例卷 26，《御制大明律禁止搬做杂剧律令》。
③ 中国戏曲研究院编：《中国古典戏曲论著集成》（四），中国戏剧出版社 1959 年版，第
　6 页。

文学的末路。市民的外在喜爱,再加上文人的内在推动,明代俗文学创作一发不可收拾,大有取正统文学而代之的势头。

在戏曲方面,吸收了宋元戏剧和南戏成就发展起来的明传奇在市民之中最受欢迎。姜准《岐海琐谈》记载温州当时演戏的盛况:

> 每岁元夕后戏剧盛行,虽延过酷暑,弗为少辍,如府县有禁,则托为禳灾、赛祷。率众呈举,非迁就于丛祠,则延香火于戏所,即为瞒过矣。醵金之始,延门比屋,先投饼饵为囮,箕敛之际,无计赢绌,取罄锱铢,除所费之外,非饱其欲,末为辄止,虽典质应命,有弗恤矣。且戏剧之举,续必再三,附近之区,罢市废业,其延款姻戚至家看阅,动经旬日,支费不赀,又不待言矣。①

从这段材料中,我们可以对戏曲在明代受欢迎的程度窥见一斑。有需求则有创作,许多正统文人都投入了戏曲的创作之中,据傅惜华《明代杂剧全目》(作家出版社 1958 年版)统计,书中所录明杂剧实有五百三十一种。如《牡丹亭》《琵琶记》《拜月亭》等经典剧目在现代社会里仍常演常新,具有不朽的生命力。

小说这一叙事艺术也在明代得到了很大的发展。清代乾嘉时期重要的史学家钱大昕在其《潜研堂文集》卷 17《正俗》篇里描写了小说在明代社会中所扮演的重要角色。"古有儒、释、道三教,自明以来,又多一教曰小说。小说演义之书,未尝自以为教也。而士大夫农工商贾无不习闻之,以至儿童妇女不识字者,亦皆闻而如见之,是其教较之儒、释、道而更广也。"② 虽然在其后钱大昕对小说做出了严厉的批判,提出"释、道犹劝人以善,小说专导人以恶⋯⋯曷怪其近于禽兽乎"的论断,却从反面道出了小说在明代不可替代的重要作用。小说在明代的发展不仅规模

---

① (明)姜准:《岐海琐谈》,上海社会科学院出版社 2002 年版,第 124 页。
② (清)钱大昕:《嘉定钱大昕全集》,江苏古籍出版社 1997 年版,第 272 页。

空前而且形式风格多样。不仅有《三国演义》类的史话小说、《水浒传》类的英雄传奇小说、《西游记》类的志怪小说，更开创了以《金瓶梅》和"三言二拍"为代表的世情小说。"当神魔小说盛行时，记人事者亦突起，其取材犹宋市人小说之'银字儿'，大率为离合悲欢及发迹变态之事，间杂因果报应，而不甚言灵怪，又缘描摹世态，见其炎凉，故或亦谓之'世情书'也。"① 这些"世情书"不侧重于讲究艺术形式的审美或趣味的高雅，而是侧重于真实地描摹世态人情，甚至有些时候为了迎合"市场"的需要，夸大了"世俗的真实"。于是，赤裸裸的金钱欲望、泛滥的性爱描写便成为小说的主要创作主题。但是，正如陶东风所说，这些负面的东西，如所谓纵欲和嗜金之类，并不是世俗化的必然产物，而恰恰是封建制度长期以来对人性过度压抑的结果。这些负面的东西，也是要在世俗化的过程之中逐渐消除的。②

　　民歌创作的空前繁荣，是明代俗文学的另一重要特色。明人卓人月说："我明诗让唐，词让宋，曲让元，庶几《吴歌》《挂枝儿》《罗江怨》《打枣竿》《银绞丝》之类，为我明一绝耳。"③ "一绝"的评价可谓高矣，在复兴传统诗文无望后，明人转而在民间歌谣上找到了时代的自信。人人习之，人人喜听之成为当时的社会潮流，沈德符在《万历野获编》中详细记载了当时民歌流行的盛况。

　　　　自宣、正至成、弘后，中原又行《锁南枝》《傍妆台》《山坡羊》之属。李崆峒先生初自庆阳徙居汴梁，闻之以为可继《国风》之后。何大复继至，亦酷爱之。今所传《泥捏人》及《鞋打卦》《熬鬏髻》三阕，为三牌名之冠，故不虚也。自兹以后，又有《耍孩儿》《驻云飞》《醉太平》诸曲，然不如三曲之盛。嘉隆间，乃兴《闹五更》《寄生草》《罗江

① 鲁迅：《中国小说史略》，商务印书馆 2011 年版，第 167 页。
② 陶东风：《社会转型与当代知识分子》，上海三联书店 1999 年版，第 142 页。
③ （明）卓人月：《古今词统》，辽宁教育出版社 2000 年版，第 8 页。

怨》《哭皇天》《干荷叶》《粉红莲》《桐城歌》《银纽丝》
之属。自两淮以至江南，渐与词曲相远，不过写淫蝶情态，
略具抑扬而已。比年以来，又有《打枣竿》《挂枝儿》二曲，
其腔调约略相似，则不问南北，不问男女，不问老幼良贱，
人人习之，亦人人喜听之，以至刊布成帙，举世传诵，沁人
心腑，其谱不知从何而来，真可骇叹。①

不仅是简单的喜爱，很多文人还把民歌引进传统诗歌创作之
中，这一现象在明初时就十分流行，刘基、高启、王叔承、杨士
奇等的集子里都有拟民歌之作。② 坚守传统诗文领地的李攀龙在
其《沧溟集》中也有颇具民歌风调的小诗，"布帆百余幅，阿娜
自生风，江水满如月，那得不愁侬"（《懊侬歌》）。复古诗人尚且
如此，求新求变的性灵文人就自不待言了。袁宏道对民歌的喜爱
溢于言表，他在《叙小修诗》中说："今闾阎妇人孺子所唱《劈
破玉》《打枣杆》之类，犹是无闻无识之人所作，故多真声。"③
其《答李子髯》其二又曰："当代无文字，闾巷有真诗。却沽一
壶酒，携君听《竹枝》。"④

总之，民歌成为明代文坛的一道独特风景，很多文人投身民
歌的收集、整理、选编、刻印、创作的行列。正是在这样的时代
氛围中，民歌出现了继先秦国风之后的前所未有的繁盛局面。传
统诗文在危机重重之中，也不得不从高雅的殿堂走了下来，虚心
向民歌请教出路了。

---

① （明）沈德符：《时尚小令》，载《万历野获编》，中华书局 1959 年版，第 647 页。
② 如袁凯《京师得家书》："江水一千里，家书十五行。行行无别语，只道早还乡。"王
　叔承《竹枝词》："月出江头半掩门，待郎不至又黄昏。深夜忽听巴渝曲，起剔残灯酒
　尚温。"等等。
③ （明）袁宏道：《叙小修诗》，载《袁宏道集笺校》卷 4，上海古籍出版社 2008 年版，
　第 188 页。
④ （明）袁宏道：《答李子髯二首》，载《袁宏道集笺校》卷 2，上海古籍出版社 2008 年
　版，第 81 页。

四　性灵文人对俗文学的积极主动接受

性灵文人与明代俗文学，有着双向的关系，一方面，在当时"人人习之，人人喜听之"的时代热潮下，性灵文人们自然会受到俗文学的影响，从而在思想观念和具体创作上发生改变；另一方面，性灵文人们同时又是明代俗文学热潮的推动者和弄潮儿，如徐渭、李贽、汤显祖、袁宏道等人，本身就是俗文学的积极鼓吹者或创作者。

如徐渭强调戏曲语言的通俗化，他认为"语入紧要处，不可着一毫脂粉。越俗越家常，越警醒，此才是好水碓，不杂一毫糠衣，真本色。"① 李贽则大胆地打破了文体的尊卑论，把戏曲、小说等"俗"文体奉为文坛正宗，"诗何必古《选》，文何必先秦。降而为六朝，变而为近体，又变而为传奇，变而为院本，为杂剧，为《西厢》曲，为《水浒传》，为今之举子业，大贤言圣人之道皆古今至文，不可得而时势先后论也。"② 袁宏道则不仅在理论上积极声援俗文学，还把俗文学的真、趣、浅等特点引入了自己的创作之中，如他的《横塘渡》③《戏题飞来峰》④ 等诗作，本身就可当作新鲜活泼的民歌来欣赏。对俗文学的喜爱和接受，势必会在潜移默化之中影响他们的诗歌观念。其实，我们从性灵文人的诗歌作品中也可以感受到，不管是关涉日常生活之琐碎心情的表现主题，还是不加修饰、活泼自然的语言形式，都带着民歌等俗文学的烙印。

---

① （明）徐渭：《金刚经跋》，载《徐文长佚草》卷2，《徐渭集》第四册，中华书局1983年版，第1093页。
② （明）李贽：《童心说》，《焚书·续焚书》卷3，《李贽文集》，社会科学文献出版社2000年版，第92页。
③ 袁宏道《横塘渡》："横塘渡，临水步。郎西来，妾东去。妾非倡家人，红楼大姓妇。吹花误唾郎，感郎千金顾。妾家住虹桥，朱门十字路。认取辛夷花，莫过杨梅树。"
④ 袁宏道《戏题飞来峰》："试问飞来峰，未飞在何处？人世多少尘，何事不飞去？高古而鲜妍，杨雄不能赋。白玉簪其巅，青莲借其色。唯有虚空心，一片描不得。平生梅道人，丹青如不识。"

小　结

　　面对性灵诗情这样一个特殊的文化现象，任何片面化的研究和表面化的探讨都显得不足以深入人心。本章所列出的四项推动性灵诗情发生和发展的成因，也只是试图"管窥一豹"，使读者对性灵诗情背后的"推手"有一个大致的了解。

　　文治文化背景下独具特色的"重情"诗学理念，是孕育出性灵诗情的历史文化之因。这种"重情"诗学理念的特殊性表现为：一方面承认"情"是万物的本源、艺术的生命，将之放在本体性的位置上；但另一方面又时刻提防"情"对人心可能会导致的非理性的放纵、无序与失控，因而用"礼"限定之、遮蔽之。于是对性灵诗情的影响也随之表现为传承和反叛两个方面：从传承角度来讲，历史悠久的"重情"诗学理念为性灵文人对情的无限张扬奠定了坚实的理论基础和群体接受基础；从反叛角度讲，"重情"但无法自由"抒情"的限制压抑了中国文人几千年，性灵文人终于打破了这一牢笼，为诗情的自由抒发开拓了一片新天地。

　　明代特殊的社会环境，并由此导致的明代文人身份意识和价值观念的转变，是催生性灵诗情的现实原因。明代统治者对待文人的非正常态度，使文人们从一向引以为豪的政治舞台上跌落下来，不再乐于仕进，很多文人选择"隐居以求其志"或"求乐以度余生"；同时，新兴的市民经济，给了文人重新选择人生道路的机会，很多文人弃政从商，追求物质的丰富和生活的享乐，不再把建功立业或不朽于世作为人生目标。于是，随着文人正统地位的消解，文学的"神圣性"也就逐渐被消解了，文学不再承担"经国之大业"的重任，转而成为文人表达自我日常生活情趣和雅玩的工具，而这也正是性灵诗情的主要特色之一。

　　阳明心学是性灵诗情最直接的哲学影响，性灵文人如唐顺之、徐渭、李贽等都深受心学的影响。在心学体系中，"良知"对心本体的重视，"良知"对审美主体意识的高扬，"良知"之变动不居以及阳明的叛逆精神等都直接或间接地影响着性灵诗情的产生。从某种程度上说，王阳明就是性灵文人的思想导师，而他的"良知"学说，就是性灵诗情的哲学基础。此外，在王学到"性灵"之间，王龙溪也起着积极的作用，他把阳明心学由哲学领域引入文学领域，可以说是从"良知"到"性灵"不可或缺的过渡者。

有明一代大行其道的俗文学，给处于危机中的明代诗歌指明了另一条出路。特别是被赞为"无识无闻之人所作，故多真声"的民歌，让很多文人重新思考传统诗歌的发展之路。性灵文人把民歌真、趣、俗、露的特点引入正统诗歌创作中，模仿民歌进行创作，不仅拓宽了诗情的表达范域，同时也更新了诗情的表达方式。

任何单方面的刺激和影响，都很难说会使性灵诗情在历史的长河里发出如此耀眼的光辉并产生如此震撼人心的力量，正是在历史与现实的激荡中，在哲学与文学的相互成全下，这一切才会发生；也只有在发生这一切的时代，性灵诗情才会骤然兴盛起来。

余论 诗情与诗人的价值

——兼论"性灵"在中国诗情史上的得与失

诗人的价值和意义体现在哪里？

不仅我们有这样的疑问，很多诗人本身，也被这一问题困扰着。德国诗人荷尔德林在他的诗歌中就曾经发出过这样的感叹："我不知道，贫乏的时代，诗人何为？"

在西方的文化传统中，人们给予诗人和诗歌崇高的地位。柏拉图说："诗歌本质上不是人的而是神的，不是人的制作而是神的诏语；诗人只是神的代言人，由神凭附着。"[①] 雪莱说："诗人是世间未经公认的立法者。"[②] 是"真理的掌握者"。海德格尔也把诗人称为"上帝的代言人"，是"往来于众神和人民之间的使者"——他们一方面聆听神旨，揣度天意，或从古老传说中汲取祖先的生存智慧；另一方面，又殚精竭虑，百转歌喉，努力将天籁神音翻译成诗，传给迷茫中的人民，为他们的生活设定尺度并确立意义。[③] 诗人所占据的神圣和崇高地位，使他们的肩头不可避免地担负着种种重任：智慧的传承者、光明的使者、真理的掌

---

① ［古希腊］柏拉图：《伊安篇》，载《文艺对话集》，朱光潜译，人民文学出版社 1963 年版，第 9 页。

② 章安祺编订：《缪灵珠美学译文集》卷 3，中国人民大学出版社 1998 年版，第 164 页。

③ 转引自张晓平《诗人何为？——中西诗歌价值观比较》，《韶关学院学报》（社会科学版）2001 年第 1 期。

握者、迷途中的领导者……

在中国的文化传统中，诗人和诗歌也同样拥有着类似西方的重要地位。中国诗学的"开山纲领"——"诗言志"从一开始就不是关于个体情感的言说，而是"指向神明的昭告"。于是诗人也就先天地背负上了社会的重任，成为王权政治之外的另一思想"统治者"。林语堂曾经把诗歌比作宗教，因为两者对人类的心灵都起着净化作用，并认为假如没有诗歌，中国人就无法幸存至今。① 以之类推，那么诗人就应该是人们的信仰塑造者和坚守者。

今人丁来先在其《诗人的价值之根》一书中这样写道：

> 诗人以某种语言、意象、观念或情感等来表达他们对于未知世界的摸索，或对精神的执著追寻，并以此来展现他们的种种梦想……这些诗人的精神性行为对人类整体的文化经验依旧至关重要。诗人也是通过这种想象力、情感力量与探索精神来获得其价值——对人类文化经验的独特贡献以及对人类整体进化的推动。②

由此来看，不管是西方还是中国、古人还是今人，都对诗人寄予了厚爱。自古以来的诗人们也自觉地承担起了这份重任，在进行诗歌创作时，他们尽量摒弃情感中"俗情"和"私欲"成分，尽量向"雅情"和"高情"靠近，以维持自己"贤人"或"圣人"的形象和地位。诗人的角色被历史规约着，大多诗人也自得其乐，或真诚地抒发着高尚之情，或"虚伪到无比真诚"地抒发高尚之情。这期间，有如杜甫"安得广厦千万间，大庇天下寒士俱欢颜"，或如陆游"王师北定中原日，家祭无忘告乃翁"般的真情实意，但也总会出现"心画心声总失真"的状况，类似

---

① 林语堂：《中国人》，浙江人民出版社 1988 年版，第 211—212 页。
② 丁来先：《诗人的价值之根》，中国社会科学出版社 2011 年版，引言第 3 页。

"高情千古《闲居赋》，争信安仁拜路尘"①　之类事件，绝非历史的偶然。

诗人的这种"精神垄断"持续了几千年。

到了明代，政治的高压造成了一部分文人唯唯诺诺的"妾妇心理"②，类似于先前文人慷慨激昂的爱国之情和抱负已荡然无存；而商业社会的兴起，也使一部分文人重新选择自己的人生道路，仕途已不再是实现人生价值的唯一方式。可以说，家国天下的担当在明代文人的生命中渐渐消逝，剩下的只是世俗的沉沦和现世的享受。在这种状况下，再在诗歌中表现济世的期望和焦虑，爱国的激情和责任，圣贤的无欲和淡泊，就显得言不由衷，难以让人信服。

明代的复古文人在此后备受诟病，就是犯了这种"言不由衷"的错误。应该说，复古文人的初衷是美好的，他们试图在文人世俗沉沦的夹缝中重新找回那种盛唐式的生命激情和责任意识，但遗憾的是，此时的社会既没有如盛唐般奋发昂扬、生气贯注的时代精神，此时的文人也没有如盛唐文人般宏阔博大的心灵、积极健康的心态和自由博大的精神。在这样的时代氛围中，试图用一颗平庸、琐碎的心灵去恢复盛唐诗歌的气象，试图在诗歌创作之前先"立许大意思"③，或"本无是情，而设情以为之"④，其结果就只能停留在诗歌文本字词间的自娱自乐，而缺少审美和精神意义。正如孙学堂所说："在诗歌史上，最严重地遮蔽了诗情的，恰恰是那些以最敞亮的盛唐诗歌为蓝本、宣称'诗必盛唐'的复古主义者。"⑤　文学创作的最佳顺序应是"神来、气来、情来"，诗人先有内在的精神、气节，那么诗情的抒发也就是水到渠成之事。如复古文人般试图通过刻意的情感渲染"制

---

① （金）元好问《论诗三十首》："心画心声总失真，文章宁复见为人？高情千古《闲居赋》，争信安仁拜路尘。"

② 左东岭：《王学与中晚明士人心态》，人民文学出版社 2000 年版，第 13 页。

③ （明）谢榛：《诗家直说》卷三。

④ （明）徐渭：《肖甫诗序》，载《徐渭集》卷 19，中华书局 1983 年版，第 534 页。

⑤ 孙学堂：《盛唐诗歌精神论》，《文艺研究》2004 年第 3 期。

造"一种时代的气象，期望用一颗贫乏苍白的心灵继续垄断人们的精神世界，继续占据"精神之王"的地位，就只能是自欺欺人了。正像荷尔德林所说，这是一个精神"贫乏的时代"，诗人应该何为，是历史对文人的又一次灵魂拷问。

英美新批评派的理论家艾伦·退特在《诗人对谁负责》一文中说："硬要诗人自认是社会秩序的立法者，这其实是要诗人丢开诗人的确切责任。诗人的责任本来很简单，那就是反映人类经验的真实，而不是说明人类的经验应该是什么，——任何时代，概莫能外。"① 因此，真正的诗人，必须内心先有"法"，然后才能立法；必须心中先有信仰，然后才能做迷茫众生的领导者；必须自身先成圣成贤，然后才能创造出直击灵魂的诗歌。不管在怎样危机的情况下，诗人都应该首先忠实于内心，而不应该被利用，成为"传声筒"或"宣教者"。"诗人对社会所负的责任绝不是按社会思潮或社会需要去编诗。诗人对什么负责呢？他只对他作为一个诗人应当具备的德行负责，对他的特别的（风骨）负责。"②

在那个诗歌创作"黄茅白苇，弥望皆是"的时代，性灵文人坚持着发出自己的真实声音，就显得弥足珍贵。"诗中的言说者毋庸置疑地要具有诗人自己的声音。"③ 这应该是对一个诗人最高也最基本的要求。性灵文人在诗中表达自己或崇高，或卑劣，或日常，或私密的情感，不管崇高还是卑劣，都最终指向"真实"。这种原原本本的"真实"，一方面是针对复古派的有意为之——其中虽然在诗歌创作上有着矫枉过正的纰漏，但突破虚假的勇气和精神应是其中最为宝贵的财富。另一方面，性灵文人的真性情创作，也是对诗歌负责，对自己的"良心"和诗人身份的负责，是诗歌创作和诗人长久保持独立神圣地位的不变法则。

---

① 赵毅衡编选：《"新批评"文集》，中国社会科学出版社 1988 年版，第 468 页。
② 同上。
③ 西默斯·希尼的诗论主张。西默斯·希尼是爱尔兰诗人和诗评家，1995 年诺贝尔文学奖获得者。

在历史的流变中，形态各异的思想观念和行为标准在不停地更替着，但无论怎样变换，总有一些核心的价值和观念被人们奉为永恒的真理。在诗歌创作中，真正的诗人一定会坚守自己独有的精神信仰，这也是唐顺之强调"本色"、徐渭强调"真我"、李贽强调"童心"、公安派强调"性灵"的原因所在。他们坚守着自己作为一名诗人的独有内在性，期望通过未受世俗喧嚣的原初之心、本真之心，赤诚地传达出内心的真实世界。从这一意义上来说，性灵诗情始终在坚守着基本的诗歌创作原则。

性灵诗情的历史价值并不仅仅体现在这一个方面。完美的文化不仅要具有上述所谈到的永恒不变的统一性，完美的文化还应该是多彩的、饱满的、均衡的。先秦时期的"百家争鸣"成为我们历史文化中的辉煌和骄傲，就是因为诸家所散发的五光十色的光彩和势均力敌的较量，多彩才足够绚丽，有较量才有生机。在明代前中期，不管是"台阁体"还是"复古派"，其实质都是继续保持诗情的"正统"性，并因为两派领袖的特殊地位，有着一方独大、不容置疑的骄傲和霸气。这种状况在一定程度上造成了文化的失衡。而纵观中国历史，为人所称道的伟人或诗人，通常都起着一种类似时代"平衡器"的作用，他们或弥合着文化的断裂，或调控着历史的倾斜，或遏止着事态的失衡……他们在有意或无意之间，契合了当时历史的时代任务。从某种意义上来说，性灵诗情正扮演着这种时代"平衡器"的作用，这也是它无法被替代的历史意义之一。

从诗情文化来看，在中国诗歌诞生之初，原始歌谣和《诗经》中的诗歌虽然有着两种鲜明的诗情意识，即具有一般人性内涵的人本之情和经过人文化之后的诗性情感，甚至在战国时出现了真正的抒情诗人屈原，但遗憾的是，在此之后，中国的诗情文化一直被"志"情牢牢地掌控着。这期间虽然也有"缘情"诗情不断地突围，有"意情"诗情不断试图超越，但在诗情文化的总体格局中，"志情"———种渗透着文治文化的政治原则和道德色彩的社会理性情感显然占据着诗情文化的主导性地位。除却元代的异族文化入侵外，这种状况一直持续到了明前中期复古文人的诗歌创作中。总之，在中国的诗情文化传统中，"志情"太过突出、显眼、泛滥，以至于刺目，而其他类型的诗性情感却被人们忽略，甚至遗忘了。这就使中国诗情文化的元素分布得极不和谐均匀，在总体上处于一种失衡状态。这不能不说是诗情文化的缺憾。而性灵诗情的历史价值正在于其在一定程度上遏止了这种失衡局面。性灵诗情以渗透着浓浓世俗气息和个体本性的"世情"为诗性之情，在表达方式上，以"无法为法"，强调一种"信腕直寄"的创作方式，追求一种"发之于诗，若哭若骂"的抒发效果。性灵诗情所带给人们的新鲜、率真、轻松、彻底的审美愉悦感完全有别于担负着社会和道德重任、欲言又止、中规中矩、温柔敦厚的"志情"。可以说，在"志情"统治的循规蹈矩的诗歌王国里，终于出现了一个完全不听从号令的"叛逆者"，他让人们第一次看到原来诗歌里也可以抒发如此另类的诗性情感，原来诗歌也可以这样进行创作。性灵文人的诗歌创作虽然确实存在过于浅白的弊病，在后来也受到了诸多指责，但从完美文化经验、平衡文化生态的角度讲，功不可没。

对性灵诗情的赞誉，并不意味着它完美无瑕，事实上，不管是从前面的章节中对性灵文人诗歌的分析和评价，"性灵"群体在明代的骤然衰败，还是从"性灵"在此后的历史上所遭受的指责来看，性灵诗情在本质上存在致命的缺陷，这也是它骤然兴起又骤然衰落、被批评为"破坏大于建设"的原因所在。

性灵诗情的致命缺陷，正在于它所提供给人的"精神有限性"。英国文学家托马斯·卡莱尔在其著作中有这样一句话："诗人身上具有一种无限性。"[1] 它即指诗人经常超越现实，洞察真理，从而翱翔在无限的精神世界里，同时也指诗人把这种体味无限精神的方法和力量传导给世间的芸芸众生，使他们也能借助诗歌聆听和捕捉到世界的真相。诗人不是不可以在诗歌中如实地表

---

[1]　［英］托马斯·卡莱尔：《论英雄与英雄崇拜和历史上的英雄业绩》，周祖达译，商务印书馆 2005 年版，第 93 页。

达自身的现实感受，但这绝对不应该是诗歌的主要任务。诗人不应该停留在做现实的"描述者"——在描述人类的真实方面，诗歌显然比不过小说。诗人的主要任务应该是通过有限的形式和语言，向人类传达无限的想象和情思。正如艾略特所说："诗人所以能引人注意，能令人感到兴趣，并不是为了他个人的感情，为了他生活中特殊事件所激发的感情。他特有的感情尽可以是单纯的，粗疏的，或是平板的。他诗里的感情却必须是一种极复杂的东西……"① 这种复杂性表现为诗情不是单向的，而是多维的，它可以在审美的空间无限延伸，可以带给读者无穷的启示。诗人想要在文化的历史中占有一个重要的位置，就必须能刺入人类灵魂的深处，必须向人类展示出理想的无限可能性。而性灵文人的诗歌正是在这个方面存在严重的缺陷。

以"世情"为诗情，把庸碌人生、琐碎生活、平常心情诗意化，确实为诗歌打开了一个广阔的表现空间，是对当时面临困境的明代诗歌探索出的另一条发展道路。这种"轻文学"自有其存在的价值和意义——"轻淡"的口味，"轻松"的创作，"轻快"的风格，"轻薄"的态度，"轻触"读者的神经②，好似一颗清香的荔枝，带给读者柔软的享受。但荔枝再清香，也不能成为维持生命的主要能量，正如轻松的诗歌可以带来一时的新鲜之感，但也绝不会成为诗歌的主要使命。特别是性灵文人的一些后学者，其人文精神日益堕落，其诗情抒发也日益滥情化、粗鄙化和俚俗化，甚至连最初带给人们的新鲜感也消失殆尽，完全成为自我享乐、浮华生活的记录和炫耀。这类诗歌带给人们的只是直观的印象，不能引导人们趋向无穷的想象，更不会震撼人的心灵，为人们指明真理的方向。自此，性灵诗情的美好初衷已经被遮蔽，"过犹不及"的后果再一次向人们敲响了警钟。公安"三袁"在后期的创作中也发生了向"质"的转向，正是意识到了这一缺陷。

---

① ［英］艾略特：《传统与个人才能》，载《艾略特诗学文集》，国际文化出版公司1989年版，第7页。
② 陈宇：《〈非诚勿扰2〉：折中主义的胜利》，《电影艺术》2011年第1期。

性灵诗情拓宽了诗情的表现领域，却丢失了审美和诗歌的真正使命。性灵文人过于重视通过诗歌如实地表现诗人的自然本真之情，在他们的眼中，任何如声律、对偶、用典的作诗成法都有可能对抒情造成阻隔和扼制，因此统统摒弃，试图为诗情抒发制造一个"无菌"环境。但他们却忽略了，诗歌的主要审美来源之一，正在于其随情婉转、韵味无穷的语言魅力。在他们"直抒胸臆"思维指导下的诗歌，过于直露无味，如"五年一会面，一别一惨然，只消三回别，便是十五年"或"溪深六七寻，山高四五里。纵有百尺钩，岂能到潭底"的诗歌作品，只能说是排列整齐的口语罢了。

优秀的诗歌创作，需要诗人内心那份原初的真诚，性灵诗人做到了这一点；但同时，优秀的诗歌创作，更需要一种深刻的精神使命和责任意识，这是性灵诗人没有做到的，也是造成性灵诗歌精神缺失和审美缺位的主要缘由。

当今社会，又是一个"性灵"四溢的时代。我们的艺术家比以往任何一个时代都更自由，更具备可以彻底展示自己个性的空间和条件；但同时，这个时代，也是一个比以往任何时候都更依赖物质、更依赖感官、更依赖技术的时代。诱惑无处不在，欲望一触即发。在这个时代，如何在审美自由中坚守自身的原则，如何在追求德性的同时避免走向虚伪，如何真正做到"逍遥而不失原则，有德性而不做作"①，或许我们可以从性灵文人那里获得启示或警惕。

① 张节末：《中国古代审美情感原论》，《天津社会科学》1998 年第 1 期。

参考文献

一 古人著作

（明）袁宏道：《袁宏道集笺校》，钱伯诚笺校，上海古籍出版社
2008 年版。

（明）袁中道：《珂雪斋集》，钱伯诚点校，上海古籍出版社 1989
年版。

（明）袁宗道：《白苏斋类集》，钱伯诚标点，上海古籍出版社 2007
年版。

（明）李贽：《李贽文集》，张建业等主编，社会科学文献出版社
2000 年版。

（明）徐渭：《徐渭集》，中华书局 1983 年版。

（明）汤显祖：《汤显祖诗文集》，徐朔方笺校，上海古籍出版社
1982 年版。

（明）王阳明：《王阳明全集》，吴光等编校，上海古籍出版社 1992
年版。

（明）江盈科：《江盈科集》，黄仁生辑校，岳麓书社 1997 年版。

（明）江盈科：《雪涛诗评》，天都外史冰华生辑，民国铅印本。

（明）陶望龄：《歇庵集》，明人文集丛刊本，台湾伟文图书出版
社 1976 年版。

（明）钟惺：《隐秀轩集》，李先耕、崔重庆标校，上海古籍出版

社 1992 年版。

（明）谭元春：《谭友夏合集》，阿英校点，上海杂志公司 1935
年版。

（明）归有光：《震川先生集》，周本淳校点，上海古籍出版社 2007
年版。

（明）冯梦龙：《情史序》，张福高校点，春风文艺出版社 1986
年版。

（明）王艮：《王心斋先生遗集》，民国刊本。

（明）焦竑：《澹园集》，金陵丛书本。

（明）屠隆：《白榆集》，四库丛书存目丛书本。

（明）沈德符：《万历野获编》，中华书局 1959 年版。

（明）李东阳：《麓堂诗话》，载《历代诗话续编》，中华书局 1983
年版。

（明）李梦阳：《空同集》，上海古籍出版社 1991 年版，影印四
库本。

（明）王世贞：《艺苑卮言》，罗仲鼎校注，齐鲁书社 1992 年版。

（明）何景明：《大复集》，文渊阁四库全书本。

（明）李攀龙：《沧溟集》，文渊阁四库全书本。

（明）卓人月：《古今词统》，辽宁教育出版社 2000 年版。

（明）张萱：《西园闻见录》，王有立主编，华文书局股份有限公
司民国二十九年版。

（明）陆时雍：《诗镜总论》，载《历代诗话续编》，丁福保辑，
中华书局 1983 年版。

（明）胡应麟：《诗薮》，上海古籍出版社 1979 年版。

（清）焦循：《雕菰集》，清道光岭南节署刻本影印本。

（清）张廷玉：《明史》，中华书局 1984 年版。

（清）钱谦益：《列朝诗集小传》，上海古籍出版社 1983 年版。

（清）钱谦益：《牧斋初学集》，上海古籍出版社 1985 年版。

（清）黄宗羲：《黄宗羲全集》，浙江古籍出版社 1992 年版。

（清）王夫之：《船山全书》，岳麓书社 1996 年版。

（清）朱彝尊：《静志居诗话》，人民出版社 1998 年版。

（清）袁枚：《随园诗话》，王英志批注，凤凰出版传媒集团、凤凰出版社 2009 年版。

（清）赵翼：《廿二史劄记》，曹光甫校点，凤凰出版传媒集团凤凰出版社 2008 年版。

（清）陈田辑撰：《明诗纪事》，上海古籍出版社 1993 年版。

（清）严可均辑：《全汉文》，光绪间黄冈王氏刊本。

（清）纪昀：《纪文达公遗集》，清嘉庆十七年纪树馨刻本影印本。

（清）叶燮、薛雪、沈德潜：《原诗·一瓢诗话·说诗晬语》，郭绍虞主编，人民文学出版社 1979 年版。

（汉）高诱注：《淮南子注》，上海书店 1986 年版。

（西汉）董仲舒：《春秋繁露义证》，苏舆撰，中华书局 1992 年版。

（西晋）陆机：《文赋集释》，张少康集释，人民文学出版社 1984 年版。

（南朝梁）钟嵘：《诗品集注》，曹旭集注，上海古籍出版社 1994 年版。

（宋）郭茂倩：《乐府诗集》，中华书局 1979 年版。

（南宋）葛立方：《韵语阳秋》，上海古籍出版社 1984 年版。

（南宋）朱熹：《诗集传》，中华书局 1985 年版。

二　今人著作

陈鼓应、辛冠洁、葛荣晋主编：《明清实学思潮史》，齐鲁书社 1989 年版。

成复旺、蔡锺翔、黄保真：《中国文学理论史》（三），北京出版社 1987 年版。

成复旺：《中国古代的人学与美学》，中国人民大学出版社 1992 年版。

陈良运：《文与质·艺与道》，中国人民大学出版社 1992 年版。

陈良运：《中国诗学体系论》，中国社会科学出版社 1992 年版。

陈书录：《明代诗文的演变》，江苏教育出版社 1996 年版。

沈维藩：《袁宏道年谱》，载《中国文学研究》第一辑，江西教育
　　出版社 1999 年版。

蔡镇楚：《中国古代文学批评史》，岳麓书社 1999 年版。

陈文新：《明代诗学》，湖南人民出版社 2000 年版。

陈平原：《晚明文学思潮研究》，湖北教育出版社 2002 年版。

陈宝良：《明代儒学生员与地方社会》，中国社会科学出版社 2005
　　年版。

陈时龙：《明代中晚期讲学运动》，复旦大学出版社 2006 年版。

陈江：《明代中后期的江南社会与社会生活》，上海社会科学院出
　　版社 2006 年版。

陈文新：《明代诗学的逻辑进程与主要理论问题》，武汉大学出版
　　社 2007 年版。

邓绍基、史铁良：《20 世纪中国文学研究·明代文学研究》，北京
　　出版社 2001 年版。

范嘉晨、段慧冬：《晚明公安派性灵文学思想研究》，中国社会科
　　学出版社 2009 年版。

龚鹏程：《晚明思潮》，商务印书馆 2005 年版。

郭英德：《中国古代文学通论·明代卷》，辽宁人民出版社 2005
　　年版。

胡经之：《文艺美学》，北京大学出版社 1989 年版。

黄卓越：《佛教与晚明文学思潮》，东方出版社 1997 年版。

韩经太：《理学文化和文学思潮》，中华书局 1997 年版。

胡适：《白话文学史》，百花文艺出版社 2001 年版。

何宗美：《明末清初文人结社研究》，南开大学出版社 2003 年版。

何宗美：《公安派结社考论》，重庆出版社 2005 年版。

何宗美：《文人结社与明代文学的演进》，人民出版社 2011 年版。

黄克剑：《由命而道——先秦诸子十讲》，线装书局 2006 年版。

黄意明：《道始于情：先秦儒家情感论》，上海交通大学出版社
　　2009 年版。

简锦松：《明代文学批评研究》，台湾学生书局 1989 年版。

贾宗普：《公安派文学思想研究》，中国社会科学出版社 2011 年版。

林语堂：《生活的艺术》，世界文化出版社 1941 年版。

梁启超著，李兴华、吴嘉勋编：《梁启超选集》，上海人民出版社
　　1984 年版。

廖可斌：《明代文学复古运动研究》，上海古籍出版社 1994 年版。

刘大杰：《中国文学发展史》，百花文艺出版社 1999 年版。

李煜昆：《春墨写性灵——明清性灵派》，东方出版社 1999 年版。

李圣华：《晚明诗歌研究》，人民文学出版社 2002 年版。

李泽厚：《实用理性与乐感文化》，生活·读书·新知三联书店
　　2005 年版。

李有兵：《道德与情感：朱熹中和问题研究》，中国传媒大学出版
　　社 2006 年版。

罗宗强：《明代后期士人心态研究》，南开大学出版社 2006 年版。

刘晓东：《明代的塾师与基层社会》，商务印书馆 2010 年版。

鲁迅：《中国小说史略》，商务印书馆 2011 年版。

牟宗三：《心体与性体》，（台北）正中书局 1968 年版。

莫林虎：《中国诗歌源流史》，中国社会科学出版社 2001 年版。

蒙培元：《情感与理性》，中国人民大学出版社 2009 年版。

彭亚非：《先秦审美观念研究》，语文出版社 1996 年版。

彭亚非：《论语选评》，岳麓书社 2006 年版。

彭亚非：《中国正统文学观念》，社会科学文献出版社 2007 年版。

潘立勇：《一体万化：阳明心学的美学智慧》，北京大学出版社 2010
　　年版。

任访秋：《袁中郎研究》，上海古籍出版社 1983 年版。

饶宗颐：《文化的馈赠》（哲学卷），北京大学出版社 2000 年版。

宋克夫、韩晓：《心学与文学论稿：明代嘉靖万历时期文学概观》，
　　中国社会科学出版社 2002 年版。

杜文澜辑：《古谣谚》，中华书局 1958 年版。

田素兰：《袁中郎文学研究》，（台北）文史哲出版社 1981 年版。

陶东风：《社会转型与当代知识分子》，上海三联书店 1999 年版。

谭帆：《中国雅俗文学思想论集》，中华书局 2006 年版。

闻一多：《闻一多全集》，生活·读书·新知三联书店 1982 年版。

王先霈：《文艺心理学概论》，华中师范大学出版社 1988 年版。

吴兆路：《中国性灵文学思想研究》，文津出版社 1995 年版。

吴文治主编：《明诗话全编》，江苏古籍出版社 1997 年版。

吴承学、李光摩编：《晚明文学思潮研究》，湖北教育出版社 2002
    年版。

吴志达：《明代文学与文化》，武汉大学出版社 2010 年版。

谢国桢：《明清之际党社运动考》，中华书局 1982 年版。

熊礼汇注：《明清散文流派论》，武汉大学出版社 2003 年版。

许建平：《李贽思想演变史》，人民出版社 2005 年版。

余英时：《中国思想传统的现代阐释》，江苏人民出版社 1995 年版。

余英时：《中国近世宗教伦理与商人精神》，联经出版事业股份有
    限公司 2007 年版。

袁震宇、刘明今：《中国文学批评通史·明代卷》，上海古籍出版
    社 1996 年版。

吴承学：《晚明小品研究》，江苏古籍出版社 1998 年版。

易闻晓：《公安派的文化阐释》，齐鲁书社 2003 年版。

尹恭弘：《公安派的文化精神》，同心出版社 2008 年版。

中国戏曲研究院编：《中国古典戏曲论著集成》，中国戏剧出版社
    1959 年版。

宗白华：《美学散步》，上海人民出版社 1981 年版。

周质平：《公安派的文学批评及其发展》，台湾商务印书馆 1986
    年版。

张国光、黄清泉：《晚明文学革新派公安三袁研究》，华中师范大
    学出版社 1987 年版。

周作人：《中国新文学的源流》，华东师范大学出版社 1995 年版。

周明初：《晚明士人心态及文学个案》，东方出版社 1997 年版。

章安祺编订：《缪灵珠美学译文集》，中国人民大学出版社 1998
    年版。

赵园：《明清之际士大夫研究》，北京大学出版社 1999 年版。

张少康：《中国文学理论批评史教程》，北京大学出版社 1999 年版。

周群：《袁宏道评传》，南京大学出版社 1999 年版。

周群：《儒释道与晚明文学思潮》，上海书店出版社 2000 年版。

左东岭：《王学与中晚明士人心态》，人民文学出版社 2000 年版。

左东岭：《明代心学与诗学》，学苑出版社 2002 年版。

钟林斌：《公安派研究》，辽宁大学出版社 2002 年版。

张显清、林金树：《明代政治史》，广西师范大学出版社 2003 年版。

赵子富：《明代学校与科举制度》，北京燕山出版社 2008 年版。

郑振铎：《中国俗文学史》，商务印书馆 2010 年版。

朱自清：《诗言志辨·经典常谈》，商务印书馆 2011 年版。

三　外文译著

［德］海德格尔：《存在与时间》，陈嘉映、王庆节译，生活·读书·新知三联书店 1987 年版。

［德］歌德：《论文学艺术》，范大灿等译，上海人民出版社 2005 年版。

［俄］普列汉诺夫：《普列汉诺夫美学论文集》，曹葆华译，人民出版社 1983 年版。

［古希腊］柏拉图：《文艺对话集》，朱光潜译，人民文学出版社 1963 年版。

［美］苏珊·朗格：《艺术问题》，滕守尧、朱疆源译，中国社会科学出版社 1983 年版。

［英］T. S. 艾略特：《艾略特诗学文集》，王恩衷编译，国际文化出版公司 1989 年版。

［美］泰勒：《原始文化》，连树声译，上海文艺出版社 1992 年版。

［德］谢林：《艺术哲学》，魏庆征译，中国社会出版社 1996 年版。

四　期刊论文

白振奎、蒋凡：《"发愤著书"说管窥——兼论与"温柔敦厚"之关系》，《贵州社会科学》2000 年第 2 期。

蔡锺翔：《明代哲学情性论的嬗变与主情论文学思潮》，《中国哲
　　学史》1996 年第 3 期。

陈望衡：《徐渭与他的"真我"说》，《理论月刊》1997 年第 7 期。

陈文新：《公安派诗学的重新考察》，《社会科学研究》2000 年第
　　4 期。

陈伯海：《释"诗言志"——兼论中国诗学"开山的纲领"》，
　　《文学遗产》2005 年第 3 期。

陈玉强：《陶望龄"偏嗜必奇"说及其心学语境》，《清华大学学
　　报》（哲学社会科学版）2012 年第 3 期。

丁俊玲：《性灵说研究》，博士学位论文，复旦大学，2001 年。

樊祯祯：《汉代情感思想及其美学意义》，博士学位论文，山东师
　　范大学，2010 年。

郭绍虞：《性灵说》，《燕京学报》1938 年第 23 期。

［韩］金庭希：《袁宏道性灵说研究——兼与李贽比较》，《中国人
　　民大学学报》1997 年第 5 期。

［韩］朴钟学：《袁宏道"从胸臆流出"美学观小考》，《中国文
　　学研究》2001 年第 3 期。

［韩］朴英顺：《严羽诗学与明清时期的"性灵"说》，《阜阳师
　　范学院学报》（社会科学版）2004 年第 1 期。

黄南珊：《明清文论对情感与理性内在特征的审美把握》，《宁夏
　　大学学报》（人文社会科学版）2001 年第 1 期。

胡建次：《中国古代文论"趣"范畴研究》，博士学位论文，上海
　　师范大学，2004 年。

李杰：《"情"的下嫁——晚明情感论美学思想浅探》，《兰州学
　　刊》2004 年第 6 期。

黄意明：《性情交涉中的孔子情感论》，《兰州学刊》2006 年第
　　8 期。

洪涛：《以情为本：理欲纠缠中的离合与困境——晚明文学主情
　　思潮的情感逻辑与思想症状》，《南京大学学报》（哲学社会

科学版）2009 年第 4 期。

刘大杰：《袁中郎的诗文观——中郎全集序》，《人世间》（半月刊）1934 年第 13 期。

刘健芬：《公安派"独抒性灵"的审美内涵》，《西南师范大学学报》（哲学社会科学版）1989 年第 4 期。

廖文婷：《"盖天盖地"与"蕴藉风流"——浅析袁宏道与袁枚"性灵"之不同》，《上海大学学报》（社会科学版）1998 年第 3 期。

刘久明：《文学呼唤超越》，《文艺争鸣》1998 年第 5 期。

刘万里：《心灵与性灵——论阳明心学与晚明文学的特质》，《学术交流》2003 年第 10 期。

李涛：《意：中国古典诗学中的核心范畴》，《东方丛刊》2006 年第 3 期。

李涛、刘锋杰：《人性的压抑与反压抑——晚明"性灵"文学思想新探》，《中国韵文学刊》2008 年第 2 期。

梁讯、王红岩：《"性灵说"的回顾与反思》，《社科纵横》2009 年第 11 期。

刘慧：《先秦道家情论研究》，硕士学位论文，安徽大学，2010 年。

刘进：《〈乐记〉审美情感论的哲学解读》，《船山学刊》2010 年第 3 期。

刘毅青：《作为文化认同的抒情美学传统》，《中国文学研究》2011 年第 4 期。

马美信：《论公安派与竟陵派的分歧》，《复旦学报》（社会科学版）1985 年第 5 期。

马育良：《先秦儒家对于"情"的理论探索》，《安徽大学学报》（哲学社会科学版）2001 年第 1 期。

孟宪浦：《从"言志"到"缘情"——试论中国古典诗学"意"本体论的遮蔽与显明》，《学术论坛》2010 年第 4 期。

马婷婷：《汉代情论研究——兼论汉代情与礼、法的关系》，博士学位论文，华中师范大学，2011 年。

普慧:《佛教思想与文学性灵说》,《文学评论》2012 年第 2 期。

孙爱玲:《论"性灵说"之人文意义》,《厦门教育学院学报》2005
　　年第 3 期。

沈广斌:《古代文论的情理范畴——以唐宋文论为中心》,《中国
　　石油大学学报》(社会科学版) 2007 年第 6 期。

陶应昌:《公安派"独抒性灵,不拘格套"的主张及其主体意
　　识》,《云南民族学院学报》1989 年第 3 期。

文令:《屈原抒情求美论及其历史影响》,《中州学刊》1995 年第
　　5 期。

吴兆路:《性灵文人的心态择向》,《复旦学报》(社会科学版)
　　1995 年第 1 期。

熊礼汇:《略说竟陵派对公安派性灵说的修正》,《荆州师范学院
　　学报》(社会科学版) 2003 年第 6 期。

杨明:《魏晋文学批评对情感的重视和魏晋人的情感观》,《复旦
　　学报》(社会科学版) 1985 年第 1 期。

姚文放:《晚明浪漫思潮与西方近代浪漫主义》,《学术月刊》1989
　　年第 8 期。

杨国凤:《袁宏道"性灵说"之我见》,《宁波大学学报》(人文
　　科学版) 2002 年第 1 期。

雍繁星:《晚明性灵文学的世俗化倾向——以袁宏道为代表》,
　　《天津师范大学学报》(社会科学版) 2002 年第 2 期。

曾中辉:《浅论明代文学尊情观的发展脉络》,《江西师范大学学
　　报》1998 年第 1 期。

张节末:《中国古代审美情感原论》,《天津社会科学》1998 年第
　　1 期。

张节末:《先秦的情感观念》,《文艺研究》1998 年第 4 期。

詹福瑞、侯贵满:《"诗缘情"辨义》,《河北大学学报》(哲学社
　　会科学版) 1998 年第 2 期。

张晓平:《诗人何为?——中西诗歌价值观比较》,《韶关学院学
　　报》(社会科学版) 2001 年第 1 期。

赵士林:《从雅到俗——明代美学札记》,《中国社会科学院研究
　　生院学报》1991 年第 3 期。

周延良:《人性复归的追寻与审美思辨的困扰——袁宏道"趣、
　　真、质"文化内涵考论》,《山西大学学报》1994 年第 1 期。

左东岭:《从良知到性灵——明代性灵文学思想的演变》,《南开
　　学报》1999 年第 6 期。

张毅:《良知·童心·性灵——儒家心学与诗学片论之二》,《文
　　艺理论研究》2003 年第 3 期。

郑艳玲、麻玉霞:《袁宏道与袁枚的"性灵"之异》,《燕山大学
　　学报》(哲学社会科学版)2008 年第 4 期。

赵晓丽:《性灵论与人文精神》,《安徽文学》(下半月)2008 年
　　第 6 期。

张永刚:《师心与师古的变奏——东林党议视野下性灵文学内在
　　革新理路的雅化》,《北方论丛》2010 年第 6 期。

附　　录

让传统文化在当代"活起来"——以吟诵文化为例

近年来的"国学热"掀起了一个学习中国传统文化的新高潮，从经典重读到孔子学院，从少儿读经班到汉服成人礼，从于丹读《论语》到企业家学《周易》，"国学"实实在在地成为人们口中一个比较热门的话题。但在这热闹的"国学热"背后并不是一派"龙凤呈祥"之景，面对学习传统文化过程中出现的商业化、形式化、庸俗化和呆板化倾向，应该如何学习和继承传统文化成为摆在人们面前的一个颇为严峻的问题。其实，国家弘扬或者个人传承传统文化，并不是单纯地为了弘扬而弘扬，为了传承而传承。对社会发展有利，又能提高个人素养，这才是传统文化在当代的真正价值和使命所在。因此，对于传统文化我们不能只是一味"拿来"和接受，把传统文化与当下的实践活动相结合，使传统文化不仅仅作为一种知识性存在，作为一种供人展览的"博物馆文化"，而是转变成为具有"生命力"的、能在当代社会发挥作用的"活文化"，这才是我们复兴传统文化的真正目的。

一

要谈传统文化在当代的发展，一个首先需要解决的问题是：文化是什么？据统计，现在有文献可查的关于文化的定义有两百多种，但究竟哪一个更有说服力和代表性，却是仁者见仁智者见智了。我们惯常使用的"文化"一词来源于拉丁文 Cultura，最初表示耕耘土地或者培育植物，此后该词在意义和外延上得到了极大的补充和丰富。英国文化史学者威廉斯（Raymond Williams）在其《文化与社会：1780—1950》中谈到了"Cultura"一词在西方的演变过程，"在这个时期以前，文化一词主要指'自然成长的倾向'以及——根据类比——人的培养过程。但是到了 19 世纪，后面这种文化作为培养某种东西的用法发生了变化，文化本身变成了某种东西。它首先是用来指'心灵的某种状态或习惯'，与人类完善的思想具有密切的关系。其后又用来指'一个社会整体中知识发展的一般状态'。再后是表示'各种艺术的总体'。最后，到 19 世纪末，文化开始意指'一种物质上、知识上和精神上的整体生活方式。'"① 中国汉代以前没有"文化"一词，而"文"最初指纵横交错的纹理，东汉许慎在《说文解字》中说："文，错画也，象交文。"意指由线条交错组合而成的图案。虽然"文"在本原意义上只是一种"视觉性的线性图案"②，但本义之文是具有"人为性"的，也就是说，"它是人改造自然所得到的一个超自然性的结果，是人在自然身上打上的一种人性的印记。"③ 随后，文的外延和内涵不断扩大，发展成为人类社会的各种具有形构意义的组合，用来指称各种自然现象和社会现象，如《周易·象传》中说："观乎天文，以察时变；观乎人文，以化成天下。"就是指通过观察自然和人类现象的秩序和规律来治理天下。"化"，古字为"匕"，是一个会意字，在甲骨文上显示为二

---

① 引自韦森《文化与制序》，上海人民出版社 2003 年版，第 9 页。
② 彭亚非：《中国正统文学观念》，社会科学文献出版社 2007 年版，第 13 页。
③ 同上书，第 14 页。

人相倒背之形，一正一反，寓意变化之意，《说文解字》称"匕，变也"。《周礼·栉氏》述及："欲其化也"，郑玄注曰："化，犹生也。"由此可知，"化"最初为变化、改变之意。到《说苑》"凡武之兴，为不服也，文化不改，然后加诛"中把"文化"两字第一次正式组合在一起，指通过一些人为手段使事物有别于从前，已含有文治和教化之义。自此，文化的意义已经走向明确化，指通过礼乐制度和伦理道德去感化人民，从而使他们能"发乎情止乎礼义"，侧重的是对个人的培养作用。

我们无法详尽罗列中西各家对于文化的确切定义，但从以上中西方"文化"一词的演变情况可以看出：首先，文化不是一个静止的、成熟的固定存在物，而是一个跟随时代不断更新变化的动态过程。黑格尔在《哲学史讲演录》中说："传统并不仅仅是一个管家婆，只是把她所接受过来的忠实地保存着，然后毫不改变地保持着并传给后代。它也不像自然的过程那样，在它的形态和形式的无限变化与活动里，仍然永远保持其原始的规律，没有进步。"① 这段话明确地告诉我们，在研究文化，特别是在研究如何继承传统文化时，切不可把某一文化现象看作一成不变的、模式化的、"凝固"的对象，而应该将之作为一个开放的结构，不仅可以包容其在传承过程中的改变，而且应该结合当代情况积极地为其注入新内容和新形式。因此，传统文化应该随着时代的变化而变化，它的生命力也只能在不断的改造、创新之中焕发出来，如果失去了与现实生活的联系，那么也就意味着生命的终结。

其次，文化就是"人化"，即要"依'人'的价值、向人的理想改变世界和人本身，使之美、善、益、雅、自由、崇高……"② 这就是说，不管是在生成文化还是在使用文化的过程中，人始终要处于文化的中心位置。梁启超说："文化者，人类心能所开释

---

① ［德］黑格尔：《哲学史讲演录》第一卷，贺麟、王太庆译，商务印书馆1959年版，第8页。

② 孙美堂、杜中臣：《文化即"人化"》，《中国人民大学学报》2004年第6期。

出来之有价值的共业也。"① 龙应台说："文化其实体现在一个人如何对待自己，如何对待他人，如何对待自己以外的自然环境。"② 这些言论都充分说明，从文化的产生角度来看，文化是人类在改造自然或完善自己的过程中一点点积累创造起来的，一切的文化现象都深深地烙刻上了人的印迹；而从文化的使命和目的来看，所有的文化活动和形态，最终又指向了人，是为了使人获得更为全面的发展，使人更好地成其为"人"。

其实，不管是文化的动态性，还是文化即为"人化"，都提醒我们在对待传统文化时，不可将之与现实隔离起来。传统文化是跟随历史代代传承下来的，在这个漫长的历史时期虽然文化的内容有更新和变化，但不存在割裂。有人或许会认为，在推翻封建帝制，特别是在请进"德先生"和"赛先生"的新文化运动后，中国发生了翻天覆地的变化，进入了一个全新的天地。但是，不管如何变化，传统文化中那些核心的灵魂和精髓，已经融注在人们的日常生活里，甚至渗透到了中华民族的集体无意识之中，这些是不会随着朝代的更迭或者民族的变迁而改变的（其实，不管是辛亥革命还是五四运动，或者是中华人民共和国的成立，与之前历史上的每一次民族融合相比，它们对于文化的影响并没有显著到哪儿去）。因此，传统文化与当代社会现实之间不存在不可逾越的鸿沟，"传统文化是现实社会的历史渊源，现实社会是传统文化的实践延伸"，③ 站在现实的实践需求之上来继承和发展传统文化，将之投入当下的活动实践之中，并使它在人们生活中发挥积极的作用，这是实现传统文化价值、使之永葆生命力的根本途径。

---

① 梁启超：《饮冰室全集·什么是文化》，（台北）文化图书公司 1972 年版，第 307 页。
② 龙应台：《文化是什么》（上篇），《中国青年报》2005 年 10 月 19 日。
③ 柯尊全：《传统文化的现代转生之路——读〈儒道智慧与当代社会〉》，《东方论坛》2000 年第 1 期。

二

　　中国传统文化历史悠久，内容丰富，从"仁、义、礼、智、信"的修身素养到"天人合一"的思维方式，从四大发明到二十八宿，从琴棋书画到衣冠服饰，从诗词歌赋到古玩器物，种类繁多，不一而足。下文以近几年较受关注的吟诵文化为例，探讨一下传统文化在当代应如何与实践结合。

　　简要来讲，吟诵是指我国古代文人通过富有节奏和旋律的声音表达自己或他人作品中的内容和情感的一种阅读活动。作为我国传统的阅读古典诗、词、文的方法，"吟诵"一直和中华文化共生共荣，对于中华文化的继承和传播起着积极的作用。但是现在，很多人已经不知道"吟诵"为何物，甚至很多研究古代文学和古代文化的研究生们，对"吟诵"也很陌生了。关于吟诵的定义，胡俊林《论中华吟诵的发祥起源》认为，吟诵有广义和狭义之分，"广义的吟诵兼指歌吟（吟咏、吟唱、吟哦、嗟叹等）和诵读（讽诵、背诵、熟读、哼念等），涵盖人类出之于口、诉之于耳、动之于心的一切有声语言现象；狭义的吟诵专指介乎歌唱与阅读之间的有节奏的有声语言现象，它'似唱非唱，似读非读'，既不同于'戏曲'和'歌曲'表演，又有别于日常说话和浏览默读。"[1] 吟诵的定义其实有很多种，笔者认为，胡俊林的这一看法涵盖了吟诵文化最初的发祥形态和其后的成熟样式，界定较为清晰完整，所以这里特别提出。我们惯常所理解和使用的吟诵是狭义范围内的，主要是指吟诵者不受固定格律的限制，把对作品内容和情感的把握通过抑扬顿挫的声调和疾徐短长的语音自由地表现出来的一种读书方式。

　　吟诵文化的源头，可以追溯到原始社会时期。沈约在《宋书·列传第二十七·谢灵运》中有这样一段话："史臣曰：民禀天地之灵，含五常之德，刚柔迭用，喜愠分情。夫志动于中，则

[1]　胡俊林：《论中华吟诵文化的发祥起源》，《内江师范学院学报》2006年第1期。

歌咏外发。六义所因，四始攸系，升降讴谣，纷披风什。虽虞夏以前，遗文不睹，禀气怀灵，理无或异。然则歌咏所兴，宜自生民始也。"在这段话中，沈约把吟诵活动推到了"生民"时期，也就是原始社会时期。当时没有文字，更谈不上艺术，最简单的"手舞足蹈"和"杭育杭育"便是先民们抒发情感的最初形式。闻一多先生也有过类似的表述："想象原始人最初因情感的激荡而发出有如'啊''哦''唉'或'呜呼''噫嘻'一类的声音，便是音乐的萌芽，也是'孕而未化'的语言。……这样界乎音乐与语言之间的一声'啊……'便是歌的起源。"① 没有乐器伴奏，更没有固定的乐谱，根据自己的情感自由随意而有节奏地"吟"或"咏"。可以推断，"吟诵"起源于原始的劳动和祭祀中，经过漫长的历史积淀，已经内化于我们的精神和意识之中，成为我们的一种集体意识；此后我们对吟诵的重视，已经与理性无关，而完全是一种"本性"，这也就很好地解释了吟诵在古人生活中占有重要地位的原因。随着人们感官的进化，诗、乐、舞开始分离，重视音律的一脉走向了音乐，重视诗歌节奏和意义的一脉走向了吟诵。由于西周王朝的文教传统，到春秋时期，赋诗言志成为重要的参政手段。如《国语·周语上》："故天子听政，使公卿至于列士献诗，瞽献曲，史献书，师箴，瞍赋，蒙诵，百工谏，庶人传语，近臣尽规，亲戚补察，瞽、史教诲，耆、艾修之，而后王斟酌焉，是以事行而不悖。"作为"赋诗言志"的一种方式，吟诵在春秋时期不仅作为一个国家内部的参政手段，而且在诸侯国之间的外交中发挥着重要作用。此外，吟诵在这一时期作为太学及小学所开设的一门课程，在教育上也起着重要的作用。如《周礼·春官·宗伯第三》："以乐语教国子，兴、道、讽、诵、言、语。"再如《墨子·公孟篇》中所讲，孔子在平常的教学中一个很重要的课程就是教授弟子"诵诗三百，弦诗三百，歌诗三百，舞诗三百"。总之，在先秦时期，吟诵已经成为人们生活中一项

① 闻一多：《神话与诗》，上海人民出版社2006年版，第148页。

很重要的活动。此后，吟诵之学作为汉文化的意义承载方式和传承方式，在教育、创作、鉴赏、娱乐、修身和养生方面都发挥着积极的作用，得到了更为广泛和全面的发展。从以下事例中，我们可以对吟诵在古人生活中的重要性有所认识。

　　盖闻孔丘、墨翟，昼日讽诵习业。（《吕氏春秋·博志》）

　　三百五篇，遭秦火而全者，以其讽诵，不独在竹帛故也。（《汉书·艺文志》）

　　琳作诸书及檄，草成呈太祖。太祖先苦头风，是日疾发，卧读琳所作，翕然而起曰："此愈我病！"数加厚赐。（《三国志·陈琳传》引曹丕《典略》）

　　作诗须多诵古今诗，不独诗尔，其他文字皆然。（欧阳修《答祖择之书》）

　　……偶同人当美景，或花时宴罢，或月夜酒酣，一咏一吟，不知老之将至。（白居易《与元九书》）

　　大凡读书，多在讽诵中见义理。况《诗》又全在讽诵之功，所谓"清庙之瑟，一唱而三叹"，一人唱之，三人和之，方有意思。又如今诗曲，若只读过，也无意思；须是歌起来，方见好处。（《朱子语类》卷第一百四）

　　如《四书》《诗》《书》《易经》《左传》诸经，《昭明文选》，李杜韩苏之诗，韩欧曾王之文，非高声朗诵，则不能得其雄伟之概；非密咏恬吟，则不能探其深远之韵。（《曾文正公全集·家训字谕纪泽》）

中国古典文献中关于吟诵的言语比比皆是，从这些文字资料中可以看出，在很长的历史时期，吟诵在文人生活中一直有着不可替代的作用。由于"五四"对这种"摇头晃脑"的封建文化的批判，再加上后来苏联分析式教学的引进，吟诵之学才走向了没落。但这种没落只是暂时的，中国古典文学的独特魅力，国人对重返内心的殷切渴望，都在召唤着吟诵的回归。1998 年，加拿大皇家学会院士、中国古典文学研究专家叶嘉莹上书中央领导，呼吁国家要重视幼少年学习和诵读古典诗词，她的建议得到了当时领导人的重视。随后，"让中华诗词走进中小学校园"的活动在各地相继展开。2008 年，"常州吟诵"① 被列为国家级的非物质文化遗产，目前教育部和国家语委正在积极筹备，拟申报"中华吟诵"为世界级的非物质文化遗产。2010 年 1 月 24 日，经教育部批准、民政部注册，在北京成立了"中华吟诵学会"，该会团结了一批有识之士，开始在全国各地开展关于吟诵的抢救、采录、整理、研究工作。

　　除了对吟诵的抢救、整理与研究外，许多吟诵爱好者，还将吟诵文化更新、发展使之切切实实地融入人们的日常生活之中。让吟诵作为一种教学方法，重新走入小学教育，是近年来做得比较好的工作。华南师范大学附属小学语文教师陈琴，数十年来致力于"素读经典"法的探索研究，并将之应用到教学活动中，她的学生在小学毕业前基本能达到"背诵十万字，读破百部书，手写千万言"的程度，现在这种方法已经推广到了全国，深受学生们的喜爱。北京的冯哲创办了"四海诵读"工程，不仅面向发蒙的儿童，而且面向海内外的成年人士，他的诵读经典教育中心为这些学习者在车水马龙的城市喧嚣之中开辟了一片心灵的"世外桃源"。历经十几年的推广，在冯哲的教育中心参与过读经的学习者遍布几十个城市，人数已经达到千万人。上海师大附属中学的语文特级教师彭世强致力于古诗文教学的有声化、有情化、有效化，也初获成效，这一经验也已在十几个省份得到推广。正是这些人对古文教学的探索，使中国古典诗词文在当代获得了新的生命力。

　　吟诵不仅在小学里得到了很好的推广与实验，在大学里也同

---

① 常州吟诵是植根于常州、运用常州方言进行的吟诵，内容主要包括吟诗的音调，吟词的音调以及吟文言文的音调等。常州吟诵抑扬顿挫的音调颇能表现出唐诗宋词等古典文学作品的声韵美和节奏美，具有文学、音乐、语言学等多学科的研究价值。2008年，常州吟诵入选国家级非物质文化遗产名录。

样如此。著名吟诵专家陈少松教授从 1987 年起就在南京师范大学开设了"古诗文吟诵"选修课，他的这一课程选修人数众多，颇受学生们的喜爱。不仅如此，陈教授还出版了《古诗词文吟诵》一书，这是国内目前唯一一部研究吟诵的学术专著。作为 2010 年国家社科基金——"中华吟诵的抢救、整理与研究"首席专家的叶嘉莹教授不仅重视对小学生诵读经典的教育，同时也非常重视在大学里开展诵读教学，她自己还亲自在南开大学常年传授吟诵，辅导学生的吟诵学习。2007 年，徐健顺在中央民族大学成立吟诵诗社，次年又成立了"首都高校吟诵传承研究联谊会"，二十多个大学的诗社参与其中。2011 年 4 月，由中华吟诵学会和首都师范大学中国诗歌研究中心联合承办的"中华诵·2011 两岸大学生吟诵节"活动在北京隆重举行，这次活动以"传承中华吟诵，弘扬传统文化，促进诗词创作，增进民族团结"为主旨，聚集了来自台湾、北京、上海、江苏、广州等地的十七所高校社团。两岸的大学生们以精彩的表演，呈现了古典诗词的优美意境，为传承吟诵和传统文化起到了重要的作用。另外，在社会上，吟诵也越来越受到人们的重视和关注。安徽马鞍山市对吟诵的教育从幼儿园的娃娃抓起，从 2001 年起，该市的花山区就颇为重视对中小学生的吟诵教育，每年都举行幼儿、小学生吟诵比赛。吟诵文化保留尚比较系统的常州、漳州、泉州、武汉等地都有吟诵雅集；文怀沙倡导的"东方吟诵学"也颇受媒体关注。① 2009 年和 2011 年，以中华吟诵为主题的大型文化活动"中华吟诵周"活动在首都师范大学隆重举行。2010 年，教育部启动了"中华诵经典诵读资源库"，该资源库精选大中小学课本及其他共千篇汉语经典诗文，免费提供给全世界的文学爱好者。这些活动为吟诵走向校园、走上舞台、走近大学生、走进广泛的群众中去做出了重大的贡献。吟诵又一次走进了当代人的生活之中。

本文之所以以吟诵为例探讨传统文化在当代的建设问题，不

---

① 资料参考徐健顺《吟诵的现状》，中华吟诵网 http：//www.yinsong.org/bencandy.php？fid＝241 & id＝1013。

仅因为吟诵作为一种古人阅读古典诗、词、文的有效方法，而且是我们当代人学习古典文学，进而走进古人的精神世界、体味传统诗乐智慧、重塑自我文化修养的中介和桥梁；更重要的原因在于，作为一种传统文化形式，吟诵已真正在当代"活起来"了，学者们把吟诵之学通过课堂、社团、网络以及一年一度的"吟诵文化周"等形式，使它重新进入人们生活之中的成功经验，为其他古代文化传统的现实实践研究提供了很多有益的借鉴。

三

"传统"就是这样奇妙的东西，有时候我们觉得它是那强行裹在我们身上的大黑棉袄，陈旧、笨重、令人生厌，于是拼命地想要摆脱，但就在它似乎渐行渐远之时，我们又觉得没了依靠，留恋它贴心的温暖。美国文化社会学家 E. 希尔斯认为："即使我们承认，每一代人都要修改前辈传递下来的信仰和行为范例，我们还必然会发现，大量的信仰过去被拥护，现在仍然被拥护，许多行为范例过去被奉行，现在仍然被奉行，而且，这些信仰和模式与近期出现的范型相互并存。"① 事实就是这样，传统不可丢，它是我们当代文化的源头活水，没有了传统的滋养和灌溉，现代社会也绽放不出绚烂的"文明之花"。问题的关键在于，我们如何使传统与现代更为融洽的相处，如何使传统在现代依然具有勃勃的生机。

应该说吟诵文化的研究与承传，为在当代处理其他古代传统文化提供了很好的思路。具体来说，笔者认为主要有以下几点。首先，是要把传统文化教育纳入各阶段的学校教育中，这是文化传承十分重要且有效的途径。学校教育是我国教育的主要形式，每个人在公立学校所接受的教育时间一般都在 10 年以上，对于高学历人才的培养可能要超过 20 年。换句话说，作为一个中国公民，他的整个知识结构、处世能力、人生习惯、世界观水平等基

---

① ［美］E. 希尔斯：《论传统》，傅铿、吕乐译，上海人民出版社 1991 年版，第 52 页。

本上都是由学校来完成的，学校不仅承担了知识传授的义务，同时还承担着道德与思想方面的教育任务。这样来看，学校教育对传统文化的重视程度，实际上也就决定了传统文化在未来的命运。其次，虽然学校是传统文化教育的主力军，但社会教育力量在对传统文化传播、教育方面的作用也不可低估。一方面，学校的教育成果需要回到社会中进行实践，接受检验，传统文化能否在现实生活中仍然发挥作用，在多大程度上发挥作用，这些都需要实践进一步印证；另一方面，社会力量对传统文化的重视与传播本身也是学校教育的一种很好的补充形式。以目前的情形看，组建文化社团组织，并以社团为中心进行相关文化的研究、传播等，也是推广传统文化的重要形式。最后，要充分利用好网络、广播、电视等媒体的力量加大对传统文化的普及和传播，尤其是要重视网络新媒体的影响与作用。现在数字杂志、数字广播、数字电视、数字电影、手机短信、网络、触摸媒体等各种数字信息越来越充斥人们的日常生活，每天人们用于消费数字信息的时间要超过其他任何一种消费形式。因此，我们要大力提倡利用数字信息平台来传播传统文化，使传统文化在不知不觉中被人们所接受、所认可。例如"中华吟诵网"现在不仅成为海内外吟诵者学习和交流的平台，而且使更多的人通过这一平台了解到了吟诵文化的魅力与作用，对中国传统文化有了直观的认识与体会。除了以上三点外，还有一点需要特别关注。这就是对那些几近灭绝的"非物质文化遗产"类的传统文化，一定要注重传承人的培养，重视这些文化的音像资料整理与保存等工作，以防止这些传统文化面临失传的危险。

总之，要通过各种方式和渠道，让传统文化走进人们的日常生活，成为为当代人服务的精神食粮，而不是高高在上供人敬畏、膜拜或被存放于展览馆的"圣物"，这是传统文化在当代重获生机、发挥作用的真正途径。当然，在学习与利用传统文化时，我们一定要注意，对传统文化的学习与推广，千万不能只是侧重于技能上的训练，而应该更多地专注于对其思想内涵的体味与把握；不要只是形式上的模仿，而要专注于对其内在精神的领悟。

中华文化的特点在于以心化之，以之化心，即通过改变人的内心而改变人的精神，让人自愿接受它的教育，而不是强迫对它的接受。其实，当我们提出向传统文化学习、提出恢复"吟诵"文化传统的时候，都是希望通过传统文化潜移默化的育人特点，达到对人心精神的塑造与培养。被海德格尔引用过的荷尔德林的那句诗"人充满劳绩，但仍诗意地栖居在这片大地上"，或许也是我们提倡传统文化的终极目的，那就是给现实中的人寻找到一个安顿灵魂的诗意的空间。在这个浮躁的物欲时代，豪宅、名车、年入百万，这些几乎成为每个人生活的梦想和目标。大家自以为在消费高雅，在享受生活，殊不知生命已在无形之中被物欲偷去了时间，被贪婪夺走了灵魂。一具具没有思想和信仰的躯体，游走在所谓"时尚"的前沿，无暇去深思生命的意义，无心去审视"内心的道德法则"，更没有时间去仰望"头顶的星空"。今天，一连串的暴露人心冷漠至极的社会事件已经给整个社会敲响了警钟，道德的缺失，精神的匮乏，这一切都驱使我们去向传统文化中寻求滋养，用传统文化来消解那些日益严重的"单面化""经济化""技术化"倾向，重新珍视真、向往善、追求美，重塑丰富的人类情感与精神，寻找人生幸福与心灵栖居的归宿所在。

《悲慨》与司空图——一个古代知识分子的悲剧命运

> 大风卷水，林木为摧。适苦欲死，招憩不来。百岁如流，富贵冷灰。
>
> 大道日丧，若为雄才。壮士拂剑，浩然弥哀。萧萧落叶，漏雨苍苔。
>
> ——《悲慨》

《二十四诗品》是晚唐人司空图创作的一部以诗话形式品评诗体风格的文学著作①，该作共有二十四品，每品都由十二句四言诗组成，语言简洁凝练、清新自然，《悲慨》是其中的第十九首。历代文人学者对《诗品》的关注，大都侧重于对其体系、真伪以及《雄浑》《冲淡》《典雅》《自然》等品的探讨和阐释，而对《悲慨》一品进行专门研究的则少之又少。从整体上看，《诗品》有着一个统一的、以老庄为代表的道家思想基调，多数篇目语言自然、情感超脱，给人一种"落花无言，人淡如菊"的超尘脱俗之感，但唯有《悲慨》一品气势昂然、情绪激烈，在《二十四诗品》中显得有些与众不同。不过笔者认为，正是这种"与众不同"之处，才越发显示出《悲慨》一品的特色和价值：一方面，《悲慨》不仅仅是一篇表现中国诗歌风格的理论作品，而且"展现了一幕全方位的社会性悲剧"②；另一方面，《悲慨》所讲述的内容和流露的情感，与司空图的生平遭际有着极强的暗合之处，"是司空图自己悲愤不平心情的寄托"③。可以说，《悲慨》

---

① 近年来学界关于《二十四诗品》的作者，出现了司空图、怀悦、虞集三种说法，但大多数论者仍认为司空图应为《二十四诗品》的首选作者，笔者也赞同此说。

② 张国庆：《〈二十四诗品〉诗歌美学》，中央编译出版社 2008 年版，第 194 页。

③ 罗仲鼎、吴宗海、蔡乃中：《〈诗品〉今析》，江苏人民出版社 1983 年版，第 137 页。

是司空图对自己一生的无意识回顾，是其晚年心境的真实写照，从《悲慨》一品中，我们可以读出一个鲜活真实的司空图来。以下笔者将通过对《悲慨》全诗的分析，谈谈对这一问题的看法。

司空图生活在晚唐社会风雨飘摇、动荡不安的时代，青年时期的司空图，同中国封建时代的大多数儒士一样，怀揣着济世安民、报效国家的强烈愿望，他迫切希望通过自己的才华，为振兴李唐王朝奉献自己的微薄之力。然而，当时的唐王朝已经岌岌可危，宦官专权、政治腐败、藩镇割据、土地兼并严重，百姓十室九空……正如《悲慨》首两句所言："大风卷水，林木为摧"，这既是对自然界灾害状况的实写，也暗喻了社会生活中一切丑恶事物对美好事物的摧残。"大风"可以比喻为一切黑暗的、反面的、具有摧毁性的恶势力，而被卷之"水"，是这股邪恶势力的同谋，"林木"则在这里暗指在封建势力统治下不具有反抗能力的人民群众。整句的意思是，在来势凶猛的"大风"和汹涌的"洪水"的袭击下，本来健康生长的"林木"遭受到了被摧折的致命性打击。武汉大学刘禹昌教授对此句的解释比较精当："'大风'二句，以狂风肆虐、卷起江湖、惊涛骇浪、震撼山林、拔木折干为喻，象征国家极其动乱，人民不得安宁。"① 这样，"大风卷水，林木为摧"两句，以短短八个字，就对晚唐的社会状况做出了生动的描绘，而这也成为司空图个人人生悲剧的社会根源。

出生于官宦之家的司空图，自小就有积极进取的入仕思想。良好的家世，深厚的学养，司空图本应大展宏图，怎奈生不逢时——当时的晚唐王朝处于风雨飘摇之中，帝王将相被一场场农民起义逼迫的东躲西藏，根本无暇顾及任用贤才。咸通十年（869 年），司空图虽然考中进士，但并没有被委派官职。大约在咸通十二年（871 年），司空图有感于主司王凝的提携之恩，到商州做了王凝的幕僚。王凝死后，司空图以光禄寺主簿一职赴洛阳上任，其间结识了被罢免的宰相卢携。广明元年（880 年）因卢携复为宰相，

---

① 刘禹昌：《司空图〈诗品〉义证及其他》，武汉大学出版社 1993 年版，第 59 页。

司空图也因此拜为礼部元外郎。但就在当年十二月，黄巢起义军兵破潼关，司空图被困于长安城内，险些丧命。这一系列的事变使司空图意识到，凭借个人的能力，根本无法挽狂澜于既倒。"适苦欲死，招憩不来"两句，即诗人在经历了备受摧残的社会生活之后内心感受的真实描写。曹冷泉在《诗品通释》一书中解读道："此句承上二句，大意谓时世衰丧，令人惊心动魄，心情痛苦欲死，欲求安宁喘息之机，而亦不可得。"① 可以说，诗人此刻的心情悲痛到了极点，想求得片时的安宁也得不到满足，"欲死"两字就清楚地点明了作者的痛苦程度。

大凡有良知的诗人，面对社会的动荡不安，总是不能无动于衷的吧。时常"仰天大笑出门去"的李白在看到安史之乱后的社会混乱局面，也无法压制自己内心的痛苦，在其《江夏别宋之悌》中写下了"平生不下泪，于此泣无穷"的诗句。如果说哭泣还能暂时缓解和释放内心的痛楚，那么司空图的"适苦欲死，招憩不来"，则有着一种欲哭无泪、欲说还休的无言的剧痛。面对着时局的艰难、朝廷的腐败，司空图心情上的极度压抑通过这八个字得到了生动的再现。"百岁如流，富贵冷灰"这两句，则展现了诗人在黑暗的社会大背景下，情感由无奈转为超脱的变化过程。在经历了"适苦欲死"的悲痛之后，诗人觉悟到了人生的短暂，在这"百岁如流"的匆匆岁月中，有什么是值得追求的呢？性命尚不能自保，富贵又有何用？一切都只不过是过眼的云烟罢了。此时，诗人的心境似乎转为平静和超脱，但这种平静是短暂的，是作者抚慰自己内心伤痛的逃避之举。

接下来，"大道日丧，若为雄才。壮士拂剑，浩然弥哀"这四句贴切地展现出了作者的情感由无奈的超脱到不甘心的追问，以及追问无果后转化为哀伤与无助的复杂变化过程。郭绍虞在《诗品集解》中说："百岁如流，一往不回，感人生之无常，不免引起悲慨。"② 面对着江河日下的社会环境，诗人无法熟视无睹，

---

① 曹冷泉：《诗品通释》，三秦出版社 1989 年版，第 68 页。
② 郭绍虞主编：《诗品集解·续诗品注》，人民文学出版社 1963 年版，第 35 页。

于是挣扎着发出了谁才是拯救大厦于将倾的雄才的呼喊，但他微小的声音被淹没在历史的浪涛之中。晚唐王朝摇摇欲坠，即使有若干个"雄才"存在，也无力背负拯救社会的重任。诗人的呼喊是徒然的，只不过更加重了些失望而已。在无望的挣扎之后，诗人最终意识到，任何力量都已无法阻挡历史的车轮，顺其自然或许是唯一的选择。于是，"壮士拂剑，浩然弥哀"，本应勇战杀场，保家卫国的壮士已无用武之处，只能抚摸着宝剑追忆往昔时光，暗自感叹生不逢时的命运。

可以说，这个"壮士"的形象，既是当时千千万万个社会栋梁的代表，也是司空图个人形象的真实写照。从广明元年（880 年）逃归到王官谷，到龙纪元年（889 年）移居华阴，司空图曾有三次出仕为官的机会。第一次在中和二年（882 年），《旧唐书》本传云："时故相王徽亦在蒲，待图颇厚，数年徽受诏镇潞，乃表图为副使，徽不赴镇而止。"这一次司空图有意重回仕途，但由于王徽不赴任而中途落空。第二次是在光启元年（885 年），唐僖宗自蜀返陕，次凤翔，召司空图为知制诰，到长安后又拜为中书舍人。从司空图的一些诗句中我们可以窥见他此次重回仕途是极为高兴的，对济时救世又充满了希望，其诗云："风涛曾阻化鳞来，谁料蓬瀛路却开。欲去迟迟还自笑，狂才应不是仙才。"（《纶阁有感》）然而好景不长，李克用兵临长安，唐僖宗出奔凤翔，司空图等大批官员被滞留长安，这次事件把司空图刚刚燃起的希望之火又浇灭了，于是在光启三年（887 年）又回到了王官谷。第三次是在唐昭宗龙纪元年（889 年），司空图又被拜为中书舍人，但此时朝廷腐败，司空图不忍与之为伍，便以年老身病为由辞官归隐。在历经多次的为官、流落、逃亡、隐居的循环之后，司空图开始对济时救世、功名利禄丧失了信心，于是下定决心隐居避世，再不出仕为官。此后，司空图追随佛老思想，自号为"耐辱居士"，过上了"一局棋，一炉药，天意时情可料度，白日偏催快活人，黄金难买堪骑鹤"（《耐辱居士歌》）的逍遥生活。但是，从他的许多诗歌中我们可以看出，他的晚年生活并没有真正平静。"带病深山犹草檄，昭陵应识老臣心"（《与都统参谋书有感》）、"自由池荷作扇摇，不关风动爱芭蕉。只怜直上抽红蕊，似我丹心向本朝"（《偶书五首》），这些诗句真实地刻画出司空图晚年的矛盾心境，可以说，司空图想做出一番事业的雄心壮志并没有真正磨灭，但由于世事难料，天不遂人愿，他只能逃进佛老思想中暂求一时的清净。隐居并非其本意，只是迫不得已的无奈选择。

司空图内心的这种苦闷和矛盾，在《二十四诗品》的一些篇章中多有体现。例如，《高古》一篇中，一个"泛彼浩劫"的"畸人"在"月出东斗，好风相从"之夜，屹立在太华之巅，默然地听着远处寺庙传来的钟声，其清冷孤寂之情跃然纸上。再如，《清奇》一篇，"可人如玉，步屧寻幽。载瞻载止，空碧悠悠"。一位如玉的"可人"在一处幽静之地对着悠悠的碧空出神，那冷如秋月般的神貌，是寂寞内心的自然外露。从这些诗句的表面来看，司空图在晚年似乎已经做到了超脱和旷达，但若深入分析就会发现，在这超脱和旷达的背后，隐现的却是作者无尽的悲伤和无奈，这些情绪在《悲慨》一品中得到了最为强烈的表现。"萧萧落叶，漏雨苍苔"，任何言语都表达不了诗人的失望之情，只能让被风吹落的树叶和被雨水淋漓的苍苔来替自己诉说那无尽的悲痛与伤感了。在司空图"十年华山"的隐居生涯中，表面上他是放下一切的"耐辱居士"，实则时刻被内心的矛盾和思想的苦闷啃噬着，最终在得知哀帝被弑后"不食而卒"。①

司空图的一生，是抗争、苦闷、矛盾和纠结的一生，他身怀"家国天下"之心，却无用武之地；屡次出仕，又屡次受挫，虽然最终选择了归隐，但身隐而心不静，进与退的矛盾时时撕扯着他的心。他的命运和悲剧是中国千千万万古代知识分子的代表。在政权高度集中的封建时代，知识分子实现其治国平天下远大抱负的唯一途径就是出仕为官。所谓"诚意、正心、修身、齐家、治国、平天下"（《大学》），所谓"为天地立心，为生民立命，

① 《新唐书·列传一一九》：朱全忠已篡，召为礼部尚书，不起。哀帝弑，固闻，不食而卒，年七十二。

为往圣继绝学，为万世开太平"（张载），所谓"天下兴亡，匹夫有责"（顾炎武），这些理想和抱负的实现，都需要当政者的信赖与赏识，需要入仕为官来完成。孔子当年率弟子周游列国十四年，传经布道，甚至一度"累累若丧家之犬"，却始终坚持不渝，其最终目的也正是求得君王赏识，进而实现其建设"仁政"的社会秩序的人生抱负。不管是早年被授职为"委吏"和"乘田"，还是后来被聘任为"中都宰""司空"或"司寇"，孔子都表现出对参政强烈而浓厚的兴趣。这位提出"学而优则仕"的先贤圣人孜孜不倦的从政热情，在以后历代知识分子的心中埋下了种子。即使是号称"谪仙人"的李白，也表现出对"匡时济世"的强烈愿望："奋其智能，愿为辅弼，使寰区大定，海县清一。事君之道成，荣亲之义毕。"（《代寿山答孟少府移文书》）一向忧国忧民而又命运多舛的杜甫也至死怀揣着"致君尧舜上，再使风俗淳"（《奉赠韦丞丈二十二韵》）的政治理想，而他一生的很多时间，都消耗在期望被重用的艰难等待中。以豪放派著称的诗人苏轼，在屡次被贬之后，仍渴望"持节云中，何日遣冯唐？会挽雕弓如满月，西北望，射天狼"（《江城子·密州出猎》）。这是多么值得钦佩的"济天下苍生"的伟大抱负啊！

　　然而，君王追求的是权力地位的稳定，知识分子追寻的是"有道"的社会；封建王朝要求唯命是从，知识分子却无法放弃对独立人格的坚守；官场难免虚伪，而知识分子却视真诚为生命……这些注定了他们与现实政体之间的矛盾，也注定了大多数古代知识分子难逃"壮志难酬"的噩运——或被流放边疆荒野，或丧生于政治争斗，或被排挤而郁郁不得志，或弃官归隐于山野田园，沦落为避难者或受难者。但是，流放或者归隐，依然无法浇灭燃烧在他们血液中渴望"治国平天下"的火焰。《悲慨》一品，就是这样深刻地刻画了以司空图为代表的古代知识分子的矛盾心境和悲剧命运：从"学而优则仕"到"穷则独善其身"，从"壮士拂剑"到"浩然弥哀"，简短的言语写尽这些古代知识分子的人生悲剧。

从"兴"到"兴发感动"
——试论叶嘉莹自成体系的"兴发感动"说

"兴"是中国古代文论中一个极其重要的诗学理论，对历代的文学创作有着深远的影响。"兴"首次出现在《周礼·春宫·大师》中，此后，历代文人以各自不同的理解赋予了"兴"新的内涵，使这一概念日久而弥新。如，钟嵘认为"兴"的本质是"文已尽而意有余"，即主张诗的语言要有言外之意，韵外之旨；郑玄说"兴者喻"，认为兴就是比喻；朱熹在《诗集传》一书中则侧重把"兴"解释为"兴者，先言他物以引起所咏之词也"，强调借助其他事物作为诗歌的开端，从而引出所要歌咏的内容的一种创作方法。到了近代，王国维、朱自清、钱钟书等先生都对"兴"做出了不同的解读。"兴"的内涵如此丰富，汪涌豪在其《范畴论》一书中谈到"兴"时说道："既有'兴起'这种创作发生论意义，又有'兴味'这种接受论的意义。"① 然而，与历代评论家不同的是，叶嘉莹注意到，在诸多分散的阐释背后还缺少一个对"兴"这一诗学概念完整的、规范的梳理和发展。为此，她提出"兴发感动"之说，对我国这个古老的传统诗学概念进行了新的阐发。叶先生的"兴发感动"说除了对传统"兴"论的继承以外，还融合现象学、接受美学等西方理论，并增加了作者感悟等一些新的质素，从而使这一概念发展成为一个中西融合、体系完整的诗学理论。

一　"兴发感动"的缘起及其内涵

在《钟嵘〈诗品〉之理论标准》（1975）一文中，叶先生首次提出了"感发作用"一词，随后，在同年发表的《〈人间词话〉

---

① 汪涌豪：《范畴论》，复旦大学出版社 1999 年版，第 472 页。

中批评之理论与实践》一文中将此概念完善为"兴发感动"。在以后的《〈人间词话〉境界说与中国传统诗说之关系》(1976)、《中国古典诗歌中形象与情意之关系例说》(1982)、《谈古典诗歌中兴发感动之特质与吟诵之传统》(1993)以及《古典诗歌中兴发感动之作用》(《迦陵论词丛稿》代序,写作时间不详)诸文中,作者从不同角度,对"兴发感动"作了系统的阐发。叶先生认为:"诗歌之所以为诗歌,在本质方面是一直有着某些永恒不变的质素的缘故。"① 她说:"关于这种质素,我在经过多年的批评实践之后,终于在后来提出了一个较明确的说法,那就是诗歌中兴发感动之作用。"②

为什么会有"兴发感动"作用呢?叶先生把它的产生落实于心物交感之上,即当内心与外物发生碰撞或交集时,人们常会产生或"相惜"或"相悖"的情感,这些情感会在很大程度上影响作家的创作。也就是说,如果对"兴发感动"追根溯源的话,将最终落于"心"与"物"的关系之上。其实关于心、物的关系,历来是中国传统诗学研究中长谈不衰的话题,诸如:《礼记·乐记》中的"凡音之起,由人心生也。人心之动,物使之然也"。陆机《文赋》中的"遵四时以叹逝,瞻万物而思纷;悲落叶于劲秋,喜柔条于芳春",钟嵘《诗品序》中"气之动物,物之感人,故摇荡性情,形诸舞咏",等等,都是对心物关系的经典阐释。然而,比以上诗论家更为科学的是,叶先生认为引起内心感动的外界事物,可分为自然界与人事界两个方面。"感发生命的来源,可以大别为得之于自然界景物节气之变化的感发,与得之于人事界悲欢顺逆之遭际的感发两大因素。"③ 前者如"春风春鸟,秋月秋蝉,夏云暑雨,冬月祈寒",后者如"楚臣去境,汉妾辞宫"等。也就是说,兴发感动的来源,是人的内心与外在的事物相接触时产生的一种"敏锐直接"的感动之情。这种感动的感情可以

---

① 叶嘉莹:《迦陵论词丛稿》,北京大学出版社 2008 年版,代序第 3 页。
② 叶嘉莹:《我的诗词道路》,河北教育出版社 1997 年版,第 28 页。
③ 同上书,第 29 页。

是受到了大自然界的花开花落、月缺月圆的触动，也可以是受到了人事界的喜怒哀乐、悲欢离合，遭遇的感发。①

　　为了更好地阐释"兴发感动"的生成机理，叶先生将中国传统诗论中关于心物交感的观点与西方的现象学进行了比较。她认为，"所谓现象学就是要研究你这个主体投向客体的时候，你的主体意识的活动，你可以感受，可以感动，可以是回忆，可以是联想，各种活动都包括在其中了。我们中国所重视的心与物交相感应的作用就是相当于西方现象学所说的主体意识与客体的外物相接触的时候所产生的活动。这本来是我们所有的人类，凡是有意识的人类一个共同的意识活动。"② 由此可见，叶先生的"兴发感动"理论，既吸收了中国传统文论中的精华，又与西方现象学理论不谋而合，是中西理论互通互证的重要创获。

　　几十年来，虽然叶先生身处不同的时间和地域，写作观点和态度也曾不断有所改变，但"兴发感动"却频繁出现在她的著作和论文中。那么，具有如此巨大生命力的"兴发感动"说的具体内涵到底是什么呢？在判断一部作品是否具有"兴发感动"之质时，叶先生曾经以晚唐诗人的诗句"鱼跃练川抛玉尺，莺穿丝柳织金梭"和杜甫的"穿花蛱蝶深深见，点水蜻蜓款款飞"的比较为例指出，两首诗描写的都是大自然中的美丽生物，都形象精美、对偶工整。然而，为何杜甫的诗却历来被人认为在品质上要高出许多呢？叶先生认为，这其中的原因就在于"鱼跃"两句纯粹是对外表情事的客观叙写，丝毫没有情意上的感发，而杜甫的两句却可以明显地感受到诗人内心对外物的欣赏和喜爱，是具有生命气息跃动的诗歌作品。叶先生一向认为，作者在创作时要用饱含情感的眼光审视一切，从而使作品的人或物也有生命力。也就是说，读诗，不仅人要有情感，也要体会其呈现的物渗透的情感。就杜甫这首诗而言，就是不仅要能透过诗句看到蛱蝶和蜻蜓的嬉戏之景，也要能体会到诗人的喜悦和悠然之情。"因为前者，

①　叶嘉莹：《迦陵论词丛稿》，北京大学出版社 2008 年版，第 173 页。
②　叶嘉莹：《唐宋词十七讲》，河北教育出版社 1997 年版，第 437—438 页。

人与物在生命根柢处能够贯通交流，创作出来的诗歌才会情意弥满，楚楚动人；由于后者，诗人通过独特的视角观照物象，作品中的景致才会生气流溢，栩栩如生。"①

依据对先前有关"兴"的理论的深入研究和个人对于"兴"的感悟与理解，叶先生创造性地将"兴""发""感""动"四字结合在一起而形成的"兴发感动"说，不仅可以作为引导作家更好地进行创作的诗学理论，而且是一个适用于作家、读者和评论者的多维的、自成体系的诗学理论。

二 "兴发感动"是作家的创作动力

"诗歌的创作，首先需要内心有所感发而觉得有所欲言，这便是诗歌之孕育的开始。"② 叶先生将诗人因外界万姿千态的情事而引起的内心的感触，视为诗歌创作的基本要素。诗人内心为什么会有感动？前文已述，是因为人的内心与外物相遇合、碰撞而引起的一种感触或感动。刘勰在《文心雕龙·明诗》篇提出："人禀七情，应物斯感，感物吟志，莫非自然。"人都有七情六欲，应物而感，是一种自然的心理现象。需要指出的是，"心"与"物"感发的关系有多种，当人发现事物所蕴含的意义与自己的情意相通时，会达到一种物我交融的境界，此时会引起一种"惺惺相惜"或"同病相怜"的感发；而当事物所蕴含的意义与自己的情意相违背时，人会在反差中寻求自我的确定，此种情意同样也会引起作者的创作欲望。由此可见，"兴发感动"既可以产生于情意相合之际，也可以生成于情意相悖之时。

除了"情意相汇"会让诗人有创作的冲动外，叶先生又结合中国古老的吟诵传统，别有生趣地提出，"音声相应"也会使作者产生创作的欲望。在《谈中国古典诗歌中兴发感动之特质与吟诵之传统》一文中，叶先生探讨了"吟诵"对创作的影响。她

---

① 王玮：《精致曼妙的华严楼台——析叶嘉莹以"兴发感动"为核心的词学思想》，《天水师范学院学报》2005 年第 4 期。
② 叶嘉莹：《迦陵论诗丛稿》，河北教育出版社 1997 年版，第 9 页。

说:"当一个人内心有了某种激动之感情时,常不免会有一种想要用声音来加以宣泄的生理上之本能的需要。而当人类的文明进化到有了诗歌以后,于是这种内心之情意的兴发感动,遂不仅只表现为单纯的发声,还有了与声音相配合的文字,然后才逐渐更进一步地有了配诗之乐与合乐之舞。"① 她还举例说明古人不仅作诗时伴随着吟咏,还通过吟咏来改诗。如唐诗中广为人知的描写苦吟的诗句:"吟安一个字,捻断数茎须""两句三年得,一吟双泪流"等。所以,叶先生认为,作者内心的情意伴随声音一起涌出,然后落笔成为文字,这就是"声情相生",也是古典诗歌之所以特别富有兴发感动力量的一个重要因素。在此文中,叶先生还引用苏联诗人马雅可夫斯基在《诗是怎样作成的》一书中的一段话——"当我一个人摆动着双臂行走时,口中发出不成文字的喃喃之声,于是而形成一种韵律,而韵律则是一切诗歌作品的基础。"② ——借以指出,这种吟诵的古老传统并不保守和落后,即使在西方文学理论中也有着重要的意义。

不管是"情意相汇"还是"音声相应",诗人内心已有了一种感触,此时还只是存在于内心的一种跃跃欲试的想法,必须落实于文字,才算是创作过程的善终。那么,诗人应如何去写作呢?叶先生认为,用"赋、比、兴"这三种常用的写作技巧,就能创作出具有感发力量的文学作品。按照叶先生的解释,"比"者,以心拟物,心的情意在先,而借物表达则在后,这种内心的感发大多含有理性的思索安排,是诗人的有意为之。"兴"者,由物感心,物的触引在先,而情意感发在后,这种感发大多由于感性的、直觉的触动,多是自然的、无意的。而赋"不仅是指作者的感发是由于对情意的直接感发,而且也是这种作品是以直接对情事的陈述来引起读者之感发的"③。"赋、比、兴"三者各有所长,叶先生认为,"就理论方面而言,这三种不同的感发方式原可以有明显的区分,可是在

① 叶嘉莹:《迦陵论诗丛稿》,河北教育出版社 1997 年版,第 46 页。
② 同上书,第 51 页。
③ 同上书,第 25 页。

创作的实践中，则这三种不同的感发方式，却又是有着许多可以相同之处的，而其所以能够彼此相异又相通的缘故，则是因为这三种写诗的方式，在心与物互相感发之层次先后方面虽有不同，然而就其以感发为主要之质素一点而言，在基本上则是相同的，而感发之作用在诗人内心中的进行活动，却并不是外表死板的理论所能严格加以划分的"。① 所以对这三种表现方式不可偏废，只要运用得当，就可写出表现长盛不衰的生命感发之佳作。

三 "兴发感动"是读者欣赏的标尺

叶先生的"兴发感动"理论，不仅仅关涉创作者，同时也给读者欣赏作品提供了依据。在 1992 年写的《谈中国诗歌中兴发感动之特质与吟诵之传统》一文中，叶先生曾经提道："这种兴发感动之本质与作用，就作者而言，乃是产生于其对自然界及人事界的一种'情动于中'的关怀之情；而就读者而言，则正是透过诗歌的感发，要使这种'情动于中'的关怀之情，得到一种生生不已的延续。"②

叶先生的"兴发感动"说旗帜鲜明地强调了读者在欣赏作品时对作品内容的积极作用。她说："一个艺术的作品是由两方面完成的，虽然我们创作时不一定先想着读者，但是你写出来要能够引起读者共同的一种感动和感发，这才是一个作品的完成。"③"会读的读者就要从作品之中把作品所潜藏的本质感发的力量都发掘出来，这才是会批评、会欣赏的读者。"④ 20 世纪 60 年代末出现的接受美学以及随之兴起的读者反应批评，都一反过去重视作者、历史背景的传统，而不遗余力地强调读者在作品存在中的作用。如接受美学的创始人姚斯就认为，在作者、作品与读者的关系中，读者不仅仅是一个被动的接受者，也是作品存在的一个

---

① 叶嘉莹：《迦陵论诗丛稿》，河北教育出版社 1997 年版，第 29 页。
② 同上书，第 52—53 页。
③ 叶嘉莹：《唐宋词十七讲》，河北教育出版社 1997 年版，第 139 页。
④ 同上书，第 496 页。

能动的构成部分，只有通过读者的接受过程，作品才算是真正的完成。接受美学另一位代表人物伊瑟尔在其《阅读过程：一种现象学的方法的探讨》中也认为，作品的实现过程依赖于读者，是作者与读者的融合才使作品得以存在。这里，叶先生的观点显然是受到了西方读者接受理论的深刻影响。

其实，这种重视读者的作用在中国传统文论史中也是有迹可循的。如王夫之在《姜斋诗话》中谈到"作者用一致之思，读者各以其情而自得"，谭献《复堂词录序》提及"甚且作者之用心未必然，而读者之用心何必不然"等。这些理论观点都将读者从作者的写作意图中解放出来，凸显了读者在作品的内涵阐发中独抒己见、自由发挥的作用。应该说，叶先生既吸收了西方接受美学的相关理论，又继承发扬了中国传统的诗学理论，从而别具一格地将读者的重要地位纳入她的"兴发感动"说理论体系之中，给人一种耳目一新之感。

此外，在强调读者在文学作品的重要地位之时，叶先生也注意到了"吟诵"与激起读者"兴发感动"力量的关系，这与她重视诗歌创作中"音声相应"的观点是相辅相成的。"吟诵"是中国古老的传统，关于吟诵的妙用，古人也早有认识，如我们熟知的"熟读唐诗三百首，不会作诗也会吟""书读百遍，其义自见"等。叶先生曾举例说，清代曾国藩在《家训—字谕纪泽》中也谈到了吟诵对学习诗文的重要性，并将这一妙用传授给他的儿子，他说："如《四书》《诗》《书》《易经》《左传》《昭明文选》，李、杜、韩、苏之诗，韩、欧、曾、王之文，非高声朗诵则不能得其雄伟之概，非密咏恬吟则不能探其深远之韵。"叶先生对此的解释是："大抵一般而言，高声朗诵之时声音占主要之地位，因此读者所得的主要是声音方面所呈现的气势气概，而在密咏恬吟之时则声音之比重较轻，因此读者遂得伴随着声音更用沉思来体会作品中深远之意味。可见吟诵乃是引发读者对作品有直觉感受和深入了解的一种重要方式。"①

---

① 叶嘉莹：《迦陵论诗丛稿》，河北教育出版社 1997 年版，第 50—51 页。

所以,就诗歌而言,吟诵实在是最大限度地挖掘其兴发感动力量的最好方式。当我们在吟诵诗歌时,伴随着韵律的高低起伏,节奏的快慢舒缓,读者更容易进入作品的世界,感受作者的用心,体会作品的深意。然而,叶先生注意到今天这种美好的吟诵传统已逐渐地离我们远去,现在除了在学校还偶尔能听到琅琅的读诗声外,日常生活中早已少有诗歌音符的飘荡。为此,叶先生号召我们应该恢复这一优秀传统,并提出了许多具体的实施措施。① 作为一名加拿大籍华人,叶先生弘扬中华优秀文化传统所付出的努力,让每一位中国人敬佩和赞赏。

四 "兴发感动"是评论者的批评标准

在《碧山词析论》一文中,叶先生曾经提道:"对于诗歌的评赏,自应当以其能否传达出这种生命力以及所传达之质量的纯驳、多少为主要标准。"可见,"兴发感动"不仅是诗歌的基本生命力,是作者创作的动力,是读者欣赏的标尺,更是评论者的批评标准。关于应如何衡量诗歌感发生命之质量以及作品的传达效果,叶先生提出了两项基本要素:一是"能感之"的因素,即作者的心理、意识、直觉、联想以及诗人的心性、品格、学养、经历等。前者属于诗人先天的禀赋,后者则与作者的后天修养、生活经历、顺达遭际等有关。二是"能写之"的因素,即作品的字质、结构、意象、张力等,这些是影响表达效果的种种因素。"能感之"与"能写之"最先出自王国维的《人间词话》,而诸如心理、意识、直觉、联想等属于"能感之"的要素,是西方直觉主义和精神分析学说的研究对象和批评术语,字质、意象、结构、张力等属于"能写之"的要素,是新批评理论的术语。从以

---

① 1998 年,叶嘉莹上书江泽民主席,呼吁国家领导人重视幼少年学习和诵读古典诗词,她的建议得到了当时领导人的重视。此后,"让中华诗词走进中小学校园"的活动在各地相继展开。2011 年 3 月,已 87 岁高龄的叶嘉莹先生在南开大学参加了 2010 年度国家社会科学基金项目"中华吟诵的抢救、整理与研究"的开题论证会,以该项目首席专家的身份致力于这一将近消亡的非物质文化遗产的抢救和传承工作。

上的分析可以看出，"能感之"与"能写之"两项基本要素，融合了中西相关领域的研究成果，叶先生借鉴这些理论，弥补了中国诗论只重视"点悟"而疏于思辨的特点，为评赏诗歌提供了一个客观的标准。

在理清了"能感之"与"能写之"这两个要素之后，这里有必要对这两个要素与"兴发感动"说的关系作一说明。简言之，外界情事引发了诗人"兴发感动"的情意，使诗人有了创作的欲望和动力，诗人随之调动自己"能感之"和"能写之"的能力进行创作，而创作出的诗歌是否具有"兴发感动"的力量，此时就需要批评者对诗人"能感之"和"能写之"的能力进行综合审查，这是一个连锁反应。"能感之"与"能写之"是影响诗人表达"兴发感动"生命的重要因素，而作品中所蕴含的"兴发感动"之能量，也需要诗人的"能感之"与"能写之"的能力来衡量。"因每一位作者之'能感之'与'能写之'的质素各有不同，因此其表现于作品中之'兴发感动'的生命，便在质与量的各方面也有了明显的差异。天下罕有至圣的完人，因此每一位作者在其'能感之'与'能写之'的二种质素上，也就各有其偏长与缺憾之处。"① 由此可以看出，强调"能感之"与"能写之"是因为其对作品的"兴发感动"力量有着重要的影响，如，强调能感的因素，是因为它影响感发生命的质量；强调能写的因素，因为它对感发生命的表达效果有重要影响。

"能感之"和"能写之"最早是由王国维先生提出来的，而叶先生又用西方理论丰富和发展之后②，将之作为评价作家和作

---

① 叶嘉莹：《我的诗词道路》，河北教育出版社 1997 年版，第 32 页。

② "能感之"与"能写之"最先出自王国维的《人间词话》，"境界有二：有诗人之境界，有常人之境界。诗人之境界惟诗人能感之而能写之，故读其诗者，亦高举远慕，有遗世之意。而亦有得有不得，且得之者亦各有深浅焉。若夫悲欢离合、羁旅行役之感，常人皆能感之，而惟诗人能写之，故其入于人者至深，而行于世也尤广。"对于此段话，研究者们大多把重点放在了"诗人之境界""常人之境界"上，少有深入地阐发"能感之"和"能写之"的。叶嘉莹则联系了西方直觉主义和新批评的相关理论，对这两个概念进行了新的解释。

品的重要标准和依据。不仅如此,"能感之"和"能写之"同时也是判定评论家优劣的一个标准。叶先生认为,作为一个好的评论家,不仅仅在于能感受和体会作品的精髓,更要具备将这种感受和体会呈现出来的表达能力。叶先生以"兴发感动"为立足点,以"能感之"和"能写之"为具体的衡量标准,为作家、作品和评论家找到了一个可行性的评价尺度。

五 "兴发感动"的理论意义

陈平原《在中西文化碰撞中》写道,"世界文学交流日增,无论什么都离不开相互作用和影响。具体到文学和文论的发展和建立更是如此。因此在一个诗学体系有危机时,不能发展时,十分必要以他种文化或诗学体系为参照,寻求他种文化和诗学体系的证据来反思重构自己诗学体系,为之注入清新活泼之水,以求站在一个新的角度,用一种新的眼光来反观传统,解释传统,选择传统,发现传统的'新中有旧的传统'。"① 叶嘉莹就是这样,她清醒地认识到了中国古典诗学面临的这种危机,当固守传统已行不通时,她以自己得天独厚的中西双重文化背景,将中国传统的感性体悟和西方现代的知性理论联系起来,由此提出了自己的"兴发感动"说。叶先生将缺乏逻辑性和理论性的"兴"论用西方现象学和接受美学等理论丰富和发展,使之成为一个规范的、自成一体的适用于创作、接受和评论三个环节的诗学理论。当然,"兴发感动"说的意义并不仅仅在于为我们鉴赏和批评作品制定了一个衡量标准,而是在一个更高的层面,为我们在现代社会如何对待和运用中国传统文论提供了思想和方法上的启发。

(一)推动了传统"兴"论的现代转型

从中国诗论的发展历程来看,"兴"无疑具有强大的生命力,从《周易》源起自今,它已经浩浩荡荡地走过了几千年。与此同时,对"兴"的研究从汉代兴起至今从未停止过,历代诗论家在

---

① 陈平原:《在中西文化碰撞中》,浙江文艺出版社 1987 年版,第 282 页。

自己的语境和理解下赋予了"兴"多样化的内涵，使它在历史的发展中不断更新、丰富，成为一个积淀着浓厚的中国历史文化渊源的诗学概念。如殷璠的"兴象"说，司空图的"韵味"说，严羽的"兴趣"说，王士禛的"神韵"说等，都是以"兴"为理论核心而发展起来的。

　　虽然从古至今有关"兴"论研究的著作已是汗牛充栋，其中不乏观点新颖、阐发深刻的杰作，但将兴、发、感、动这几个字组合成为一个诗学概念，还是一个前无古人的创造。叶先生曾经谈到，在一个研究古典诗学已经式微的年代，她之所以又一次不厌其烦地重申诗歌的感发作用，是因为她真切地感受到，中国传统诗学虽然对诗歌的感发作用有所认知，但缺少更为清晰、完整的解说。因此，将这一诗学概念在现代社会予以清晰的呈现，成为她不容推卸的责任。她引经据典，细腻阐发、深入剖析，将这一古老的概念发展成了一个具有严密体系、含有现代色彩的诗学理论。比如，在"兴发感动"说中她一反传统诗论对读者作用的轻视，而十分强调读者的"在场"；发展了王国维的"能感之"和"能写之"的理论，将之发展成为评价诗词的一个重要标准。更重要的是，"兴发感动"说是一个统摄了诗歌创作、作品、欣赏全过程的诗学概念，她的这些努力，大大推动了"兴"论的现代转型。

　　（二）为评点诗词等文学作品树立了一个新的批评标准

　　将"兴发感动"之作用树立为批评标准自叶先生始，她不但将之应用于诗词作家作品的解说，同时也用于小说的分析。此外，在诗、词评论中她也经常使用这些概念，这些都说明，这是一个容量大、适用性强的诗学范畴。而且，叶先生曾明确提出，对于作品、作家、批评家的衡量也应该以"兴发感动"之生命为依据。例如，她曾指出，评价一首好诗的基本因素，应以其形象与情意相结合时所传达出来的感发生命质量为标准；而对于作家、批评家的评价，她将"兴发感动"生命的衡量落实在具体的"能感之"与"能写之"两因素上。如她说："若想对一个作者有公平客观的评价,便不能只以狭隘的道德或主观的好恶来对之妄加毁誉,而须要先对其感受之内容及写作之技巧有彻底深入的了解……"① 在叶先生的这句话中,"感受之内容"就是"能感之"的要素,而"写作之技巧"无疑就是"能写之"的要素。而对于批评家,叶先生也要求其具有这两方面的能力:一方面,要能对作品的内容有深切的感受;另一方面,也要同时具备能将感受清晰地传达出来的诠释和说明能力。不得不说的是,虽然叶先生对作家、批评家的衡量落实在具体的"能感之"与"能写之"这两个要素上,但最终的归结点仍然是"兴发感动"的生命。

(三)理论和实践相结合的评点方式为解读古典诗词做出了贡献

童庆炳曾经说过:"如果文学理论不根植于具体文学作品的分析和文学发展历史的研究,文学理论所概括的文学基本原理、概念、范畴和方法,也就成了'空中楼阁',失去了存在的依据。"② 叶先生对传统诗论有着深刻的认识,有着诗词创作的经验,更是一名有着实践经验的批评家,"兴发感动"理论根植于她的创作实践和批评实践之中。她始终孜孜不倦地探求着诗歌中的"兴发感动"生命,并且诚实地说出了自己的感受;她不仅用"兴发感动"理论评论具体作家作品如温庭筠、柳永、王沂孙的诗词等,而且用来评论一个时代的诗风、词风,如她认为南唐词就特别富有感发的力量。此外,在对诗论、词论的评价时也是以此为基准,如她对严羽的"兴趣说"、王士禛的"神韵说"、王国维的"境界说"的评论就是如此。由此可见,叶先生不是为了理论而理论,她的理论源于创作,而又用于具体的批评实践,真正做到了"从实践中来,到实践中去"。她在批评实践中将诗词中的"兴发感动"生命完美地表达了出来,复活了古典诗词的生命,使读者、听者获得了新的美的享受和精神激励。

---

① 叶嘉莹:《迦陵论词丛稿》,北京大学出版社 2008 年版,第 172 页。
② 童庆炳:《文学理论要略》,人民文学出版社 1995 年版,第 5 页。

　　"兴发感动"之说是贯穿叶先生研究始终的一个重要的诗学概念，它犹如一股新鲜的活水，为中国古典诗学理论注入了新的生机，为如何研究传统诗学提供了新的可供借鉴的范式。笔者相信，叶先生的"兴发感动"说会得到越来越多的重视与研究。

对近年来中国古代文论范畴研究的考察与分析

在中国古代文学理论中，范畴居于核心地位，起着举足轻重的作用。举凡古代文学理论中的所有重要问题，基本都是借助范畴加以言说的。可以说，范畴构筑了中国古代文学理论的基本形态，凸显出民族文学理论的根本特色。作为中国文学批评史学科自体性得以确立的一种重要标志，范畴研究在 20 世纪初就得到了研究者的重视，并出现了第一批研究成果。如今，范畴研究虽已有近百年历史，但学者对此的讨论热情并没有丝毫减弱，每年出版和发表的关于范畴研究的专著和论文依然数量可观。特别是近年来，范畴研究更是走向了细致化与全面化，呈现出一派繁荣气象：不仅有很多学者就范畴的某一专题进行了深入研究，发表了大量的学术论文，而且出版了多部对于范畴史的整理和研究著作。特别是由蔡锺翔等主编的《中国美学范畴丛书》第二辑的完整出版，更是将范畴研究推向了高潮，同时这些研究成果也为今后的范畴研究打下了更加坚实的基础。以下笔者将对这些研究成果做出比较详细的归纳与梳理。

一　具体范畴研究

对古代文论具体范畴的研究历来都是学者探讨的重点，早在 20 世纪二三十年代，郭绍虞就在《小说月报》《燕京学报》上对"神""气"等具体范畴进行过讨论，之后学者们对一些尚未得到充分重视和讨论的具体范畴继续进行挖掘与研究，取得了丰硕的理论成果。近年来，关于具体范畴研究，不管是在数量上还是在质量上，都在范畴研究中居于重要地位，勾画出一幅具体范畴研究的"万马图"。

（一）对单个范畴的研究

以近些年的范畴研究来看，除了对一些经典范畴概念——如味、兴、趣、意、境、清、韵、气、虚实、含蓄等——的继续探讨外，学者们还注意到了一些新的具体范畴，如闲、观、化、艳、涩、机、通、才、声色、胸襟等。

邵鸿雁的博士论文《中国美学"味"范畴新论》① 是近年来对"味"范畴研究较为新颖、深入和全面的一篇。在该文中，作者厘清了感官味觉和美学的关系问题，认为长时间来学界对"中国人的美意识起源于味觉"这一观念存在误读；此外，作者还认为，在古代中国，确实有"味美"的观念，但这里的"美"仅指感官欲望的满足，同我们说的审美之美有很大不同；对于味觉之味参与到审美中的两种主要表现，即通感作用和以味喻诗，作者也提出了较前人不同的观点。论文还对以往对"味"的相关解读提出了异议，为我们理解"味"范畴提供了一个新颖的视角。对"味"范畴进行探讨的文章还有胡正艳《由实用到审美："味"范畴流变》②、李娜《中国古典美学"味"范畴研究》③、漆琼娟《"味"与中国古典诗学审美鉴赏活动》④ 等，这些文章从"味"范畴的发展流变、内涵性质、美学意义等角度切入，对这一具有鲜明民族特色的文论概念做出了颇有价值的解读。周德波的博士论文《"意"范畴衍生中的三个向度》⑤ 以"'意'范畴衍生中的理论状态及其在特定的文化语境中所承载的理论价值"为主要内容，厘清了这一范畴在生成过程中与文化心理与哲学观念的密切关系，对"意"的误读和难点做了正本清源的工作。圣静的《中国古典美学范畴"清"的研究》⑥ 和赵玲玲的《古代文论中的"清"范畴探析》⑦ 两篇文章在纵向和横向两个方面对"清"的历史发

① 邵鸿雁：《中国美学"味"范畴新论》，博士学位论文，吉林大学，2011 年。本文所提到的学位论文均源于中国知网"中国博士学位论文全文数据库"或"中国优秀硕士学位论文全文数据库"等相关数据资料。
② 胡正艳：《由实用到审美："味"范畴流变》，《湖南城市学院学报》2011 年第 2 期。
③ 李娜：《中国古典美学"味"范畴研究》，硕士学位论文，山东师范大学，2011 年。
④ 漆琼娟：《"味"与中国古典诗学审美鉴赏活动》，硕士学位论文，山东大学，2011 年。
⑤ 周德波：《"意"范畴衍生中的三个向度》，博士学位论文，辽宁大学，2009 年。
⑥ 圣静：《中国古典美学范畴"清"的研究》，硕士学位论文，复旦大学，2009 年。
⑦ 赵玲玲：《古代文论中的"清"范畴探析》，《当代文坛》2011 年第 3 期。

展和美学内涵进行了宏观把握。薛显超《中国古典美学"游"范畴探源》① 和生岩岩《中国古典审美活动"游"范畴通论》② 分别从"游"的原始来源和美学思想出发,对于这一具有独特性的审美活动范畴进行了剖析。此外,杨梅英《"韵"之生命精神》③、李金莲《中国古典美学"境"范畴研究》④、刘志浩《"通"范畴与中国古代审美主体论》⑤、张玉婷《中国古典美学"兴"范畴研究》⑥、邓心强《古代文论中"虚实"范畴研究的回顾与展望》⑦、陈博《"含蓄"范畴新释与含蓄诗学体系建构》⑧、祁建立《试论"丑"在审美范畴中的表现》⑨、闫月珍《意境:一个范畴的现代旅行踪迹——以王国维、宗白华与李泽厚为例》⑩ 等,都在继承前人研究成果的基础上,或追根溯源,或深度阐发,或另辟新意,分别对"韵""境""通""兴""丑""意境"等范畴进行了研究,为范畴史和范畴体系的研究做出了新的贡献。

　　除了以上文章对这些经典范畴的继续阐释外,一些研究者也另辟蹊径,发掘出了一些以往很少引起学界注意的新的具体范畴。如汪涌豪的《"才":中国古代文学理论中的主体论范畴》⑪ 一文,对"才"在魏晋时期的发端、唐时期的发展以及宋时期的精细化做了详细论述,并对借由"才"分别耦合成的"才情"

---

① 薛显超:《中国古典美学"游"范畴探源》,《中国社会科学院研究生院学报》2011 年第 3 期。
② 生岩岩:《中国古典审美活动"游"范畴通论》,硕士学位论文,山东大学,2010 年。
③ 杨梅英:《"韵"之生命精神》,《福建教育学院学报》2009 年第 2 期。
④ 李金莲:《中国古典美学"境"范畴研究》,硕士学位论文,山东师范大学,2011 年。
⑤ 刘志浩:《"通"范畴与中国古代审美主体论》,硕士学位论文,山东大学,2010 年。
⑥ 张玉婷:《中国古典美学"兴"范畴研究》,硕士学位论文,山东师范大学,2011 年。
⑦ 邓心强:《古代文论中"虚实"范畴研究的回顾与展望》,《新疆大学学报》(哲学人文社会科学版)2009 年第 1 期。
⑧ 陈博:《"含蓄"范畴新释与含蓄诗学体系建构》,硕士学位论文,广西师范大学,2010 年。
⑨ 祁建立:《试论"丑"在审美范畴中的表现》,《河南社会科学》2009 年第 5 期。
⑩ 闫月珍:《意境:一个范畴的现代旅行踪迹——以王国维、宗白华与李泽厚为例》,《兰州大学学报》(社会科学版)2010 年第 2 期。
⑪ 汪涌豪:《"才":中国古代文学理论中的主体论范畴》,《河南师范大学学报》(哲学社会科学版)2010 年第 4 期。

"才气""才思""才调""才力""才略""才量""才律""才致""才格"等新名词的讨论提出了自己的观点。而在《涩：对诗词创作另类别趣的范畴指谓》① 一文中，汪涌豪对这一从"被视为创作的一大避忌"到"渐渐被论者标举为一种创作上的另类别趣，用以矫正过于险俗轻滑的不良风气，并最终脱弃原来的生硬艰塞，成为对作品幽邃体象最适切的范畴指谓"的变化过程进行了研究。另外，他的另一篇文章《"声色"范畴的意义内涵与逻辑定位》② 对这一指称文本构成形态和基本性状理论范畴的基础层面、深层内涵以及逻辑定位等问题做出了阐发。除汪涌豪外，对一些较新的范畴的研究与开掘中，还有一些比较好的研究成果值得一提。如，郭守运《古典美学"机"范畴探微》③ 一文提出，由机趣、机理、机兆、机变、天机、事机、生机、心机等组成的蔚为大观的"机"的审美范畴家族，在内涵辨认和外延界定上体现了历史性、生命感、哲学灵思和文学思维逻辑性的结合。"机"范畴家族是一个动态发展且开放的系统结构，具有中国诗性文化特有的情感性、意味性和奇异性。程晶晶《论中国古代文艺批评中的"尖新"范畴》④ 对尖新正、负两方面的审美内涵和批评价值进行了分析，如它在消极意义上体现为风格上尖利寒瘦、佻巧浅俗，技法上逐险斗巧、蹇涩冷僻，其审美取向与温柔敦厚诗教传统相违和，成为末世文弊之征兆，为正统批评家所不取；而在肯定意义上，其又体现为风格上天然清新、生机盎然、不假雕饰，技法上突破陈规、创新立奇，美感上惊喜绚烂、耳目一新，因此常为革新派所使用。另外，章建文的《古典文论范畴"洁"的文化考察》⑤ 也颇有新意，该文不仅考察了"洁"在语义学上的起源和内涵，还对这一范畴在文学、哲学和史学上

① 汪涌豪：《涩：对诗词创作另类别趣的范畴指谓》，《文学遗产》2010 年第 6 期。
② 汪涌豪：《"声色"范畴的意义内涵与逻辑定位》，《北京大学学报》（哲学社会科学版）2010 年第 3 期。
③ 郭守运：《古典美学"机"范畴探微》，《文学评论》2010 年第 2 期。
④ 程晶晶：《论中国古代文艺批评中的"尖新"范畴》，《兰州学刊》2011 年第 10 期。
⑤ 章建文：《古典文论范畴"洁"的文化考察》，《江淮论坛》2009 年第 3 期。

的意义做了较为深入的分析。其他如张振谦的《古代诗学视阈内的"野"范畴》①、苏状的《"闲"子范畴群的审美意义研究》②、吴加才和蒋继华的《论作为美学范畴的"艳"》③、余群的《胸襟：中国古代一个重要的诗学范畴》④ 等文章对相关范畴的阐述与研究也颇为细致和独到。

（二）专题或个案研究

对范畴专题或个案的研究主要体现在不再像过去一样专注于对某个范畴的整个历史发展流变或美学内涵进行整体性观照，而是侧重于以某一文体、某一时期、某一著作或某一文学家或批评家所反映的一个或多个范畴为研究对象。

1. 以某一文体中的范畴为研究对象。从笔者所收集到的论文来看，近些年对词和小说范畴的研究较为突出。首先，关于词学范畴研究。毛文琦的《中国古代词学范畴举隅》⑤ 是对词学范畴的整体研究，此文在把握词学范畴发展的逻辑线索的基础上，摘选出几种重要的或者几乎未进行阐述的范畴作了较为全面、细致的研究，主要是侧重创作论范畴、作品形态和风格论范畴等方面。曹明升的《厚：清代中后期宋词风格论的核心范畴》⑥ 对词的某一单个范畴进行了研究，文章认为，从乾嘉开始，清人多用"厚"这一范畴品评宋词，其理论内涵总体上可分为宋词本体之厚与词人主体之厚两大指向，主体之厚决定词体之厚，故欲求词中之厚，必先葆主体性情之温厚，而最高境界则是由主体温厚之性情与词体深婉之特性相交融所产生的由内而外的整体之厚。朱涛的《词学雅俗范畴论》⑦、杨雨的

---

① 张振谦：《古代诗学视阈内的"野"范畴》，《北方论丛》2011 年第 1 期。
② 苏状：《"闲"子范畴群的审美意义研究》，《同济大学学报》（社会科学版）2010 年第 6 期。
③ 吴加才、蒋继华：《论作为美学范畴的"艳"》，《美与时代》（下半月）2009 年第 8 期。
④ 余群：《胸襟：中国古代一个重要的诗学范畴》，《社会科学论坛》（学术研究卷）2009 年第 4 期。
⑤ 毛文琦：《中国古代词学范畴举隅》，博士学位论文，复旦大学，2011 年。
⑥ 曹明升：《厚：清代中后期宋词风格论的核心范畴》，《学术探索》2010 年第 2 期。
⑦ 朱涛：《词学雅俗范畴论》，硕士学位论文，中南大学，2009 年。

《论词学元范畴"情"》① 也都是对词相关范畴的研究。其次，关于小说范畴的研究。李金善、陈心浩《"奇"解——明清小说评点范畴例释》② 一文，举例说明了明清小说理论中"尚奇"的审美趋向经历了从"以幻为奇"到"不奇之奇"的发展阶段；陈心浩的《明清小说评点范畴研究》③ 对明清时期的小说评点范畴研究做了较为全面的研究。作者在细读明清小说评点文本及借鉴他人研究的基础上，拈出了"画""纪传""声口""间架""笔""幻""真""奇""韵""诗""妙"共十一个范畴，并把它们分成"小说的人物描写""小说的叙事情节""小说的艺术魅力"和"小说艺术的极诣"四个板块逐一进行了考评，找出了这些范畴的源流，分析了这些范畴在明清小说评点中的具体运用以及这些范畴对构建具有中国特色的小说叙事理论的重要作用。

　　2. 以某一时期的范畴为研究对象。各个历史时期都有其独特的美学范畴，在近些年的范畴研究中，对魏晋南北朝时期和明清时期的文论范畴研究得比较多。张克锋的《魏晋南北朝文论中的"意"范畴》④ 和《魏晋南北朝文论中的"丽"及相关范畴》⑤、张立军《论魏晋南北朝时期的文艺范畴——"自然"》⑥ 以及王桂丽《魏晋玄学美学中"性"范畴蕴含的生命意识》⑦ 等文章探讨了魏晋南北朝的"意""丽""自然""性"等范畴；对明清时期的文论范畴研究，胡建次《清代文论对"格"范畴的阐说》⑧

① 杨雨：《论词学元范畴"情"》，《广东技术师范学院学报》2010 年第 11 期。
② 李金善、陈心浩：《"奇"解——明清小说评点范畴例释》，《河北学刊》2009 年第 3 期。
③ 陈心浩：《明清小说评点范畴研究》，博士学位论文，河北大学，2010 年。
④ 张克锋：《魏晋南北朝文论中的"意"范畴》，《集美大学学报》（哲学社会科学版）2009 年第 3 期。
⑤ 张克锋：《魏晋南北朝文论中的"丽"及相关范畴》，《北方论丛》2009 年第 5 期。
⑥ 张立军：《论魏晋南北朝时期的文艺范畴——"自然"》，硕士学位论文，辽宁大学，2009 年。
⑦ 王桂丽：《魏晋玄学美学中"性"范畴蕴含的生命意识》，《河南理工大学学报》（社会科学版）2010 年第 4 期。
⑧ 胡建次：《清代文论对"格"范畴的阐说》，《山西师大学报》（社会科学版）2007 年第 2 期。

一文，从"对'格'作为文学审美之本的标树；对'格'审美特征与要求的探讨；对格调之论的反思与消解"三个维度进行阐说，为我们今天更好地把握"格"审美范畴提供了信息平台。此外，陈桂梅的《晚明及清"生"美学思想研究》① 对"生"范畴的演变过程、美学内涵、形成原因作了较为全面的梳理。

3. 以某一文学家或批评家为中心的范畴为研究对象。蒋寅的《王渔洋"神韵"概念溯源》② 一文，首先通过追溯"神韵"的语源，又经广泛考查历代文献，发现在元代"神韵"已用于诗文评，其审美内涵则到明代中叶基本定型，至迟在胡直的诗论中已有较成熟的理论概括。这一结论澄清了学界认为胡应麟始用"神韵"论诗的不正确之说。最后，作者还考察了王渔洋早年创作和批评中使用"神韵"概念的情况。欧阳泱的《毛宗岗小说评点范畴研究》③ 以清代小说评论家毛宗岗对《三国演义》的评点为研究对象，通过分析毛宗岗在《三国演义》评点中所使用的各种审美范畴，构建出了毛宗岗的小说理论范畴体系，还原了毛宗岗时代需要面对的小说问题。齐安瑾的《论王船山的余情范畴》④ 不仅分析了王夫之将"恁滞"与"余情"对举，提出"余情无恁滞"的理论贡献，还对中、日余情均追求言外之韵味、诗外之情感等相同点以及中国的余情饱满充实、日本的余情则哀婉凄迷等不同点进行了讨论。对某一批评家进行研究的文章还有：陈芳、张丽锋《谢榛论"浑"之范畴》⑤，黄志浩《论周济词论范畴对举的建构特色》⑥，颜翔林《可信与可爱：王国维美学范畴之诠释》⑦ 以及

---

① 陈桂梅：《晚明及清"生"美学思想研究》，硕士学位论文，山东师范大学，2009 年。

② 蒋寅：《王渔洋"神韵"概念溯源》，《北京大学学报》（哲学社会科学版）2009 年第 2 期。

③ 欧阳泱：《毛宗岗小说评点范畴研究》，硕士学位论文，北京大学，2011 年。

④ 齐安瑾：《论王船山的余情范畴》，《理论月刊》2011 年第 1 期。

⑤ 陈芳、张丽锋：《谢榛论"浑"之范畴》，《晋中学院学报》2010 年第 6 期。

⑥ 黄志浩：《论周济词论范畴对举的建构特色》，《东南大学学报》（哲学社会科学版）2009 年第 5 期。

⑦ 颜翔林：《可信与可爱：王国维美学范畴之诠释》，《文艺理论研究》2011 年第 4 期。

熊沛军《王世贞诗论中的"格调"范畴》① 等。

4. 以某一著作中的范畴为研究对象。这一方面主要集中在对《文心雕龙》中的范畴研究上，李冰雁《〈文心雕龙〉中"神思"范畴的理论渊源与内涵》② 认为，刘勰的《文心雕龙·神思》篇以《文赋》为蓝本，集庄子、曹植、陆机和宗炳等人的文艺思想之大成，创造出了一个深刻而完整的"神思"范畴。神思范畴阐述了创作主体以虚静的心理状态为起点，受外物感兴达到神与物游的思维状态并获得审美意象，从而创作出具有独创性的文学作品的艺术创作思维发展全过程。在杨星映的《〈文心雕龙〉的"象"范畴》③ 一文中，作者指出《文心雕龙》是"象"范畴确立和演化过程中的关键性环节，对中国古代文学形象及文学意境的创造起了重要作用，同时也对意境理论的建构起着重要作用。

（三）范畴之间的比较研究

比较研究历来是文学批评的一种重要研究方法，关于这一点，总体来看，学者们主要是从古代文论中两个意义相近或相反的范畴概念的比较研究、中外理论中意义相近的范畴概念的比较研究、不同批评家的范畴概念的比较研究三方面着手。汪涌豪的《文学批评中的"老"与"嫩"——中国古代形式批评理论札记》④ 一文，从中国古代文论中两个意义相反的对立范畴概念出发，分析了"老"与"嫩"作为中国古代文学批评中一对很重要的对待性范畴，不仅很好地概括了古人力求完粹、高不伤肤、雅不落巧的创作追求，而且适切地传达了后经典时代中国人独特的文学经验与审美取向的理论特点。周建萍的《"趣"与

---

① 熊沛军：《王世贞诗论中的"格调"范畴》，《名作欣赏》2010 年第 2 期。
② 李冰雁：《〈文心雕龙〉中"神思"范畴的理论渊源与内涵》，《南京工业大学学报》（社会科学版）2010 年第 3 期。
③ 杨星映：《〈文心雕龙〉的"象"范畴》，《重庆师范大学学报》（哲学社会科学版）2009 年第 6 期。
④ 汪涌豪：《文学批评中的"老"与"嫩"——中国古代形式批评理论札记》，《复旦学报》（社会科学版）2010 年第 2 期。

"寂"——中日古典审美范畴之比较》① 以中、日两国两个比较重要的审美范畴——"趣"与"寂"出发,阐述了二者在艺术价值上的相近点及在审美内涵上存在的差异。另外,对中中或中西两个不同文论家的范畴概念进行比较研究也有一些比较好的文章,如:杨艾璐的《在"有待"与"无待"之间——荀子、庄子"道"范畴的比较研究》②,高琼的《"媚美与眩惑"——对于叔本华与王国维美学范畴的分析》③,古屿鑫、宋妍霖的《康德的"崇高"与孟子的"大"的美学范畴比较——超越与回归》④ 等。

二 范畴理论研究

由以上论述可以看出,对于范畴的研究,大多数研究者,特别是一些年轻的研究者,都会倾向于以某一个具体的范畴为研究对象。这不仅因为在浩瀚的中国古代文论史中,有着众多的有待继续深度阐释以及亟待发掘认识的概念范畴,它们的存在给学者们留下了较为广阔的选择空间;同时也在于以单个范畴切入研究,不管是在资料的收集整理还是在理论的阐释上,都较为容易把握,所以出现了数量众多的研究论文和专著。相对于具体范畴研究,范畴理论的研究就显得较为复杂和困难,它不仅要考察作者对整个古代文论史的整体把握能力,更要考验作者的学术视野和现代眼光,因此这一部分的论文数量相对较少。但不可否认的是,在这有限的关于范畴理论的研究论文中,饱含着范畴研究的重点和精华,对完善和推动范畴研究的进一步发展起着不可估量的作用。

---

① 周建萍:《"趣"与"寂"——中日古典审美范畴之比较》,《国外文学》2010 年第 3 期。
② 杨艾璐:《在"有待"与"无待"之间——荀子、庄子"道"范畴的比较研究》,《辽宁大学学报》(哲学社会科学版) 2010 年第 6 期。
③ 高琼:《"媚美与眩惑"——对于叔本华与王国维美学范畴的分析》,《乐山师范学院学报》2009 年第 10 期。
④ 古屿鑫、宋妍霖:《康德的"崇高"与孟子的"大"的美学范畴比较——超越与回归》,《大众文艺》(理论) 2009 年第 2 期。

　　叶朗的《中国的审美范畴》① 一文在近年来国内侧重于讨论西方审美范畴的情况下，立足于中国文化史和艺术史的基本理论，提炼出三个可以纳入美学基本理论框架的基础审美范畴：沉郁、飘逸、空灵。"沉郁"概括了以儒家文化为内涵、以杜甫为代表的审美意象的大风格；"飘逸"概括了以道家文化为内涵、以李白为代表的审美意象的大风格；"空灵"则概括了以禅宗文化为内涵、以王维为代表的审美意象的大风格。在此文中，作者对这三个中国传统的审美范畴的文化内涵和审美特征作了详细的分析。李春媚《中国"审美经验"范畴的本土传统与历史衍变》② 也重视对范畴传统因素的分析与研究，该文以"审美经验"这一中心概念为出发点，梳理了"审美经验"的历史发展演变。作者认为，"审美经验"经历了从古代的"体悟式艺术经验的描绘与阐发"到 20 世纪初期的"超功利、自律性"，到 20 世纪三四十年代的"心理学深化"，再到 20 世纪中期的"唯物认识论、功利主义"和 20 世纪后期的"开放、普适、兼容的现代形态"的发展过程。作者指出，"审美经验"虽然经历了漫长而曲折的发展过程，而且在这一过程中，西方理论的痕迹和直接影响随处可见，一些重要的概念和理论范式也常被援引，但更多的是对中国本土传统美学观念的传承和创新，建立自己的视野，而不是简单的跨语境移植。

　　与叶朗和李春媚对中国范畴概念传统性的重视不同，李振声《中西文论范畴概念融合的探讨》③ 则侧重探讨中西文论范畴概念的互照互识与互省互补。作者提出，中西文论概念和范畴系统作为人类把握文学的两种视界，二者之间存在明显的差异性。重视审视这种差异性的意义在于：站在中西文明汇通的辽阔前

---

① 叶朗：《中国的审美范畴》，《艺术百家》2009 年第 5 期。
② 李春媚：《中国"审美经验"范畴的本土传统与历史衍变》，《西北师大学报》（社会科学版）2010 年第 5 期。
③ 李振声：《中西文论范畴概念融合的探讨》，《传奇·传记文学选刊》（理论研究）2009 年第 1 期。

景上，了解中国文论在适应现代世界性文学经验图景上的长处和弱点，从而进行现代调整，开掘并发展中国文论范畴概念中聚集着的智慧性内容，使之有可能成为对整个世界文论的一种重要贡献，弥补或矫正西方文论范畴概念的相应不足和偏失。李振声对中西文论互补所作探讨的合理性和可操作性还有待商榷，但他对中国文论"进行现代调整"的思路有一定的借鉴意义。韩德民的《"美学"建构与传统范畴现代性的开发》①以宗白华从传统范畴出发建构现代性美学体系的探索发端，分别列举了叶朗、张世英等发挥中国传统本身的某些要素，以进行现代性体系建构的尝试。此外，寸悟《和谐的审美之维——中国古代文艺学范畴的现代转换》②一文从"和谐"的现代转换、"以意逆志"的再阐释以及对 20 世纪陆机文学思想阐释的反思三个方面出发，探讨了古代文论在当前中国文学理论话语建构中的重要作用。

　　不管是侧重立足传统还是强调当代建构，以上文章都体现出了作者对古代文论更好地继承和发展的良苦用心。除此之外，也有学者对范畴的一些本质属性与学科建设等问题进行了探讨。如黄雪敏《中国古典诗学范畴的人本构建》③一文，从形体、感觉和精神三个维度具体分析了中国诗学范畴体系的人本建构。作者在"形体称名与文论范畴"一节中认为，明清论者或用"头脑""主脑"论戏剧、小说，由头脑作为身体中枢，引申指作品的关键；或使用"胸襟""胆"等范畴指涉诗人的性格、气质、修养等。这种建立在人体"小宇宙"基础上去体验、比拟、推论、演化自然大宇宙的思维模式，不仅使诗学审美范畴的建立具有家族性、连绵性和表现性，也确立了中国诗歌传统中博大深邃的象征

---

① 韩德民：《"美学"建构与传统范畴现代性的开发》，《浙江工商大学学报》2011 年第
　1 期。
② 寸悟：《和谐的审美之维——中国古代文艺学范畴的现代转换》，《河南社会科学》
　2011 年第 3 期。
③ 黄雪敏：《中国古典诗学范畴的人本构建》，《清华大学学报》（哲学社会科学版）
　2011 年第 1 期。

思维和诗性智慧。吕逸新、盖光的《中国古代诗学范畴的生命精神》① 对中国诗学范畴的生命本质进行了研究。文章认为，由于中国古代艺术关注的不是艺术如何模仿现实，而是艺术与道、与生命存在、与生命启悟的关系，因此中国古代文艺批评呈现出了泛生命化的特征，注重对宇宙万物的变化和艺术生成之间关系的阐发以及艺术对人的生命精神的启悟。此外，还指出，在中国古代诗学批评中以生命为核心形成了众多富有生命感的范畴，如气韵、气势、气象、气度、生气、生动、气质、力度、风神、神韵等，其中"气韵生动"是最具生命感的诗学范畴。与以上两文的出发点不同，金永兵在《范畴研究：文学理论科学性的一种建构策略》② 中则提出了"文学理论学科科学化"的建议，作者认为，"科学性"的重要意义主要表现在：明确的研究对象、与对象相匹配的研究方法、独特的基本问题系统、基于"理论家共同体"所取得的客观性或主体间性以及面对文艺现实的阐释效力和建构功能等。在文学理论研究"以学术为业"的现代化过程中，范畴、概念、术语日益规范化、科学化，因此，建立独特的文学理论概念系统，越来越成为学科发展的一个必要前提，成为文学理论科学性建构的一个必要前提。

对于范畴研究中出现的问题和难点以及范畴研究下一步的发展和出路，汪涌豪在《近百年来中国学界古文论范畴研究述评》③ 一文中做了精彩的讲述。作者认为，近百年来的范畴研究中，学界试图解决的问题主要集中在范畴可否确证、有无体系和能否转换三个方面，取得了不少研究成果。但在范畴研究成果迭出的同时，也有着许多明显的不足，如：对主要范畴研究得多，而次要范畴就相对较少；具体例释多，而条贯归纳相对较少；单

---

① 吕逸新、盖光：《中国古代诗学范畴的生命精神》，《济南大学学报》（社会科学版）2009 年第 3 期。
② 金永兵：《范畴研究：文学理论科学性的一种建构策略》，《云梦学刊》2011 年第 4 期。
③ 汪涌豪：《近百年来中国学界古文论范畴研究述评》，《清华大学学报》（哲学社会科学版）2010 年第 6 期。

个范畴研究得多，而体系探索相对较少。鉴于这些不足，作者认为，将要到来的范畴研究的合理生态，应该有多个向度，并且是分层次的。第一是范畴性质的界定；第二是范畴分布的了解，这里的分布既包括其在不同时代的分布，也包括在不同文体、不同论者方面的分布；第三是范畴序列的清理；第四是范畴指域的判明；第五是范畴层级的确定；第六是范畴体系的凸显。汪涌豪的这篇文章不仅对于我们了解近百年来的范畴研究状况有着重要的意义，对于范畴研究今后的发展和出路也提出了富有启发的意见。

三　范畴研究专著

近年来，除了通过论文形式对范畴的相关问题进行研讨外，以专著形式对范畴进行研究在数量上颇为可观，这些研究专著使范畴研究更加系统、深入与细致。

对范畴史的研究近些年受到了重视，分别出现了对范畴的整体史、断代史以及发生史的研究著作。王振复主编的《中国美学范畴史》（三卷）① 是国内第一部中国美学范畴史著作，全书共分三卷。第一卷，中国美学范畴的酝酿（自先秦至秦汉）；第二卷，中国美学范畴的建构（自魏晋至隋唐）；第三卷，中国美学范畴的完成（自宋元至明清）。本书认为，中国美学范畴史，是一个由"气""道""象"所构成的三维历史和人文结构。人类学意义上的"气"、哲学意义上的"道"与艺术学意义上的"象"，依次作为中国美学范畴的本原、主干与基本范畴，各自构成范畴群落且互相渗透，共同构建了中国美学范畴的历史和人文大厦。该书对此进行了持之有据的深入研究，体现历史优先、回到文本的治学原则，有较高的学术价值。赵建军的《魏晋南北朝美学范畴史》② 是一部研究魏晋南北朝时期美学范畴问题的著作，作者以孕育、生成中国美学范畴的原生性知识形态为基础，对魏晋时

---

① 王振复主编：《中国美学范畴史》（三卷），山西教育出版社 2009 年版。
② 赵建军：《魏晋南北朝美学范畴史》，齐鲁书社 2011 年版。

期的美学与玄学、佛学、道学、儒学的交遇和融合给予了深刻的
阐发。此外，由刘金波、王杰泓、高文强合编的《中国古代文论
范畴发生史》① 一书共有三册：《〈老子〉卷：道法自然》《〈庄
子〉卷：得意忘言》《〈礼记〉卷》。此丛书在率先打破中国文论
范畴研究"以西释中"传统模式的同时，对《礼记》《老子》
《庄子》文论范畴进行了溯源寻根式整理和固本举要式研究，重
新建构了中国文论范畴研究的"发生史"范式，为推动21世纪
中国文论的理论重构和现代转换做出了重要贡献。

　　除了对史的研究外，一些专著也以一些具体范畴为研究对
象，如汪涌豪的《中国文学批评范畴十五讲》②，除了对范畴的质
性与特点、内在联系、显性与隐性诸问题的研究外，还落实到
"涩""老与嫩""闲""躁""淡""风骨"等的精微解读。此书
对范畴作了不同层面的解读，分出了不同层级的范畴，分析了不
同层级范畴之间的关系，探索了不同元范畴之间的联结，从而呈
现出了我国古文论内在的发展理路。胡学春的《真：泰州学派美
学范畴》③ 从"真"的美学内涵的五个层次，即人生境界论之生
命真境、本体论之日用真理、方法论之率性修道、主体论之真心
真人和认识论之情事真实五个层次分头掘进，揭示出泰州学派与
中晚明求真思潮的学理联系，从理论上解决了泰州学派与中晚明
求真思潮之间的关系问题。李旭的《中国诗学范畴的现代阐释》④
一书，从现代哲学及美学、文学理论与方法诸方面，对"道"
"风骨""文气""意境""格调""意象""古雅""寄托""禅
意""趣"等属于中国诗学范畴的概念，作了详尽研究与探索，
不仅注重揭示其体系建构和特征等基本原理，还采用了中西比
较、打通古代与现代的方式，提出了不少鞭辟入里的论点。

① 刘金波、王杰泓、高文强合编：《中国古代文论范畴发生史》，武汉大学出版社2009
　年版。
② 汪涌豪：《中国文学批评范畴十五讲》，华东师范大学出版社2010年版。
③ 胡学春：《真：泰州学派美学范畴》，社会科学文献出版社2009年版。
④ 李旭：《中国诗学范畴的现代阐释》，上海古籍出版社2009年版。

此外，要特别一说的是，蔡锺翔等主编的《中国美学范畴丛书》是范畴研究上的一项意义重大的工作，对于编辑此丛书的最初设想，蔡锺翔曾在其《美在自然》一书中详细谈道，"由于对个别范畴还未研究深透，重建整个中国美学理论体系的条件就没有完全成熟。于是我们萌发了一个构想，就是编辑一套《中国美学范畴丛书》，每一种（或一对）范畴列一专题，写成一本专著，对其美学内涵作详尽的现代诠释，并尽量收全在其自身发展的不同历史阶段上的代表性用法和代表性阐述，力争通过历史的评析揭示各范畴内涵逻辑地展开的过程。《中国美学范畴丛书》选题主要是元范畴和核心范畴，也包括少量重要的衍生范畴，在这些范畴之内涵盖若干相关的次要范畴。这是对中国传统美学范畴的一次全面深入的调查，工程是浩大的、艰难的，但确是意义深远的，它将为中国美学和中国文论的史的研究和体系研究打下坚实的基础。"① 在 2008 年年初，中国美学范畴丛书第一辑（共 10 本）已由百花洲文艺出版社全部推出，包括：蔡锺翔《美在自然》、陈良运《文质彬彬》、涂光社《原创在气》《因动成势》，袁济喜《和：审美理想之维》《兴：艺术生命的激活》，汪涌豪《风骨的意味》，胡雪冈《意象范畴的流变》，古风《意境探微》，曹顺庆和王南《雄浑与沉郁》。2009 年至今，此丛书的第二辑（共 10 本）也已全部出版，包括：陈良运《美的考索》、胡家祥《志情理：艺术的基元》、刘文忠《正变·通变·新变》、郁沅《心物感应与情景交融》、张晶《神思：艺术的精灵》、朱良志《大音希声——妙悟的审美考察》、张方《虚实掩映之间》、韩经太《清淡美论辨析》、曹顺庆和李天道《雅论与雅俗之辨》、陶礼天《艺味说》。中国美学范畴丛书是迄今为止第一套也是唯一一套以范畴为专题、以文论为核心、统合多个艺术门类的丛书，此套丛书的全部出版，正如蔡锺翔所说，它"将为中国美学和中国文论的史的研究和体系研究打下坚实的基础"②。

---

① 蔡锺翔：《美在自然》，百花洲文艺出版社 2001 年版，总序第 4—5 页。
② 同上书，总序第 5 页。

四 余论：对范畴研究的一点看法

综合来看，近年来的古代文论范畴研究在继承前人研究成果、延续以往研究方法的基础上，呈现出了一些明显的特点。首先，不再"扎堆"于一些核心范畴的研究上，开始关注文论史或美学史中一些较为偏僻、未曾受到前人足够重视的次要范畴的研究，如对闲、观、化、艳、涩、机、通、才、尖新、胸襟等范畴的关注；其次，对具体范畴的研究更为细致和深化，很多高校的年轻学者选择某一范畴作为自己的毕业论文研究方向，出现了大批对某一范畴进行充分解说的研究成果；最后，范畴体系日益完备和明朗化，在这三年里，不仅出版了有关范畴的整体史、断代史、发生史的研究专著，而且两辑"中国美学范畴丛书"的出版，囊括了大量美学和文论的元范畴和核心范畴，这些著作使我们对范畴的历史发展、体系结构等有了较为清晰的认识。但不得不说的是，范畴研究目前仍存在一些问题，如对范畴的层级分辨不清；范畴间的关系认识不明；对范畴概念的解说往往以偏概全；以及对与诗有关的范畴研究较多，而对词、小说等其他文体的范畴研究较少等。针对范畴研究中存在的这些问题，笔者认为在今后的研究中应做到"六多六少"。

第一，多一些讨论争鸣，少一些闭门造车。通观近年来的范畴研究，没有关于范畴的专题研讨会或对某一共同问题的成组讨论文章，学者们大都专注于自己的研究领域，发表着自己的研究成果，而不太抬头关注他人的研究动向，这样就容易导致重复研究或对同一问题的意见难有定解。因此，应该适当的多一些讨论和争鸣，这样可以帮助学者发现自身的理论缺陷，了解其他学者的研究进展，从而取长补短，推动学术研究走向良性发展。

第二，多一些科学归纳，少一些笼统概括。中国的文论研究虽然向来以"感性""领悟""不舍象"等为特点，但笔者认为，在文论研究，特别在是范畴研究中适当融入科学思维，使范畴研究规范化、体系化，不仅可以改善目前范畴体系、层级混乱的局面，还可以在这种较为明晰的综合中实现对学科知识的有效积累和进一步拓展。

第三，多一些辨析比较，少一些人云亦云。近年的范畴研究较为注重对单个具体范畴的详细解读和释例，而对一些意义相近或对立的成组范畴的比较、辨别则很少。若能加强对这些相邻、相近或相反范畴的比较研究，在比较中见出异同，在比较中咀嚼领悟，则有助于我们更好地理解这些范畴的内在本质。

第四，多一些纵横贯通，少一些细枝末节。"纵向贯通"是指对范畴史的整体梳理或对某一具体范畴的历史发展流变的整理，"横向贯通"是指不只关注某一范畴在文学上的内涵和特征，同时也关注此范畴在同时期的绘画、音乐、书法等艺术门类上的表现，这样史论结合，才能更为深刻地挖掘范畴的理论内涵。

第五，多一些体系探讨，少一些个案研究。从本书的综述就可看出，大多数学者都关注于单个具体范畴的探讨，而对其在整个范畴体系中处于什么地位，是元范畴、核心范畴还是衍生范畴，是属于作家论、创作论、风格论还是批评论等都涉及不多，而这些讨论其实在整个范畴建设中有着不可替代的作用。

第六，多一些明白阐释，少一些以故释古。"以故释古"是指一些学者在对单个范畴进行诠释时，并没有用现代语言解释清楚，而摘用很多古人的话语作为自己的例证。这样的结果就是在整体上虽然接近原意，但现代人依然对此不甚了了，这样的研究在成果上也就大打折扣。如何在深刻领悟范畴本义的基础上用现代语言明白无误地阐释清楚，虽然是一项较为困难的工作，却是每位学者都应该追求的目标。

后　记

　　虽然从外表上看我显得有些柔弱，但内心总是倾慕一些异乎寻常的孤胆英雄，这一心态甚至反映到我各个阶段毕业论文的选题上。硕士毕业时，我就搜肠刮肚想从中国文学批评史中找出一个特立独行的思想者，他不需要完美，只需要有与众不同的思想和敢冒天下之大不韪的勇气，可惜当时学识有限未能称愿。博士论文选题时，这一念头又在时时折磨着我，临开题前，我多次更换论文题目，直到确定下"性灵诗情"的研究方向后，那种不踏实感才慢慢消散。

　　论文写作过程中，随着对性灵文人及其诗情观的进一步了解，我越发觉得这群可爱的、真性情的人就是我心中的"孤胆英雄"。"存在主义之父"克尔凯郭尔曾说过：人在作选择的时候有两种可能，第一种是选择不成为自己，第二种是选择成为自己。这两种选择，哪一种更困难？很多时候，我们想当然地认为我们是在天然地做自己，所以成为自己容易，成为别人困难。但静下心来认真想一想，是不是在人生的很多时候，我们其实是在追随着别人的步伐？是不是在面临一些重大选择时，我们更愿意听从别人的意见？是不是就在现在，我们还尽力去扮演着别人期望我们所成为的那个角色？那么，我们是在成为自己，还是在成为他人？当选择不成为自己时，我们可以躲在别人或前人的屏障之下，掩饰自己，伪装自己，保护自己；而当选择成为自己时，我们就必须要为自己所做的每一个细小决定负责，它意味着责任、担当、探索和孤独。所以，这就是事实，不管是因为懒惰，还是为了安全，我们很大程度上是在跟着他人的轨迹生活，过着一种"二手的人生"。

而以"公安三袁"为代表的性灵文人们之所以让我倾心，就是因为在四百多年前他们就竭力摆脱对世俗的亦步亦趋，坚守自己内心的法则，明明白白地选择成为自己。当明代的大多文人"禀宋人成说"，"此亦一述朱，彼亦一述朱"的时候，性灵文人却在高呼"见从己出，不曾依傍半个古人"；当大多文人依然秉持"文外无道，道外无文"的时候，性灵文人却坚持"独抒性灵，不拘格套"；当别人依然唯前人是瞻，认为"文必秦汉，诗必盛唐"的时候，他们却认为"诗之变随世递迁""古何必高，今何必卑哉?"他们并不是为博人眼球随意地振臂一呼，他们的这种特立独行也时时表现在日常的现实生活之中：厌倦官场就罢官离去，经济拮据了就再走马上任，艳羡金钱、美色、享乐也毫不避讳，真性流露。他们这种遵从内心的生活方式，让身在思想已极度开放的现代的我，也常常自愧不如。他们虽不完美，但他们不管是在诗学观念还是在做人方面的极度真实都让人汗颜。

距离博士论文写作的那段时间已经过去三年了。三年的时间，我从一名不谙世事的学生成长为一名高校的青年教师，其间的"个中滋味"恐怕非亲历者不能尽述、不能体会。幸运的是，三年前时常活跃在我笔端的性灵文人们，这些我心目中的"孤胆英雄"，时常在我面临选择时给我启示和勇气。唯一遗憾的事情是，这三年由于忙于教学和一些琐碎的行政事务，虽总惦记着把博士论文做进一步的补充和完善，却终未完全如愿，而只是对其中的部分章节作了修改和加工。性灵文人们还有很多的光彩等待人们去揭示，我只能把这作为我下一阶段的工作了。在本书的最后，附录了四篇古代文学批评方面的文章，它们都是我在博士阶段对一些问题的思考，放在一起，一并作为自己博士阶段的学术纪念。

　　最后，我要感谢，不是落入俗套，而是内心被满满的感激之情充溢着。

　　感谢我的导师彭亚非研究员，从考取老师的博士到现在，老师都像慈父一样，失意的时候给我鼓励，迷茫的时候给我指导，甚至在我过分地一次次否定掉原本商量好的论文题目时，老师都予以宽容的理解，并接着为我的新想法提供建议和指导。我会永远铭记在博士论文写作阶段无数次与老师一连几个小时的促膝长谈，在这些长谈中，老师提供给我的不仅是知识，更有思想、智慧和战斗的力量。老师的《中国正统文学观念》一书，是我学术成长过程中最重要的思想来源，书中呈现出的思考问题的新颖角度和解决问题的思想深度，常常让我如袁宏道初读徐渭诗集时的状态："不觉惊跃"，"如魇得醒"。老师所传授给我的，无以言计，只是常常想：有师如此，吾复何求？

　　感谢我的家人，你们最无私的支持是我遇到任何困难时的光亮，希望我能在以后的日子里成为你们的支柱和力量。

　　感谢中国社会科学出版社的郭晓鸿女士，在本书的出版过程中给予的许多无私的帮助。

李小贝
二〇一六年六月